Jirel de Joiry

C.L. MOORE | *ŒUVRES*

SHAMBLEAU	*J'ai Lu* 415**
LA NUIT DU JUGEMENT	*J'ai Lu* 700**
JIREL DE JOIRY	*J'ai Lu* 533***
LA DERNIÈRE AUBE	
DÉJÀ DEMAIN	
MAGIES ET MERVEILLES	

CATHERINE L. MOORE

Jirel de Joiry

TRADUIT DE L'AMÉRICAIN
PAR GEORGES H. GALLET

ÉDITIONS J'AI LU

Ce recueil a paru sous le titre original :

JIREL OF JOIRY
à l'exception de :
QUEST OF THE STARSTONE

INTRODUCTION

Lorsque *Shambleau* parut dans *Weird Tales*, en novembre 1933, Catherine L. Moore n'avait que vingt-deux ans ; pourtant, elle écrivait depuis plus de quinze ans déjà.

C'est dans ce récit désormais classique qu'elle créa le personnage de Northwest Smith, l'archétype de l'aventurier spatial, mercenaire romantique aux amours non humaines.

C. L. Moore imagina ensuite un personnage féminin, Jirel, la châtelaine de Joiry, un château fort du Moyen Age situé en France. C'est une jeune amazone qui trouve son accomplissement dans le fracas des armes et l'éclaboussement du sang.

Les aventures de Jirel de Joiry ont été récemment réunies en recueil aux Etats-Unis et ont paru en France dans divers magazines ou anthologies. Mais il en est une dernière, recherchée par tous les amateurs outre-Atlantique, qui réunit Jirel et Northwest Smith, *Quest of the Starstone* (*La quête de la pierre-étoile*). Ce texte, dû à la collaboration de Catherine L. Moore et de Henry Kuttner, son futur époux, est paru en novembre 1937 dans *Weird Tales* et n'a jamais été réédité depuis.

Lorsque j'envisageai cette édition française de *Jirel de Joiry*, j'insistai vivement auprès de Catherine L. Moore pour obtenir l'autorisation de publier également *Quest of the Starstone.* Elle demanda d'abord à relire ce texte, qu'elle ne possédait même plus, puis finit par donner son accord, l'ayant jugé republiable. Il est certain que cette nouvelle n'est pas du même niveau que *Shambleau* ou *Hellsgarde,* mais je suis persuadé que tous les amateurs seront heureux de découvrir cet ultime récit réunissant l'aventurier du futur et la féroce et frêle Dame de Joiry.

Jacques Sadoul

1

LE BAISER DU DIEU NOIR

Ils amenèrent le seigneur de Joiry qui se débattait entre deux hommes d'armes, solidement agrippés aux cordes liant les bras vêtus de mailles de leur captif. Ils se frayèrent un chemin parmi les monceaux de morts et traversèrent la grande salle vers l'estrade surmontée d'un dais, sous lequel le vainqueur était assis ; par deux fois, ils faillirent glisser dans le sang répandu sur les dalles. Lorsqu'ils s'arrêtèrent devant le personnage en armure qui était sur l'estrade, le seigneur de Joiry haletait et la voix qui résonnait sourdement sous son heaume était rauque de rage et de désespoir.

Guillaume le victorieux s'appuya sur sa grande épée, les mains croisées sur la garde, et considéra, narquois, le captif furieux qui était devant lui. Guillaume était un homme de grande taille et il paraissait encore plus grand dans son armure ensanglantée. Il y avait aussi du sang sur son visage dur et balafré, et un large sourire fendait de sa blancheur sa courte barbe frisée. Il paraissait à la fois magnifique et dangereux, ainsi appuyé sur sa grande épée et souriant de haut au seigneur vaincu de Joiry, qui continuait à se débattre entre les hommes d'armes impassibles.

— Enlevez-moi la carapace de ce homard, dit Guillaume de sa voix grave et nonchalante. Nous verrons quelle tête a le gaillard qui nous a livré un tel combat. Ote-lui son heaume, toi !

Mais il fallut qu'un troisième homme intervienne et coupe les courroies qui maintenaient le heaume, car le seigneur de Joiry se débattait trop violemment, même les bras liés, pour que l'un ou l'autre de ses gardes puisse le lâcher. Il y eut un moment de dure bagarre ; puis les courroies se rompirent et le heaume roula à grand bruit sur les dalles.

Les dents blanches de Guillaume claquèrent dans un juron de surprise. Ses yeux s'écarquillèrent. Entre ses gardes, la Dame de Joiry lui jetait un regard furieux, sa chevelure rousse en désordre, ses yeux dorés de fauve embrasés de colère.

— Dieu te maudisse ! gronda-t-elle les dents serrées. Dieu t'anéantisse, ignoble bandit !

Guillaume l'entendit à peine. Il continuait de la regarder fixement, comme la plupart des hommes le faisaient lorsqu'ils posaient les yeux pour la première fois sur Jirel de Joiry. Elle était aussi grande que la plupart d'entre eux et aussi féroce que les plus sauvages. Et sa défaite lui brisait cruellement le cœur tandis qu'elle crachait des malédictions à l'homme à la haute stature qui l'avait vaincue. Le visage qui sortait de sa cotte de mailles n'aurait peut-être pas été joli sous une coiffure féminine, mais encadré de son armure d'acier, il possédait une beauté fière comme celle d'une épée, vive comme le choc de deux lames. Les cheveux roux étaient courts sur sa tête altière et dans la flamme dorée de ses yeux étincelait la rage, comme dans un creuset étincelle le métal en fusion.

L'ébahissement de Guillaume se fondit en un lent sourire. Une petite lueur s'alluma dans ses yeux lorsqu'il parcourut d'un regard expert les formes longues et fermes de Jirel. Le sourire s'élargit et soudain il éclata de rire, à pleine gorge ; c'était comme un grondement d'amusement et de plaisir.

— Par les clous de la Croix ! s'exclama-t-il. Sois

la bienvenue, guerrière ! Et qu'offres-tu, ma jolie, en échange de ta vie ?

Elle lui jeta une malédiction.

— Allons donc ! De si vilains mots dans une si jolie bouche, madame !... Ma foi, nous ne refuserons pas de vous accorder que vous vous êtes vaillamment battue. Un homme n'aurait pu mieux faire, et beaucoup ont fait moins bien. Mais contre Guillaume... (Il bomba sa large poitrine et eut un petit rire dans l'épaisseur de sa barbe.) Viens, ma jolie, ordonna-t-il. Je parierais que ta bouche est plus douce que tes paroles.

Jirel décocha un coup de son talon éperonné dans le tibia d'un de ses gardes, s'arracha de ses mains tandis qu'il poussait un hurlement et lança son genou bardé de fer dans le ventre de l'autre. Elle leur avait échappé et fait trois grandes enjambées vers la porte avant que Guillaume la rattrape. Elle sentit ses bras se refermer sur elle par-derrière, et rua de ses deux talons armés en un geste dérisoire. Elle se démena comme une folle, frappant de ses genoux et de ses éperons et luttant désespérément contre les cordes qui enserraient ses bras. Guillaume rit et la fit virevolter, il plongea un regard moqueur dans ses yeux flamboyants. Puis, délibérément il lui mit un poing sous le menton et releva sa bouche vers la sienne. Ses imprécations rauques cessèrent.

— Par le Ciel, c'est comme si l'on baisait une lame d'épée ! dit Guillaume, détachant enfin ses lèvres.

Lâchant un blasphème qui fut heureusement étouffé, Jirel tourna soudain la tête comme un serpent et lui planta ses dents dans le cou. Elle manqua de peu la jugulaire.

Guillaume ne dit rien. Il lui attrapa la tête d'une main ferme en dépit de ses contorsions sauvages et enfonça profondément des doigts de fer dans l'articulation de ses mâchoires, obligeant implacablement ses dents à s'écarter. Lorsqu'il se fut libéré, il lança un regard furieux dans l'enfer déchaîné de ses yeux dorés. Leur flamboiement eût été assez ardent pour brûler son visage balafré. Il ricana, leva son poing déganté, et d'un énorme coup de poing en pleine figure, il l'envoya rouler au milieu de la grande salle. Elle resta étendue immobile sur les dalles.

★

Jirel ouvrit les yeux dans l'obscurité. Elle commença par demeurer allongée sans bouger pour rassembler ses idées en désordre. Peu à peu la mémoire lui revint et elle étouffa dans son bras un gémissement qui était moitié juron et moitié sanglot. Joiry était tombé. Durant un instant, elle se raidit dans le noir, s'obligeant à reconnaître la réalité.

Un bruit de pieds qui remuaient à proximité, sur la pierre, la fit sortir de son désarroi momentané. Elle s'assit avec circonspection et tâtonna autour d'elle afin de deviner dans quelle partie de Joiry sa dame suzeraine était emprisonnée. Elle savait que le bruit qu'elle avait entendu devait venir d'une sentinelle, et l'odeur humide et froide de l'obscurité indiquait qu'elle était dans un souterrain. Dans l'un des cachots, bien entendu. Sans bruit, elle se leva ; elle marmonna un juron, car la tête lui tourna un instant puis devint douloureuse. Dans le noir absolu, elle fit à tâtons le tour du cachot. A sa grande satisfaction, elle rencontra bientôt un petit escabeau de bois dans un coin. Elle l'empoigna solidement par un pied et continua d'avancer silencieusement en longeant le mur jusqu'à ce qu'elle eût trouvé la porte.

La sentinelle se souvint plus tard qu'il avait entendu le plus effrayant appel au secours qui eût jamais retenti à ses oreilles et il se rappela avoir déverrouillé la porte. Après quoi, jusqu'à ce qu'on le retrouve, gisant dans le cachot verrouillé, le crâne fracturé, il ne se souvenait plus de rien.

Jirel grimpa lentement l'escalier sombre de la tour nord, avec au cœur la soif de tuer. Elle avait connu bien des haines dans sa vie, mais jamais une telle flambée. Devant elle, dans le noir, elle voyait ricaner le visage balafré de Guillaume, sa courte barbe pointue, fendue de la blancheur de son rire méprisant. Sur ses lèvres, elle sentait encore la pression des siennes qu'elle ne pouvait oublier et autour d'elle, la force de ses bras. Elle fut secouée d'une telle explosion de fureur qu'elle en chancela et chercha un appui en se retenant au mur. Elle poursuivit son chemin dans un brouillard rouge de colère et une sorte de folie s'alluma dans son esprit tandis qu'une résolution émergeait peu à peu du chaos de sa haine. A cette pensée, comme elle s'arrêtait de nouveau dans l'escalier, elle eut conscience d'un souffle glacé qui passait sur elle. Puis ce fut fini ; elle frissonna un peu, haussa les épaules, et avec un sourire cruel, reprit son ascension.

D'après les étoiles à travers les meurtrières percées dans le mur, il devait être près de minuit. Elle continua de monter les marches sans bruit sans rencontrer personne. Sa petite chambre en haut de la tour était vide. Même la couchette de paille sur laquelle dormait la servante n'avait pas été utilisée cette nuit-là. Jirel se débarrassa seule, tant bien que mal, de son armure, après beaucoup d'efforts et de contorsions. Sa chemise de daim était raide de sueur et tachée de sang. Elle la jeta dédaigneusement dans un coin.

La flambée de fureur de ses yeux s'était transformée en une flamme retenue et secrète. Elle se sourit à elle-même, en faisant passer une chemise de daim fraîche par-dessus sa tête rousse ébouriffée, et elle endossa une courte cotte de mailles. Elle boucla les jambières de quelque légionnaire oublié, souvenir du temps pas si lointain où Rome régnait encore sur le monde. Elle glissa un poignard dans sa ceinture et prit à deux mains sa longue épée nue. Puis elle redescendit l'escalier.

Elle savait qu'une orgie de mets et de boissons devait avoir eu lieu dans le grand hall ce soir-là, et au silence qui planait si lourdement maintenant, elle était certaine que la plupart de ses ennemis gisaient encore dans un sommeil pesant d'ivrogne. Elle eut une brève pensée de regret pour ses meilleurs vins gâchés. Et l'idée lui vint qu'une femme déterminée, armée d'une bonne épée, pourrait faire pas mal de dégâts parmi les dormeurs ivres avant de succomber sous le nombre. Mais elle rejeta cette idée, car Guillaume avait sans doute posté des sentinelles et elle ne devait pas risquer inutilement sa liberté retrouvée.

Elle descendit l'escalier ténébreux, traversa un coin de la vaste salle centrale dont elle était sûre que l'obscurité dissimulait les dormeurs abrutis par le vin et, de là, gagna l'ombre moins dense de l'austère petite chapelle que Joiry était fier de posséder. Elle était persuadée d'y trouver le père Gervais et elle ne s'était pas trompée. Il était agenouillé devant l'autel, dans sa soutane noire, sa tonsure luisant à la clarté des étoiles qui tombait de l'étroite fenêtre.

— Ma fille ! chuchota-t-il. Ma fille ! Comment vous êtes-vous échappée ? Voulez-vous que je vous trouve une monture ? Si vous pouvez éviter les sentinelles, vous devriez rejoindre le château de votre cousin avant le lever du jour.

Elle l'arrêta d'un geste de sa main levée.

— Non, dit-elle, ce n'est pas au-dehors que je vais cette nuit. Le chemin que je dois prendre est encore plus périlleux. Bénissez-moi mon père.

Il la regarda avec de grands yeux.

— Que voulez-vous dire ?

Elle se mit à genoux devant lui et agrippa l'étoffe rude de son habit dans des doigts fébriles.

— Bénissez-moi, vous dis-je ! Je descends cette nuit en enfer pour demander une arme au démon et il se pourrait que je ne revienne pas.

Gervais se pencha et lui saisit les épaules de ses mains tremblantes.

— Regardez-moi ! ordonna-t-il. Savez-vous ce que vous dites ? Vous descendez en...

— En enfer ! dit-elle fermement. Seuls, vous et moi connaissons le passage, mon père... et même nous, nous ne pouvons être sûrs de ce qu'il y a au delà. Mais pour obtenir une arme contre cet homme, j'affronterai des périls encore pires !

— Si je pensais que vous dites cela sérieusement, j'éveillerais Guillaume immédiatement et je vous livrerais à lui. Ce serait un sort plus doux, ma fille.

— C'est pour y échapper que je traverserais l'enfer, répliqua-t-elle âprement, d'une voix sourde. Ne le voyez-vous pas ? Oh, Dieu sait que je ne suis pas innocente dans les jeux de l'amour frivole... mais être le caprice d'un homme pour une nuit ou deux, avant qu'il me brise le cou ou me vende comme esclave — et par-dessus tout, si cet homme est Guillaume !... Ne pouvez-vous comprendre ?

— Ce serait déjà assez de honte, dit Gervais en hochant la tête. Mais réfléchissez, Jirel ! Pour cette honte, il y a rachat et absolution, et pour cette mort, les portes du ciel s'ouvrent toutes grandes. Mais cette autre... Jirel, Jirel, jamais de toute l'éternité ne pourrez-vous en sortir, corps et âme, si vous osez... y descendre !

Elle haussa les épaules.

— Pour assouvir ma vengeance sur Guillaume, j'irais en enfer même si je savais que je devais brûler à jamais !

— Mais Jirel, je ne crois pas que vous compreniez. C'est un sort pire que les plus terribles tourments de l'enfer. C'est... c'est au delà de toutes les bornes des enfers que nous connaissons. Et je crois que les flammes les plus ardentes de Satan seraient le souffle du paradis comparées à ce qui peut se passer là-bas.

— Je sais. Croyez-vous que je me risquerais à y descendre si je ne pouvais en être sûre ? Où trouverais-je ailleurs l'arme qu'il me faut, sinon hors du royaume de Dieu ?

— Jirel, vous ne ferez pas cela !

— Gervais, je pars ! Voulez-vous me bénir ?

Les yeux dorés étincelants plongèrent dans les siens, leur éclat adouci par la clarté des étoiles. Au bout d'un moment, il baissa la tête.

— Vous êtes ma suzeraine, je vous donnerai la bénédiction de Dieu, mais elle ne vous servira de rien... là-bas.

★

Elle descendit de nouveau dans les souterrains. Elle descendit longtemps dans le noir absolu, sur des pierres suintantes, dans une obscurité humide qui n'avait jamais connu la lumière du jour.

A travers ces ténèbres épaisses, elle arriva enfin à un mur et se mit à en retirer les pierres branlantes de sa main libre, car elle ne voulait pas poser son épée. Elles n'avaient jamais été scellées au mortier et elles se détachèrent facilement. Quand le passage fut ouvert, elle le franchit et se trouva les pieds posés au haut d'une rampe de pierre polie. Elle enleva encore des moellons du trou dégagé dans le mur et l'élargit de manière à pouvoir passer rapidement ; lorsqu'elle reviendrait — si elle revenait — il se pourrait qu'elle doive le faire en grande hâte.

Au bas de la pente, elle se mit à genoux sur les dalles froides et tâtonna autour d'elle. Ses doigts rencontrèrent le bord d'un cercle parfaitement découpé dans la pierre. Elle continua de tâter jusqu'à ce qu'elle trouve l'anneau au centre. Il était du métal le plus froid qu'elle ait jamais connu, et le plus lisse. Elle ne pouvait lui donner de nom. Jamais la clarté du jour n'avait lui sur ce métal.

Elle tira sur l'anneau. La pierre résistait ; finalement, elle prit son épée entre ses dents et tira des deux mains. Même ainsi, elle était à la limite de ses forces et pourtant elle avait la vigueur de plusieurs hommes. Enfin la pierre se souleva et Jirel sentit un fourmillement léger la parcourir.

Elle reprit alors son épée à la main, et s'agenouilla au bord de l'invisible trou noir. Elle était déjà passée par là une fois, une seule fois, et n'avait jamais pensé retrouver dans sa vie une nécessité assez puissante pour l'y contraindre de nouveau. Ce chemin était le plus étrange qu'elle ait jamais suivi. Il n'y avait, croyait-elle, aucun passage pareil au monde. Il n'avait pas été construit pour être emprunté par des pieds humains. C'était un boyau lisse qui s'enfonçait en spirale. Un serpent aurait pu s'y couler et glisser jusqu'en bas le long de ses spires vertigineuses... mais aucun serpent sur terre n'était assez gros pour remplir ce boyau. Et ce n'était pas le passage d'êtres humains qui avait usé les parois de cette spirale au point de les rendre aussi lisses. Jirel ne tenait pas à penser aux créatures qui les avaient ainsi polies au long de combien de millénaires...

Elle se mit à plat ventre et s'engagea les pieds les premiers dans le boyau courbe. La première fois, avec Gervais, ils étaient descendus, suant de terreur à la pensée de ce qui pouvait se trouver en bas. Des démons les tiraient par les pieds. Maintenant, elle se laissait tranquillement aller, sans se préoccuper de trouver des prises pour ses pieds, et elle glissa rapidement dans les longues spirales tournoyantes.

Le chemin était long jusqu'en bas. Elle n'était pas allée très loin, que le curieux vertige éprouvé la fois précédente la reprit, un vertige pas entièrement dû aux spirales dans lesquelles elle tournait et retournait. C'était un déséquilibre plus profond, qui atteignait les atomes, comme si non seulement elle, mais la matière même autour d'elle changeait.

Il y avait quelque chose de bizarre dans ces spirales. Jirel n'était pas savante en géométrie ou en quoi que ce soit d'autre, mais elle sentait intuitivement que la courbure et la pente du chemin qu'elle suivait étaient d'un autre ordre que toutes les courbes et toutes les pentes qu'elle avait jamais vues. Elles conduisaient dans l'inconnu et les ténèbres, mais il lui semblait confusément qu'elles conduisaient dans des ténèbres et un mystère au delà de l'ordre purement matériel comme si, sans qu'elle pût l'exprimer clairement même en pensée, les courbes bizarres et précises du boyau avaient été soigneusement orientées pour passer à travers un espace polydimensionnel, tout autant qu'à travers les entrailles du sol... peut-être même aussi à travers le temps.

Elle descendait, interminablement. Elle glissait vite, mais elle savait que ce serait long. Lors de leur premier trajet, Gervais et elle s'étaient alarmés à la pensée de la longue ascension qui serait nécessaire au retour. Ils avaient tenté de s'arrêter avant qu'il ne fût trop tard. Ils avaient découvert que c'était impossible. Une fois engagé, on ne pouvait s'arrêter.

Cependant, l'ascension, lorsqu'ils étaient revenus, n'avait pas été difficile. Ils s'étaient imaginés une montée épuisante au long d'interminables tournants, mais là encore se manifesta l'incroyable différence de ces courbes par rapport à celles qu'ils connaissaient. D'une manière bizarre, elles semblaient défier la pesanteur, ou peut-être passaient-elles par quelque chemin hors du pouvoir de celle-ci. Ils avaient eu des nausées, des étourdissements à leur retour, comme à la descente, mais à travers les brumes de ce vertige, il leur avait semblé qu'ils glissaient aussi facilement vers le haut qu'ils avaient glissé vers le bas, ou peut-être, une fois dans le boyau, n'y avait-il plus ni haut ni bas.

Le passage devenait peu à peu horizontal. C'était l'endroit le plus difficile à franchir par un être humain, mais il avait dû servir à faciliter le cheminement des êtres pour lesquels il avait été creusé. Il était trop étroit pour qu'elle pût se retourner et elle devait s'y faufiler sur le ventre et les pieds les premiers en poussant de ses mains sur le sol lisse. Elle fut bien aise quand ses talons ne rencontrèrent plus que l'espace libre ; elle glissa hors de l'issue du boyau et se remit debout dans les ténèbres.

Là, elle fit une pause pour se reprendre. Oui, c'était l'entrée de la longue galerie qu'elle avait suivie avec le père Gervais lors de ce voyage d'exploration. Par pur hasard, ils en avaient trouvé l'entrée et seule l'audace les avaient conduits jusque-là. Gervais s'était ensuite aventuré à une plus grande distance qu'elle... elle était plus jeune alors et plus soumise à l'autorité... Il était revenu le visage blême dans la lumière des torches et lui avait fait remonter le boyau en hâte.

Elle avançait avec précaution, à tâtons, se souvenant de ce qu'elle avait vu dans l'obscurité un peu plus loin, et se demandant, en dépit d'elle-même et avec un petit pincement au cœur, ce qui avait pu faire revenir le père Gervais si précipitamment. C'était à peu près à cet endroit... ou un peu plus loin ? Le silence était comme un grondement dans ses oreilles.

Alors, les ténèbres bougèrent devant elle. C'était simplement cela — un immense, un impondérable mouvement de l'obscurité pesante. Seigneur ! C'était nouveau ! Elle saisit d'une main la croix qui pendait à son cou et de l'autre étreignit la garde de son épée. Puis l'obscurité fondit sur elle, la frappant comme un ouragan, l'envoyant rouler contre les murs et hurlant dans ses oreilles comme un millier de démons... un sauvage cyclone de ténèbres qui la ballottait impitoyablement et faisait virevolter ses cheveux, et grondait autour d'elle d'une myriade de voix clamant leur désespoir dans le noir. Ces voix étaient pitoyables dans leur terreur et leur abandon. Les larmes lui vinrent aux yeux tandis qu'elle frémissait d'une épouvante sans nom, car ce cyclone était animé d'un horrible instinct. C'était une chose vivante qui parcourait la nuit du monde souterrain, une chose diabolique qui la révoltait d'horreur, même si son cœur était touché par ces petites voix perdues se lamentant dans le vent, là où aucun vent ne pouvait exister.

Et puis ce fut fini. En un clin d'œil, l'ouragan disparut, ne laissant aucun murmure comme signe de son passage. Elle se retrouva debout comme frappée de stupeur, son épée encore futilement serrée dans une main et les larmes ruisselant sur son visage. Pauvres petites voix perdues et gémissantes ! Elle essuya ses pleurs d'une main tremblante et serra les dents pour lutter contre la faiblesse qui l'envahissait Il lui fallut cinq bonnes minutes avant qu'elle pût se forcer à avancer. Après quelques pas, ses genoux cessèrent de trembler.

Le sol était sec et lisse sous ses pieds. Il était légèrement en pente et elle se demanda dans quelles profondeurs insondées elle descendait à présent. Le silence était retombé lourdement et elle se prit à tendre l'oreille vers quelque autre bruit que le piétinement sourd de ses propres pas. Soudain son pied glissa sur quelque chose d'humide. Elle se pencha, explora les alentours de ses doigts tendus, avec la sensation irraisonnée que cette humidité serait rouge si elle pouvait la voir. Mais ses doigts suivirent le contour d'une énorme empreinte... une empreinte qui allait s'élargissant et qui avait trois doigts, comme celle d'une grenouille, mais d'une taille monstrueuse. La trace était fraîche. Elle eut un vif éclair de mémoire... Cette chose qu'elle avait aperçue dans la lueur des torches lors de son autre descente. Mais elle avait alors de la lumière, et maintenant elle était aveugle dans l'obscurité qui était l'habitat naturel de cette créature...

Un instant, elle ne fut plus Jirel de Joiry, ivre de vengeance, en quête d'une arme diabolique, mais une femme effrayée, seule dans les ténèbres maléfiques. Ce souvenir avait été si vif...

Puis elle revit le visage moqueur et méprisant de Guillaume, sa petite barbe noire, les solides dents blanches et son rire ; quelque chose de brûlant et de puissant courut en elle comme une flamme et elle fut de nouveau Jirel, vengeresse et résolue. Elle avança plus lentement, son épée décrivant un demi-cercle tous les trois pas ; elle ne voulait pas être surprise trop soudainement par quelque monstre de cauchemar qui la saisirait dans l'étreinte de ses pattes. Cependant des frissons couraient le long de son dos non protégé.

La galerie continuait, interminablement. Elle pouvait en sentir les froides parois de chaque côté et son épée balancée verticalement éraflait le plafond. C'était comme si elle se faufilait dans un trou creusé par un ver, à l'aveuglette, sous le poids d'innombrables toises de terre. Elle en sentait la pression au-dessus et autour d'elle, écrasante, et elle ne put s'empêcher de prier pour que vienne bientôt la fin de cette trop longue galerie, quoi qu'il pût y avoir au bout

Mais quand cela arriva, ce fut plus étrange que tout ce qu'elle avait jamais rêvé. Brusquement, elle sentit l'immense, l'impondérable oppression cesser. Elle n'eut plus la sensation de ces masses de terre pesant sur elle de toutes parts. Les parois ne se dressaient plus et ses pieds se posèrent soudain sur des pierrailles au lieu du sol lisse. L'obscurité qui avait bandé ses yeux avait changé, elle aussi, indescriptiblement. Ce n'était plus l'obscurité, mais le vide ; pas une absence de lumière, mais un néant pur et simple. Des gouffres s'ouvraient tout autour et pourtant elle ne pouvait rien voir. Elle savait simplement qu'elle se trouvait sur le seuil d'un espace immense et se sentait environnée de choses sans nom ; elle lutta vainement contre ce néant qui était tout ce que ses yeux fatigués pouvaient percevoir. Et quelque chose lui serra douloureusement la gorge.

Elle y porta la main et trouva la chaîne de son crucifix raidie et vibrante autour de son cou. Elle eut un petit sourire morne, car elle commençait à comprendre. Le crucifix. Elle s'aperçut que sa main tremblait malgré elle, mais elle défit la chaîne et laissa tomber la croix sur le sol. Alors elle sursauta violemment.

Tout autour d'elle, aussi soudainement que si elle sortait d'un rêve, le néant s'était ouvert sur d'inimaginables perspectives. Elle se trouvait en haut d'une colline sous un ciel constellé d'étoiles inconnues. En bas, elle entrevit des plaines et des vallées dans la brume avec des cimes montagneuses qui s'élevaient dans le lointain Et à ses pieds, un cercle vorace de petites créatures baveuses, aveugles bondirent en faisant claquer leurs mandibules.

Elles étaient répugnantes, difficiles à distinguer dans l'obscurité du versant de la colline, et le bruit qu'elles faisaient soulevait le cœur. Son épée se dressa presque d'elle-même et frappa furieusement parmi ces petites choses noires qui lui sautaient aux jambes. Elles mouraient en éclaboussant ses cuisses nues d'un jus dégoûtant ; et après que sa lame en eut tué quelques-unes, le reste s'enfuit dans l'obscurité avec des halètements effrayés et leurs pattes faisaient un bruit de clapotis sur les pierres.

Jirel arracha une poignée d'herbe rude et nettoya ses jambes des immondes éclaboussures, tout en parcourant du regard, la respiration un peu courte, ce pays tellement maudit que si l'on portait une croix, on ne pouvait même pas le voir. Là, elle trouverait — si on pouvait la trouver quelque part — l'arme qu'elle cherchait. Derrière elle, au flanc de la colline, s'ouvrait la galerie qu'elle avait empruntée. Au-dessus, brillaient des étoiles inconnues. Elle ne reconnaissait pas une seule constellation, et si les points les plus brillants étaient des planètes, elles étaient étranges, teintées de violet, de vert et de jaune. L'une d'elles était d'un rouge étincelant. Très loin au delà du paysage onduleux, elle pouvait distinguer une puissante colonne de lumière. Elle ne rayonnait pas, n'illuminait pas l'obscurité environnante Elle ne projetait pas d'ombres. Ce n'était qu'un grand faisceau lumineux qui s'élevait très haut dans la nuit. Elle semblait artificielle. Peut-être était-ce une création humaine. Et cependant Jirel n'osait guère espérer la présence d'hommes là-bas.

Elle s'était attendue à se retrouver sur les fameux pavés ardents de l'enfer, et ce pays aimable, dans cette nuit étoilée, la surprenait et la rendait plus méfiante. Les créatures qui avaient creusé le passage ne pouvaient pas avoir été humaines. Elle ne pouvait donc pas compter que des hommes fussent là. Elle était un peu stupéfaite de trouver un ciel grand ouvert si loin sous terre ; cependant, elle était assez intelligente pour comprendre que, quelle que fût la manière dont elle y était venue, elle n'était plus sous terre maintenant. Aucune cavité dans la Terre ne pouvait contenir ce ciel étoilé. Jirel appartenait à un âge crédule et acceptait ce qui l'entourait sans trop se poser de questions.

Lorsqu'elle eut essuyé son épée sur l'herbe et nettoyé ses jambes, lentement elle se mit à descendre la colline. La colonne lointaine de lumière l'appelait et, après un moment d'hésitation, Jirel se dirigea vers elle. Elle n'avait pas de temps à perdre, et c'était l'endroit où elle avait le plus de chance de trouver ce qu'elle cherchait.

L'herbe rude fouettait ses jambes et murmurait sous ses pieds. Elle trébuchait de temps en temps sur la pierraille, car la pente était rapide, mais elle atteignit le bas sans anicroche et se lança à travers les prairies vers ce lointain faisceau de lumière. Il lui semblait, sans qu'elle comprît comment, qu'elle marchait maintenant plus légèrement. L'herbe se courbait à peine sous ses pas et elle s'aperçut qu'elle pouvait faire de longues enjambées comme si elle avait des ailes à ses talons. C'était comme un rêve.

Elle traversa ainsi les prairies, effleurant l'herbe rude et étrange, et passa un ruisseau ou deux qui se parlaient indéfiniment à eux-mêmes ; leur curieux murmure était presque un langage et certainement pas le gazouillis habituel des eaux courantes sur la Terre. Une fois, elle rencontra une poche d'obscurité, comme un trou dans l'air, qu'elle franchit avec peine en suffoquant et en clignant des yeux, furieuse. Elle commençait à comprendre que ce pays n'était pas aussi innocemment normal qu'il paraissait.

Le sol devint spongieux sous ses pas ; bientôt, une odeur de marécage lui monta aux narines et elle vit qu'entre elle et la lumière s'étendait une bande de terrain instable, couverte de touffes d'herbe noire comme des roseaux. Çà et là, elle pouvait voir bouger de vagues ombres blanches. C'étaient peut-être des bêtes ou de simples traînées de brouillard. A la lueur des étoiles, on distinguait mal.

Elle se mit à marcher avec précaution à travers les marais ténébreux et mouvants. Là où poussaient les touffes d'herbe, elle trouva un terrain plus solide et elle sauta de touffe en touffe avec une légèreté surprenante, ses pieds touchant à peine la vase noire. Par endroits, des bulles montaient lentement dans la boue et crevaient lourdement. Jirel n'aimait pas ce lieu.

A mi-chemin de sa traversée, elle vit l'une des ombres blanches venir vers elle avec des mouvements lents, incohérents. Elle progressait par à-coups irréguliers et Jirel crut d'abord qu'elle n'était pas vivante, tant sa démarche était incertaine et désordonnée. Puis la forme se rapprocha, comme à l'aveuglette, de sa singulière allure tressautante, avec des bruits de succion dans la vase et des éclaboussements.

A la clarté des étoiles, Jirel vit soudain ce que c'était et, un instant, son cœur s'arrêta et une incoercible nausée lui monta à la gorge. C'était une femme... belle... dont la nudité blanche avait les rondeurs et la grâce d'une statue de marbre. Elle était accroupie comme une grenouille et comme Jirel la considérait, stupéfaite, elle détendit brusquement ses jambes et sauta comme saute une grenouille, mais gauchement, tombant en avant dans la vase à une faible distance de celle qui l'observait. Elle ne semblait pas voir Jirel. Son visage couvert de boue était sans expression. Elle continua d'avancer à travers le marécage par sauts maladroits. Jirel regarda jusqu'à ce que la femme ne fût plus qu'une ombre blanche errant dans l'obscurité et, au delà du choc de cette vision, naissaient la pitié et un ressentiment d'incompréhension contre ce qui avait pu réduire une si ravissante créature à pareil destin : errer sans but par sauts de grenouille dans la boue, avec l'esprit vide et de grands yeux aveugles. Pour la seconde fois en cette nuit, quand elle reprit son chemin, elle sentit ses yeux se brouiller de larmes inhabituelles.

Elle s'élança à travers l'étroit espace qui la séparait encore de la tour. Elle voyait maintenant que celle-ci était une construction et qu'elle était faite de lumière. Elle ne pouvait comprendre ce phénomène mais elle le constatait.

Elle avança avec hésitation en étreignant son épée. Le sol autour de la gigantesque colonne était pavé d'une matière noire et lisse qui ne réfléchissait pas la lumière. De là, surgissaient les murs mouvants de luminosité avec leurs contours nettement définis. L'énormité de la construction réduisait Jirel à une taille infinitésimale. Les yeux levés, elle la contempla sans être éblouie, en essayant de comprendre. S'il pouvait exister une telle chose, faite d'une lumière tangible, non rayonnante, elle l'avait devant elle.

★

Elle dut s'approcher très près de la tour prodigieuse avant d'en voir nettement les détails. Ils lui parurent singuliers... de grandes colonnes et des arceaux entouraient sa base, avec un colossal portail. Elle se dirigea vers l'entrée, car cette lumière avait un aspect solide. Elle ne croyait pas qu'elle aurait pu la traverser si même elle l'avait tenté.

Lorsqu'elle fut sous l'arche du formidable portail, elle risqua un coup d'œil à l'intérieur. Elle avait l'impression d'entendre le sifflement et la ruée de la lumière qui s'élançait vers le sommet de la tour. Elle contemplait une immense salle qui avait la forme d'un globe, bien que sa courbe fût si énorme que Jirel put à peine s'en rendre compte. Et au centre de cette sphère flottait une lumière. Elle cligna des yeux ; c'était une lumière logée dans une bulle de lumière. Elle rayonnait là, suspendue dans l'air, d'une flamme pâle et stable, vivante en quelque sorte, animée et plus brillante que l'illumination sereine de la tour, car elle brûlait les yeux si on la regardait directement.

Jirel restait sur le seuil, les yeux ronds, n'osant se risquer à entrer. Et tandis qu'elle hésitait, un changement se produisit dans la lumière. Une teinte rose colora sa pâleur. Ce rose devint plus profond, plus foncé, jusqu'à prendre la couleur du sang. Et la forme de la flamme subit d'étranges métamorphoses. Elle s'allongea, s'étira en se rétrécissant, se fendit dans le bas en deux branches, et du haut sortirent deux vrilles. Le rouge sang pâlit de nouveau et la lumière perdit son éclat, recula dans les profondeurs de la chose qui se formait. Jirel étreignit son épée et, tout en regardant, elle oublia de respirer. La lumière prenait la forme d'un être humain... d'une femme... une femme de haute taille en cotte de mailles, sa chevelure rousse ébouriffée, et ses yeux fixés droit dans les yeux identiques de celle qui était sur le seuil...

— Soyez la bienvenue, dit la Jirel suspendue au centre du globe, d'une voix profonde, sonore et claire, en dépit de la distance qui les séparait

Sous le portail, Jirel, surprise et effrayée, retint son souffle. C'était elle-même en tous points, l'image réfléchie de Jirel... oui, une Jirel réfléchie sur une surface qui luisait et miroitait d'un éclat à peine atténué, et dont les yeux étincelaient. L'image semblait ne garder ses contours qu'avec peine, et lutter pour ne pas se résoudre de nouveau en lumière pure et simple. Mais la voix n'était pas celle de Jirel. Elle vibrait et résonnait d'un savoir aussi étrange que ces murs faits de lumière. Elle était moqueuse.

— Soyez la bienvenue ! disait-elle. Ne restez pas sous ce portail, femme, entrez !

Jirel regarda avec circonspection les murs jaillissant autour d'elle. Instinctivement, elle recula.

— Entrez, entrez ! insista la voix ironique qui venait du reflet de ses lèvres.

Et il y avait en elle une note que Jirel n'aimait pas.

— Entrez ! cria de nouveau la voix.

Cette fois, c'était un ordre.

Les yeux de Jirel se rétrécirent. Une sorte d'intuition l'avertissait de ne pas avancer et pourtant...

Elle tira le poignard qu'elle avait passé dans sa ceinture, et d'un geste rapide le lança dans la vaste salle sphérique. Il frappa le sol sans un bruit, et une lueur éclatante jaillit autour de lui, si éclatante que Jirel ne put regarder ce qui se passait ; mais il lui sembla que le poignard se dilatait, devenait énorme et nébuleux, et s'entourait d'un halo éblouissant. En moins de temps qu'il ne faut pour le dire, il eut disparu à la vue comme si les atomes mêmes dont il était composé avaient volé en éclats et s'étaient éparpillés dans la lumière dorée de cette gigantesque bulle. L'éblouissement s'évanouit avec le poignard, laissant Jirel fixer d'un regard hébété le sol nu.

L'autre Jirel éclata d'un rire retentissant, empli de dédain et de perversité.

— Restez dehors en ce cas, dit la voix. Vous êtes plus intelligente que je ne pensais. Voyons, que cherchez-vous ici ?

Jirel retrouva sa voix avec peine.

— Je cherche une arme, dit-elle. Une arme contre un homme que je hais tellement qu'il n'en est aucune sur terre qui soit à mes yeux suffisamment terrible.

— Vous le haïssez donc tant ? murmura la voix d'un ton rêveur.

— De toute mon âme !

— De toute votre âme ! répéta la voix avec un rire contenu.

Les échos de cette gaieté se répercutèrent longuement autour du vaste globe. Jirel sentit ses joues s'enflammer de ressentiment contre le sous-entendu qu'elle devinait dans cette dérision. Lorsque les échos de son rire se furent assourdis, la voix dit, indifférente :

— Donnez à cet homme ce que vous trouverez dans le temple noir au milieu du lac. Je vous en fais cadeau.

Les lèvres qui étaient celles de Jirel se tordirent

dans un rictus purement moqueur ; puis tout autour de l'image qui était si parfaitement la sienne, la lumière fulgura. Jirel vit les contours se fondre rapidement. Avant que les échos du rire sardonique se fussent éteints, une flamme informe à l'éclat insoutenable brûla de nouveau au centre de la bulle.

Jirel s'éloigna, chancelante, une main sur ses yeux aveuglés. Ce ne fut pas avant d'avoir atteint la limite du cercle noir, sans reflets, qui recouvrait le sol autour de la colonne géante, qu'elle se rendit compte qu'elle n'avait aucun moyen d'atteindre le lac où se cachait l'arme. Et seulement alors, elle se souvint combien il était périlleux, disait-on, d'accepter un cadeau d'un démon.

L'acheter ou le gagner, mais ne jamais accepter le cadeau. Bah !... Elle haussa les épaules et avança sur l'herbe. Elle était sûrement damnée maintenant, pour s'être aventurée à descendre de sa propre volonté en ce lieu étrange, et dans une intention telle que la sienne. On ne perd son âme qu'une fois.

Elle leva les yeux vers les étoiles inconnues et se demanda dans quelle direction était son chemin. Le ciel la considérait impassible de sa myriade d'yeux indifférents. Une étoile filante passa alors qu'elle regardait, et son esprit superstitieux la prit comme un signe. Elle se mit hardiment en route à travers les prairies noires, marchant dans la direction où le trait lumineux s'était éteint. La route n'était pas barrée de ce côté par des marais, et bientôt elle se retrouva glisser au ras de l'herbe, de sa bizarre allure dansante. Et tout en glissant, elle se souvint, comme d'un temps très éloigné en un autre monde lointain, du rire arrogant d'un homme et de la pression de sa bouche sur la sienne. La haine bouillonna furieusement en elle et vint à ses lèvres en un ricanement sauvage. Quelle arme épouvantable l'attendait dans le temple du lac, quel châtiment conçu par l'enfer pour être infligé de ses propres mains à Guillaume ? Et bien que son âme fût le prix à payer, elle considérait cela comme une bonne affaire.

Ses pensées de vengeance lui tinrent compagnie au long de sa route. Elle était certaine maintenant d'aller dans la bonne direction car deux autres étoiles filantes étaient tombées à travers le ciel en suivant la même trajectoire.

Les prairies n'étaient pas désertes. Parfois elle sentait des présences autour d'elle dans le noir, et une fois, elle tomba en plein sur un nid de petits monstres jappants comme ceux du haut de la colline. Ils se précipitèrent les dents claquantes, tous d'une férocité aveugle, et Jirel fit tournoyer frénétiquement son épée, écœurée par le bruit de leurs sautillements visqueux dans l'herbe. Elle les mit en fuite et continua son chemin, luttant contre sa nausée, car elle n'avait jamais rien rencontré d'aussi répugnant que ces monstrueuses créatures.

Elle traversa un ruisseau qui, dans les ténèbres, babillait tout seul de ce murmure bizarre, si proche de la parole, et quelques pas plus loin, elle s'arrêta soudain, sentant le sol trembler d'un grondement de tonnerre : des sabots lancés au galop approchaient. Elle resta immobile, fouillant anxieusement les ténèbres ; bientôt le galop qui ébranlait la terre devint plus fort, une large tache blanche apparut dans l'obscurité sur sa gauche et le bruit des sabots s'accentua encore. Puis, de la nuit, surgit une bande de chevaux blancs comme la neige. Ils galopaient, magnifiques, secouant leurs crinières, leurs queues flottant au vent, leurs sabots martelant le sol ; la beauté de ce spectacle lui coupa le souffle. Ils passèrent à peu de distance, agitant la tête, rejetant la terre sous leurs foulées méprisantes.

Mais alors qu'ils arrivaient à sa hauteur, elle vit l'un d'eux broncher et heurter son voisin qui secoua la tête comme désorienté et soudain, elle comprit qu'ils étaient aveugles. Et elle vit aussi que leurs robes étaient trempées de sueur, que l'écume leur dégouttait de la bouche et que leurs naseaux gonflés étaient écarlates. De temps en temps, l'un d'eux chancelait d'épuisement. Pourtant ils galopaient frénétiquement, aveuglément à travers l'obscurité, poussés par quelque chose qui était au delà de leur compréhension.

Lorsque le dernier cheval passa près d'elle, tout couvert de sueur et trébuchant, elle le vit redresser la tête, faisant voler son écume, et lancer un hennissement strident vers les étoiles. Et il lui sembla que ce cri était étrangement articulé. Elle entendit presque l'écho d'un nom : « Julienne ! Julienne ! » dans cette clameur aiguë. Et cette incongruité, cette amère désespérance lui étreignit le cœur si durement que pour la troisième fois en cette nuit des larmes brûlantes lui vinrent aux yeux.

L'épouvantable humanité de ce cri résonnait encore à ses oreilles alors que le tonnerre de la galopade s'éteignait au loin. Elle reprit son chemin, luttant contre sa pitié envers cette créature superbe et aveugle, chancelante de fatigue, et qui criait désespérément un nom de femme dans la nuit vide où elle était à jamais perdue.

Une autre étoile filante traversa le ciel et Jirel pressa le pas, fermant son esprit à l'insolite, à l'incompréhensible sentiment de compassion qui mettait une note de désolation dans la nuit étoilée de ce pays. Et la pensée grandissait dans son esprit : si elle n'était pas arrivée dans un monde sulfureux où les diables cornus se démenaient parmi des flammes, peut-être était-ce, après tout, une sorte d'enfer qu'elle traversait.

A ce moment, elle aperçut au loin quelque chose qui luisait faiblement. Ensuite le terrain descendait et elle perdit la lueur de vue ; de son allure légère, elle franchit un creux où des choses blêmes ondoyèrent devant elle avant de se réfugier dans une obscurité plus profonde. Elle ne sut jamais ce qu'elles étaient et en fut heureuse. Lorsqu'elle se retrouva sur une pente plus élevée, elle revit nettement les reflets luisants ; c'était une étendue qui miroitait faiblement droit devant elle. Elle espéra que c'était un lac et se hâta davantage.

C'était un lac... un lac inimaginable en ce ténébreux enfer. Elle s'arrêta sur le bord, hésitante, se demandant si c'était là l'endroit dont le démon de lumière avait voulu parler. Une eau noire et luisante s'étendait devant elle, doucement balancée par une houle qui ne ressemblait à celle d'aucune étendue d'eau qu'elle eût jamais vue. Et dans ses profondeurs, comme des lucioles prises dans la glace, étincelaient une myriade de petites lumières. Elles étaient fixées là, immuablement, sans suivre le mouvement de l'eau. Et tandis que Jirel regardait, quelque chose siffla au-dessus d'elle, un trait de lumière fendit l'obscurité.

Elle releva les yeux vers le ciel, essayant de situer l'origine de ces lumières filantes mais les étoiles inconnues la contemplaient, inexpressives. Elle se pencha et plongea le regard à l'endroit d'où les ondes partaient en s'élargissant ; et là où la chose était tombée, elle crut voir une nouvelle lumière scintiller dans l'eau. Elle ne put déterminer ce que c'était ; s'étant posé la question, elle l'abandonna et regarda de tous côtés, à la recherche du temple dont le démon de lumière avait parlé.

Il lui sembla apercevoir une forme sombre au milieu du lac et quand elle l'eut fixée quelques minutes, la forme devint peu à peu plus nette, un arc noir se dessinant sur le fond scintillant de l'eau. Cela pouvait être un temple. Elle marcha lentement sur la rive pour essayer de le voir de plus près, car ce n'était rien de plus qu'une tache noire dans les étincellements de lumière, comme un vide dans le ciel. Et tout à coup, elle buta contre quelque chose dans l'herbe.

Elle baissa les yeux, inquiète, et vit une ombre étrange, indistincte. Celle-ci était solide au toucher mais quasi invisible à l'œil, et Jirel ne pouvait bien concentrer son regard sur elle. C'était comme si l'on essayait de voir quelque chose qui n'existait pas, sinon comme une tache noire dans l'herbe. Cela avait l'apparence d'une marche et lorsqu'elle porta ses yeux plus loin, elle s'aperçut que c'était le début d'un pont à peine visible qui lançait au-dessus du lac une arche étroite faite de néant. Il ne semblait pas avoir de surface et ses bords étaient difficiles à distinguer de l'obscurité moins dense qui l'entourait. Cependant ce pont était tangible — comme taillé dans des ténèbres solides — et il menait là où elle désirait aller. Car elle était naïvement certaine, maintenant, que la forme sombre au milieu du lac était le temple qu'elle cherchait. Les étoiles filantes l'avaient guidée et elle ne pouvait s'être égarée.

Elle serra les dents, étreignit son épée et s'engagea sur le pont. Il était ferme comme un roc sous ses pas, mais n'avait guère plus d'un pied de large et pas de parapet. A peine eut-elle fait un pas ou deux qu'elle commença à se sentir prise d'étourdissement car, en bas, l'eau était soulevée par une houle qui lui faisait tourner la tête, et les étoiles scintillaient fantastiquement dans ses profondeurs. Elle n'osait pas relever les yeux, craignant de perdre pied sur cette arche étroite de ténèbres. C'était comme si elle marchait sur un pont jeté à travers l'espace avec le firmament au-dessous d'elle, et seulement une bande instable de néant pour la soutenir. A mi-chemin, le mouvement de l'eau, l'illusion de vastes espaces constellés sous ses pieds et l'apparence incertaine du pont se combinèrent pour lui donner le vertige ; et tandis qu'elle avançait en chancelant, le pont lui semblait osciller, se balancer en arcs gigantesques au-dessus du ciel étoilé qui se déployait sous elle.

Maintenant, elle voyait le temple de plus près, bien qu'à peine plus nettement que de la rive. Il paraissait n'être qu'une silhouette irréelle sur un fond criblé d'étoiles, dessinant ses arceaux et ses colonnes de néant sur les eaux scintillantes. Le pont s'abaissait en une longue courbe indistincte jusqu'à sa porte. Jirel dévala les derniers mètres à corps perdu et s'arrêta, le souffle coupé, sous la voûte qui formait le vague portail du temple. Elle resta haletante, regardant autour d'elle, les yeux rétrécis, l'épée serrée dans sa main. Car bien que l'édifice fût vide et silencieux, elle sentit une présence à l'instant même où elle y posa le pied.

Elle scrutait du regard un petit espace de vide dans le lac étoilé. Cela ne semblait pas être autre chose. Elle pouvait voir des murs et des colonnes se découper sur l'eau comme des ombres ténébreuses dans le ciel émaillé d'étoiles, mais là où il n'y avait que du noir derrière le temple, elle ne pouvait plus rien voir.

C'était un tout petit espace, pas plus de quelques mètres carrés de vide sur la face des eaux scintillantes. Et au centre se dressait une idole.

Elle la considéra en silence, sentant une impulsion irrésistible grandir en elle, comme en réponse à une vague injonction extérieure. La statue était faite d'une matière d'un noir sans nom, différente de celle dont était construit l'édifice, car même dans l'obscurité, Jirel pouvait la voir nettement. C'était une figure à demi humaine, accroupie, la tête tendue en avant, asexuée, étrange. Son œil unique au milieu du front était fermé comme dans une extase et sa bouche était entrouverte pour un baiser. L'image n'avait même pas un semblant de vie, pourtant Jirel sentait nettement la présence de quelque chose de vivant dans le temple, quelque chose de tellement inhumain et innomé, qu'instinctivement elle recula.

Elle resta là une minute entière, répugnant à pénétrer dans un lieu où habitait un être aussi inquiétant, à demi consciente de cette impulsion muette qui croissait en elle. Et lentement elle prit conscience que toutes les lignes et tous les angles de l'édifice à peine visible étaient incurvés de façon à faire de l'idole leur centre et leur foyer. Le pont lui-même inclinait sa longue courbe afin de compléter cette concentration. Comme elle regardait, il lui sembla qu'à travers les arceaux des colonnes, même les étoiles dans le lac et le ciel étaient réunies par groupes qui prenaient la statue pour foyer. Chaque ligne et chaque courbe de ce monde semblait converger vers la figure accroupie avec son œil fermé et sa bouche tendue.

Peu à peu, cette concentration universelle des lignes commença d'exercer son influence sur elle. Elle fit un pas hésitant en avant, sans s'en rendre compte, mais ce pas était tout ce dont avait besoin la force latente qui était en elle. En ce seul pas, l'impulsion s'empara d'elle avec l'impétuosité d'un cyclone. Sans pouvoir rien y faire, elle se sentit avancer ; avec ce qui lui restait de raison, elle comprit la folie qui l'envahissait. Les étoiles tournoyant autour d'elle, elle continua d'avancer jusqu'à ce qu'elle mît les mains sur les épaules puissantes de l'idole. Son épée oubliée se pressa contre le cou de celle-ci comme pour lui donner l'accolade ; Jirel leva sa tête rousse et posa en aveugle ses lèvres sur les lèvres entrouvertes du dieu noir.

Dans un rêve, elle prit ce baiser. Dans un rêve vertigineux et désordonné, il lui sembla sentir ces lèvres, d'une froideur de métal, répondre aux siennes. Et dans ce baiser — d'une femme au sang chaud et d'une image de pierre sans nom —, dans l'union de ces deux bouches, quelque chose pénétra jusqu'en son âme même ; quelque chose de glacé et d'accablant ; quelque chose d'inhumain au delà de toute expression. Cela pesa sur son âme frémissante comme un fardeau glacial venu du vide, une bulle emplie de quelque chose d'inconcevablement non humain, d'inimaginablement terrible. C'était comme le poids du remords ou du désespoir mais plus froid, plus menaçant, comme si ce poids n'était que l'œuf d'où pourraient naître des choses trop horribles pour qu'on ose même y penser.

Le temps de ce baiser ne pouvait avoir été plus long que l'espace d'un souffle, mais pour elle, il avait été infini. Dans un rêve, elle sentit l'impulsion qui l'avait entraînée l'abandonner enfin. Dans un rêve, elle laissa glisser ses mains des épaules de l'idole, retrouva sa lourde épée dans son poing serré et la considéra vaguement jusqu'à ce que la clarté revienne dans son esprit obscurci. Lorsqu'elle reprit complètement conscience d'elle-même, elle était debout, le corps sans force, la tête basse devant l'image aveugle, avec ce poids funèbre sur le cœur, aussi accablant qu'un chagrin tenace et plus froidement menaçant que tout ce qu'elle eût pu exprimer.

Sa lucidité retrouvée, la plus effroyable épouvante l'envahit, rapide et soudaine — terreur du dieu noir et du temple de ténèbres, et du lac aux étoiles glacées et de tout le vaste monde obscur, redoutable, qui l'entourait. Désespérément, elle désira retrouver son monde à elle, même la rouge fureur de la haine, et la violence des lèvres de Guillaume et l'arrogance de ses yeux. N'importe quoi plutôt que ce monde-là. Ses pieds volèrent sur le pont étroit, aussi légers que les ailes d'une mouette effleurant l'eau. En un clin d'œil, le vide étoilé du lac eut défilé sous elle et elle marcha de nouveau sur le sol ferme. Elle vit la haute colonne de lumière au loin par-delà les prairies, et plus loin encore, le sommet d'une colline qui se détachait sur les étoiles. Et elle se mit à courir.

Elle fuyait, la peur sur ses talons et des démons hurlant dans le vent de sa course. Elle franchit le creux où des choses blêmes s'écartèrent, ondoyantes.

Elle fuyait à travers les prairies inégales dans une frénésie de terreur. Elle fuyait, fuyait de ces bonds légers que la pesanteur moindre lui permettait, plus vive qu'un daim, et sa propre panique lui étranglait la gorge, et ce fardeau dont son âme était chargée pesait sur elle trop affreusement pour qu'elle pût pleurer. Elle fuyait pour lui échapper et ne le pouvait pas ; et la certitude sinistre qu'elle portait en elle quelque chose de trop horrible pour y penser grandissait sans cesse.

Longtemps elle courut infatigablement, touchant à peine l'herbe, des ailes à ses talons, sa chevelure rousse flottant au vent. Sa panique disparut peu à peu, mais le sentiment d'une lourde malédiction ne s'effaça pas. Elle sentait que des larmes la soulageraient ; or, quelque chose dans la nuit frigide de son âme glaçait ses pleurs dans ce froid gris et inhumain.

Et peu à peu, à travers ces ténèbres intérieures, un projet féroce prit forme dans son esprit. Sa vengeance sur Guillaume ! Elle n'avait emporté du temple qu'un baiser, c'était donc cela qu'elle devait utiliser contre lui. Et sauvagement, elle exulta à la pensée de ce que ce baiser provoquerait sur lui, à son insu. Elle ne savait pas quoi, mais cela l'emplissait d'une joie cruelle d'essayer de le deviner.

Elle avait dépassé la colonne et contournait le marais où les formes blanches, maladroites, sautillaient toujours gauchement dans la vase ; elle marchait sur l'herbe rude vers la colline qui se rapprochait lorsque le ciel se mit à pâlir à l'horizon. Et avec cette pâleur, une nouvelle terreur s'empara d'elle, une horreur folle de la clarté du jour dans ce monde maudit. Elle ne savait pas si c'était la lumière elle-même qu'elle redoutait tellement, ou ce que cette lumière révélerait dans les étendues ténébreuses qu'elle avait traversées si aveuglément.

Quelles horreurs inconnues n'avait-elle pas côtoyées dans la nuit ! Mais elle savait instinctivement que si elle tenait à sa raison, elle devait être partie avant que le jour se lève sur ce pays. Elle redoubla d'efforts, forçant ses jambes épuisées à voler encore plus vite sur l'herbe. Si elle y arrivait, ce serait de justesse, car déjà les étoiles s'éteignaient, une teinte d'un vert bizarre s'élargissait dans le ciel, et autour d'elle, l'air virait à une vague et déplaisante grisaille.

Elle attaqua péniblement, à bout de souffle, la pente de la colline. Lorsqu'elle fut à mi-chemin du sommet, son ombre commença à se dessiner sur les pierres ; ombre étrange et terriblement évocatrice de quelque chose qui était au delà de sa compréhension. Elle détourna les yeux, craignant qu'à tout moment sa signification n'apparaisse brutalement à son cerveau révolté.

Elle voyait le sommet de la colline au-dessus d'elle, sombre dans le ciel pâlissant, et elle continuait de monter avec une hâte frénétique, étreignant son épée ; consciente de ce que si elle devait voir en plein jour les horribles petites monstruosités qui lui avaient sauté aux jambes lorsqu'elle avait marché dans la nuit, elle s'effondrerait en hurlant, en proie à une crise de nerfs.

L'entrée du souterrain béait devant elle, noire, accueillante, refuge contre la clarté naissante. Elle ressentit une envie presque irrépressible de se retourner et de regarder du haut de ce sommet le pays qu'elle avait traversé, mais elle serra très fort son épée pour vaincre cette tentation perverse. Il y eut un grouillement dans les pierres à ses pieds, elle se mordit la lèvre et frappa rageusement à brefs coups d'épée sans baisser son regard. Elle entendit de petits cris aigus et le bruit clapotant des pattes sur les pierres ; elle sentit sa lame s'enfoncer par trois fois dans des choses molles, tandis que claquaient de petites dents hargneuses. Puis les affreuses créatures s'enfuirent et se dispersèrent dans la colline ; elle avança chancelante, étouffant le cri qui voulait si furieusement jaillir de ses lèvres.

Elle lutta contre ce désir grandissant tout au long du chemin jusqu'à l'entrée du passage, car elle savait que si elle y cédait, elle ne cesserait pas de hurler jusqu'à s'en déchirer la gorge.

Le sang coulait de sa lèvre tant elle la mordait pour se taire, lorsqu'elle arriva au souterrain. Et là, elle reconnut, scintillant sur les pierres, un petit objet brillant qui lui était cher. Avec un sursaut d'émotion, elle se pencha et ramassa le crucifix qu'elle avait arraché de son cou en arrivant en ce lieu. Lorsque ses doigts se refermèrent sur lui, une vaste nuit protectrice l'enveloppa. Haletante de soulagement, elle fit à l'aveuglette les deux pas qui la séparaient du souterrain.

L'obscurité était comme un bandeau sur ses yeux et elle en était heureuse, se souvenant comment son ombre s'était si affreusement découpée sur la pente de la colline alors qu'elle la gravissait, se souvenant des premiers rayons de ce soleil qui tombait sauvagement sur ses épaules. Elle avança trébuchante dans les ténèbres, retrouvant peu à peu la maîtrise de son corps tremblant et de sa respiration pantelante, et l'épouvante que ce jour naissant avait si inexplicablement soulevée en elle. Et alors que cette terreur s'éteignait, le fardeau qui pesait sur son esprit redevint écrasant. Elle l'avait presque oublié dans sa panique, mais maintenant le sentiment d'une effroyable fatalité, imminente et inconnue, se fit plus pénible et plus oppressant dans l'obscurité du souterrain, et elle allait tâtonnante dans la stupeur morne de son accablement, le pas lent sous le poids de l'abomination qu'elle portait en elle.

Rien ne barra son chemin. Dans son hébétude muette, elle ne s'en rendit guère compte ; elle ne craignit à aucun moment qu'une de ces horribles choses qui hantaient le passage ne saute sur elle. Vide et sans menace, la galerie s'allongeait devant ses pas trébuchants d'aveugle. Une fois seulement, elle entendit le bruit d'une autre présence — le raclement d'une respiration rauque et le crissement d'une peau écailleuse contre la pierre — mais ce devait être hors du chemin qu'elle suivait, car elle ne rencontra rien.

Lorsqu'elle eut atteint l'extrémité et qu'un mur glacé se dressa devant elle, ce fut par un réflexe automatique qu'elle chercha d'une main tâtonnante et trouva l'entrée du boyau. Elle s'y glissa en traînant son épée, jusqu'à ce que la pente croissante et le plafond de plus en plus bas l'obligent à ramper sur le ventre. Alors, des orteils et des doigts, elle entreprit de se hisser dans la spirale glissante du boyau.

Peu de temps après, elle progressait aisément, sentant à peine qu'elle s'élevait contre la pesanteur. Le curieux vertige du boyau l'avait saisie, cette étrange sensation de changement dans la substance même de son corps, et à travers cet étourdissement nébuleux, elle se sentit glisser, tourner et retourner, dans la spirale, sans aucun effort De nouveau, elle eut obscurément l'impression que dans les courbes bizarres du boyau, il n'y avait ni haut ni bas. Et pendant longtemps, ce tournoiement vertigineux se poursuivit.

Lorsqu'il se termina enfin et qu'elle sentit ses doigts agripper le bord de l'orifice qui se trouvait bien en dessous des plus profondes oubliettes de Joiry, elle se hissa avec circonspection et resta allongée un moment dans le noir sur les dalles froides. Les brumes du vertige abandonnèrent lentement son cerveau, n'y laissant que le fardeau menaçant qui l'obsédait. Quand l'obscurité cessa de tourbillonner et que le sol se raffermit, morne, elle se redressa et tira la pierre circulaire sur l'orifice ; ses mains frissonnaient au contact de l'anneau lisse et glacé qui n'avait jamais vu la lumière du jour.

Lorsqu'elle eut achevé cette tâche, elle comprit

pourquoi l'obscurité avait diminué autour d'elle. Une lumière vacillante éclairait le trou dans le mur dont elle avait retiré les pierres — y avait-il un siècle de cela ? Son éclat l'aveugla presque, après son long séjour dans le noir, et elle resta là un instant, un peu chancelante, une main sur les yeux, avant de se décider à sortir dans la lumière familière des torches qui devaient l'attendre de l'autre côté du mur. Le père Gervais, elle en était sûre, guettait anxieusement son retour.

Confusément, elle sentait qu'elle aurait dû être éperdue de soulagement de revenir ainsi, saine et sauve, parmi les hommes, mais en montant, trébuchante, la pente qui menait vers la lumière et la sécurité, elle n'avait conscience que de l'horreur sans nom, toujours contenue, qui pesait si terriblement sur son âme épouvantée.

Elle passa par le trou béant dans la maçonnerie pour gagner la pleine lumière des torches qui l'attendait, et se rappela avec un rictus intérieur qu'elle avait élargi cette ouverture en prévision d'une fuite devant quelque chose de terrifiant lors de son retour.

Elle sortit donc dans la lumière des torches, chancelant d'épuisement, sa bouche rouge du sang de sa lèvre mordue, et ses cuisses nues, ses jambières et la lame de son épée souillées du jus immonde des petits monstres qui grouillaient autour de l'issue du souterrain. Sous la broussaille de ses cheveux roux, ses yeux restaient figés dans un regard morne, intérieur, comme celui de quelqu'un qui a vu des choses sans nom. Cette beauté ardente, à l'éclat d'acier, qui avait été la sienne, était aussi ternie, aussi souillée que la lame de son épée et, à l'expression de ses yeux, le père Gervais frémit et se signa.

★

Ils l'attendaient, réunis en un petit groupe inquiet — le prêtre anxieux et sombre, Guillaume, splendide dans la lumière des torches, grand et arrogant ; une poignée d'hommes d'armes tenaient des torches vacillantes et se dandinaient, mal à l'aise, d'un pied sur l'autre. Lorsqu'elle vit Guillaume, l'éclair qui s'alluma dans ses yeux effaça un instant toute la sombre horreur qui était en eux, et son cœur pesant bondit comme un cheval sous l'éperon, lançant un sang tumultueux dans ses veines. Guillaume, magnifique dans son armure, appuyé sur son épée et la considérant de toute sa taille méprisante. Guillaume devant qui Joiry était tombée. Guillaume.

Ce qu'elle portait au plus profond de son être était plus lourd que tout au monde, si lourd qu'elle pouvait à peine empêcher ses genoux de fléchir, si lourd que son cœur haletait sous son poids. Presque irrésistiblement, elle aurait voulu céder sous ce fardeau, s'affaisser sous cette charge écrasante et tomber face contre terre, vaincue, dans cet endroit lugubre et glacé dont elle n'avait que vaguement conscience à travers les brumes qui montaient autour d'elle. Mais il y avait Guillaume, sinistre et narquois, et elle le haïssait avec une telle violence... Il fallait qu'elle se ressaisisse. Il le fallait — quel qu'en fût le prix — car elle commençait à sentir que la mort l'attendait si elle portait trop longtemps ce fardeau — arme à double tranchant qui pouvait se retourner contre qui la possédait si l'on tardait trop à se servir d'elle. Elle trébucha un peu, fit un faux pas puis un autre et laissa tomber son épée avec un bruit retentissant en levant les bras vers lui.

Il la saisit avec force dans une étreinte dure et chaude, et elle entendit son rire triomphant et odieux quand il inclina la tête pour prendre le baiser qu'elle lui offrait de sa bouche tendue. Il devait avoir vu, au dernier moment, avant que leurs lèvres se joignent, l'éclair sauvage de victoire dans ses yeux, et s'en était alarmé. Mais cela ne le fit pas hésiter. Sa bouche pesa lourdement sur celle de Jirel.

Ce fut un long baiser. Elle sentit l'homme se raidir dans ses bras. Elle sentit un froid venir aux lèvres posées sur les siennes, et lentement le poids mortel de ce qu'elle portait s'allégea comme si on le lui enlevait, et s'effaça de son esprit embrumé ; ses forces lui revinrent. Le monde entier reprit de nouveau vie pour elle. Elle dénoua alors ses bras et recula, levant les yeux sur le visage de Guillaume avec une âpre et terrible expression de triomphe.

Elle vit le sang refluer de son visage coloré et la rigidité de la pierre envahir ses traits balafrés. Seuls, ses yeux restaient vivants et, en eux, apparaissaient à la fois le tourment et la connaissance. Elle en fut heureuse — elle voulait qu'il sache ce que cela coûtait de prendre à Jirel un baiser sans y avoir été invité. Avec un mince sourire, elle plongea le regard dans les yeux torturés. Et elle vit quelque chose de froid et d'inhumain qui s'infiltrait en Guillaume et l'imprégnait lentement d'une souffrance innommable qu'aucun homme n'avait éprouvée auparavant. Elle ne pouvait la définir, mais elle la voyait dans ses yeux — une atroce souffrance que la chair et le sang n'avaient pas été faits pour endurer — un implacable désespoir que seule une créature inimaginable du vide informe et ténébreux pouvait avoir ressenti — trop monstrueux pour qu'un être humain le supporte. Jirel frissonna devant l'épouvantable angoisse glacée qui émanait de ces yeux. Dans un nuage gris, elle vit le désespoir se répandre en Guillaume et la substance même de son corps frémir sous ce poids impitoyable.

Puis, se produisit un changement visible, physique. En le regardant, elle fut atterrée de penser qu'en son corps et en son âme, elle avait porté la semence de cette épouvantable éclosion, et elle ne s'étonna plus que son cœur eût ralenti sous cet intolérable fardeau. Guillaume était resté debout, rigide, les bras à demi courbés tel qu'il était lorsqu'elle s'était dégagée de son étreinte. A présent, de grands frissons le parcouraient, il vacillait dans la lumière des torches, comme un fantôme au visage blême sous son armure, et aux yeux emplis de souffrance. Elle vit la sueur perler sur son front. Elle vit un filet de sang couler de sa bouche comme s'il s'était mordu la lèvre dans l'angoisse de cet incompréhensible tourment. Puis, un dernier et violent tremblement le parcourut, il leva brusquement la tête, sa barbe frisée pointant vers le plafond, les muscles du cou raidis, et de ses lèvres jaillit un long cri sourd d'une étrangeté si absolue, si inhumaine que Jirel porta les mains à ses oreilles pour ne pas l'entendre. Ce cri avait une signification — il exprimait une horrible souffrance qui n'était ni tristesse, ni désespoir, ni colère, mais infiniment inhumaine et infiniment douloureuse. Ses longues jambes fléchirent, il s'effondra dans un fracas de métal et resta étendu immobile sur le sol de pierre.

Tous comprirent qu'il était mort. Cela ne faisait aucun doute à la manière dont il gisait. Jirel resta figée, le regard baissé sur lui et, bizarrement, il lui sembla que toutes les lumières du monde s'étaient éteintes. Un moment auparavant, il avait été si grand, si vigoureux, si magnifique sous la lumière des torches — elle pouvait encore sentir son baiser sur sa bouche et la chaleur de ses bras durs...

Soudain elle vit dans un éclair aveuglant ce qu'elle avait fait. Elle comprenait maintenant pourquoi un si violent emportement l'avait submergée chaque fois qu'elle pensait à lui, pourquoi le démon de lumière qui était à son image avait ri avec une telle dérision — elle comprit le prix qu'il lui fallait payer pour avoir accepté un cadeau d'un démon. Elle comprit qu'il n'y avait plus de lumière en ce monde maintenant que Guillaume était mort.

Le père Gervais lui prit doucement le bras. Elle le repoussa d'un mouvement impatient et fléchit sur un genou près du corps de Guillaume ; elle courba la tête et ses cheveux roux tombèrent devant son visage pour cacher ses larmes.

2

L'OMBRE DU DIEU NOIR

A travers les rêves de Jirel gémissait une voix lointaine. Elle ouvrit ses yeux dorés dans la nuit, et resta un moment sans bouger à se demander ce qui l'avait réveillée. Elle scruta l'obscurité de sa chambre dans la tour et écouta les pas familiers de la sentinelle nocturne sur les remparts tout proches, le cliquetis de l'armure et le frottement assourdi de la paille, répandue pour amortir les bruits et permettre à la Dame de Joiry de dormir en paix.

Et tandis qu'elle était là, allongée dans le noir, brusquement, la tenace illusion l'envahit de nouveau. Elle sentit l'étreinte de bras puissants, vêtus de maille, et la pression insolente d'une bouche sur la sienne : ses lèvres rouges étouffèrent un juron contre sa faiblesse et elle connut une fois de plus l'amertume de larmes impuissantes sous ses paupières fermées.

Etendue immobile, sur son lit, elle se souvenait de Guillaume, si odieusement magnifique dans son armure, qui lui jetait un sourire narquois du haut de son estrade, dans la grande salle de son château où ses soldats gisaient en désordre sur les dalles ensanglantées. Guillaume, avec ses bras durs autour d'elle, sa bouche pesant sur la sienne. Maintenant encore, la colère flambait dans sa mémoire au souvenir de l'arrogance, du mépris de ce baiser de vainqueur. Pourtant, était-ce de la colère ?... Etait-ce de la haine ? Et comment aurait-elle pu savoir — jusqu'à ce qu'il gise enfin mort à ses pieds et que sa vengeance fût accomplie — que ce n'était pas de la haine qui bouillonnait si violemment chaque fois au souvenir de ses bras insolents ; ou lorsqu'elle se rappelait qu'il avait vaincu ses hommes et pris l'imprenable Joiry ? Car elle avait commandé la plus puissante forteresse du royaume et n'avait reconnu aucun homme pour son maître Elle s'était orgueilleusement vantée que Joiry ne serait jamais pris et qu'aucun amant n'oserait porter les mains sur elle, sauf à son invite.

Non, ce n'était pas la haine qui avait répondu à l'arrogance écrasante de Guillaume. Pas la haine, bien que son ardeur furieuse se fût déchaînée en elle comme une folie. Tant d'amours étaient passées, si légères, à travers sa vie... Comment aurait-elle pu reconnaître cette flambée de violence impétueuse pour ce qu'elle était, jusqu'à ce qu'il fût trop tard ? Hélas, c'était fini maintenant.

Quand le sommeil revint, elle n'en eut pas conscience. Mais à présent elle était seule dans un endroit obscur, flou, et à travers les brumes la voix lointaine gémissait lamentablement. C'était une voix familière avec des notes étranges et plaintives — une petite voix désespérée, perdue, qui gémissait dans la nuit.

— Oh, Jirel, disait la voix dans sa plainte grêle, oh, Jirel, ma meurtrière...

Et dans son rêve, son cœur s'arrêta. Elle avait tué plus d'un homme mais elle crut reconnaître cette voix, si menue et si faible qu'elle fût dans l'obscurité désincarnée de son sommeil.

— Oh, Jirel ! C'est Guillaume qui t'appelle... Guillaume que tu as tué. N'y a-t-il donc pas de fin à ta vengeance ? Aie pitié, ma meurtrière ! Libère mon âme de la géhenne du dieu noir. Jirel... Jirel... j'implore ta pitié !

Jirel s'éveilla, les yeux humides, et regarda fixement dans la nuit ; elle se remémorait le faible gémissement qui avait été naguère la voix sonore et retentissante de Guillaume. Et elle se demandait : le dieu noir ? Oui, c'était vrai, Guillaume était mort sans absolution, avec tous ses péchés, et elle avait supposé que son âme plongerait tout droit vers les portes de l'enfer. Son âme nue devait errer, perdue et solitaire à travers l'enfer où luisaient des étoiles inconnues, où de curieuses ombres blanches se mouvaient dans le noir. Et il implorait sa pitié — lui, Guillaume, qui, durant sa vie, n'avait jamais demandé merci à aucun être vivant.

Elle entendit la relève de la garde sur les remparts au-dessus de sa chambre et retomba dans un sommeil agité. Une fois encore, elle se trouva dans le pays obscur où la petite voix gémissait dans la brume, réclamant, implorant pitoyablement grâce. Guillaume, l'orgueilleux Guillaume, à la voix profonde et aux yeux méprisants. Et l'âme perdue de Guillaume gémissait dans ses rêves... « Aie pitié de moi, ma meurtrière ! »... et de nouveau, elle se réveilla en sursaut avec les yeux humides et regarda autour d'elle dans l'obscurité, éperdument, certaine d'avoir encore entendu la faible voix gémissante. Et lorsque l'écho s'éteignit dans ses oreilles, elle sut qu'elle devait retourner là-bas.

Un instant, elle resta sur son lit, frissonnante. Jirel était brave, c'était une guerrière féroce, plus intrépide que tous ses hommes d'armes. Il n'existait pas d'homme à des lieues à la ronde qui ne craignît et ne respectât la maîtresse de Joiry — sa beauté fière, son courage impétueux et sa dextérité à se servir des armes. Cependant, à la pensée de ce qu'elle devait faire pour sauver l'âme de Guillaume, une terreur glacée l'envahit et son cœur se serra comme dans un sombre pressentiment.

Retourner là-bas... redescendre dans ces périlleuses ténèbres étoilées, parmi des dangers plus épouvantables qu'elle ne pouvait dire... oserait-elle ? Oserait-elle y aller ?

Elle se leva enfin, maudissant sa faiblesse. A travers les étroites fenêtres, les étoiles la regardèrent enfiler sa chemise de daim et une courte cotte de mailles. Puis boucler, sur ses longues jambes fuselées, les jambières d'un légionnaire romain mort depuis longtemps ; et, comme en cette inoubliable nuit si proche, lorsqu'elle s'était habillée pour le même voyage, elle prit dans sa main son épée nue à deux tranchants.

Elle descendit de nouveau à travers l'obscurité du château endormi. Les cachots de Joiry étaient profondément enfouis et elle chemina longtemps par les corridors suintant d'humidité froide, par-delà les oubliettes où les os des ennemis de Joiry pourrissaient dans des chaînes inutiles. Et elle, qui ne craignait aucun homme vivant, avait peur dans ces ténèbres hantées ; elle serra plus fort son épée et étreignit la croix pendue à son cou. Le lourd silence lui faisait mal aux oreilles et l'obscurité était comme un bandeau sur ses yeux fatigués.

Au bout du dernier couloir suintant, loin sous terre, elle arriva à un mur. De sa main libre, elle enleva les pierres descellées pour y ouvrir un passage par lequel se glisser — s'efforçant d'oublier que c'était là, en cette nuit atroce, que Guillaume était mort avec le baiser du dieu noir lui brûlant les lèvres et une indicible souffrance dans les yeux. Là, sur ces pierres. Dans les ténèbres, elle revoyait nettement la scène à la lueur des torches, et le long corps de Guillaume en armure, étendu sur le sol. Elle s'en souviendrait toujours. Peut-être même après qu'elle fut morte, se rappellerait-elle l'odeur âcre des torches, et le froid des dalles sous ses genoux nus lorsqu'elle s'était agenouillée près du corps de l'homme qu'elle avait tué ; l'étouffement de sa gorge, le frôlement contre sa joue de ses cheveux roux retombant pour cacher ses larmes aux hommes d'armes impassibles. Et Guillaume, Guillaume...

Elle se mordit la lèvre résolument et ne pensa plus qu'à enlever les pierres. Bientôt le trou fut suffisant pour sa taille svelte et elle se glissa dans les ténèbres denses. Ses pieds se trouvèrent sur une pente, qu'elle descendit avec circonspection. Lorsque le sol s'aplanit, elle se mit à genoux et chercha le cercle dont elle se souvenait, découpé dans le dallage. Elle le trouva, ainsi que le curieux anneau glacé fait d'un métal sans nom sur lequel le jour n'avait jamais lui.

Elle s'assit un moment au bord de la spirale, les pieds pendant dans le trou et elle rassembla tout son courage pour y plonger. Finalement, ne voulant hésiter plus longtemps de peur de ne jamais oser descendre, elle retint sa respiration, étreignit son épée et plongea. Elle glissa au long des spires lisses, freinant juste son allure de temps à autre, en agrippant les entailles dans la paroi, lorsqu'elle se sentait descendre trop vite.

Bientôt, le vertige qu'elle avait déjà connu s'empara d'elle, un étrange étourdissement intérieur, comme si la spirale l'emportait à travers l'espace mais aussi à travers d'autres dimensions et que la structure même de son corps se modifiât en suivant les spires tournoyantes.

Enfin, la spirale se transforma en un boyau droit qui descendait moins rapidement, et Jirel sut qu'elle approchait de l'extrémité. Ce fut alors une tâche pénible que de se pousser sur cette pente douce, sur les mains et les genoux, et lorsqu'elle finit par sortir dans des ténèbres sans limites, elle se redressa sur ses pieds, haletante, l'épée à la main, pour s'efforcer de pénétrer l'impénétrable obscurité.

Elle se souvenait des périls qui l'attendaient.

Elle avança donc avec prudence, balançant son épée devant elle de façon à ne pas tomber dans quelque invisible horreur. C'était une sensation déplaisante que ce tâtonnement dans la nuit, car elle savait que des yeux l'observaient, sentait des présences près d'elle, qui la guettaient. Deux fois, elle entendit une respiration rauque et à un moment, le clapotement de grandes pattes humides sur la pierre ; mais rien ne la toucha ni n'essaya de lui barrer le passage.

Néanmoins, elle tremblait de terreur, les nerfs tendus quand elle atteignit enfin le bout de la galerie. Comme l'autre fois, sans qu'aucun signe l'indique, elle sentit que l'oppression de ces énormes masses de pierre, pesant de tous côtés, avait disparu. Elle était au seuil d'un vide immense. L'obscurité même était d'une qualité différente et sa gorge se serra.

Jirel agrippa son épée plus fermement et chercha le crucifix pendu à son cou. Elle le trouva et fit passer la chaîne par-dessus sa tête.

Instantanément, une explosion de lumière aveuglante frappa ses yeux longtemps accoutumés aux ténèbres, plus violemment qu'un coup. Elle était à l'issue du souterrain, très haut sur la pente d'une colline, le regard fixé sur le jour le plus éclatant qu'elle ait jamais vu ; la lumière et la chaleur chatoyaient dans cet éblouissement ; une lumière étrangement colorée, une chaleur dansante et vibrante. Le jour, sur un pays d'épouvante. Jirel poussa un cri inarticulé et plaqua une main sur ses yeux outragés, reculant à tâtons, pas à pas, dans l'ombre protectrice du souterrain. La nuit dans ce pays était suffisamment terrible, mais le jour... non, elle n'osait pas regarder cet enfer étrange, sauf quand l'obscurité le voilait Elle se rappelait son autre voyage, lorsqu'elle avait lutté de vitesse avec l'aube en gravissant la pente de la colline, frissonnante, détournant les yeux de son ombre difforme qui se dessinait sur les pierres. Non, elle devait attendre, elle ne pouvait deviner combien de temps, car bien qu'il fît nuit à la surface, quand elle l'avait quittée, ici il faisait grand jour, et il se pouvait que le jour, dans ce pays, fût d'une durée différente de celui qu'elle connaissait.

Elle recula plus loin dans le souterrain jusqu'à ce que cette épouvantable clarté ne fût qu'un halo dans l'obscurité. Elle s'assit le dos au rocher, son épée posée en travers de ses genoux nus, et attendit. La lueur diffuse sur les parois avait une teinte curieuse qu'elle n'avait jamais vue dans la lumière d'aucun jour terrestre. Il lui semblait qu'elle papillotait — faiblissait, s'obscurcissait et brillait de nouveau — comme si son éclat vacillait. Dans son tremblement elle ressemblait presque à la lueur du feu.

A plusieurs reprises, quelque chose passa devant l'orifice du souterrain, masquant le halo un instant, et une fois, elle vit une grande ombre courbe se dessiner sur la paroi comme si quelque chose s'était arrêté pour jeter un coup d'œil dans le souterrain. Et, à la pensée de ce qui pouvait rôder de jour dans ce pays, Jirel frissonna et chercha son crucifix avant de se rappeler qu'elle ne le portait plus.

Elle attendit longtemps, ses mains glacées serrées autour de ses genoux, contemplant cette lueur sur la paroi. Au bout d'un certain temps, elle dut s'assoupir du sommeil léger, inquiet, de quelqu'un qui est prêt à s'éveiller au moindre bruit ou au moindre mouvement. Il lui sembla que des éternités avaient passé avant que la lueur commençât à pâlir sur la paroi du souterrain.

Elle la regarda disparaître. Cette tache confuse ne se déplaçait pas sur la paroi comme l'aurait fait la lumière du soleil. Elle restait immobile, s'obscurcissant lentement, et sa teinte surnaturelle faisait place au bleu du soir. Jirel se leva et marcha de long en large pour assouplir son corps engourdi.

Mais elle attendit que la lueur se fût assez effacée pour qu'il n'en restât que le plus faible reflet sur la pierre. Alors, elle s'aventura de nouveau hors du souterrain.

Elle se retrouva sur la colline, parcourant du regard un pays où luisaient des étoiles inconnues, groupées dans le ciel en constellations, et dont elle ne pouvait tout à fait reconnaître le dessin. Et levant les yeux vers ce firmament insolite, elle comprit encore une fois que ce pays, quel qu'il fût, n'était pas une caverne souterraine d'une dimension quelconque. C'était un air libre qu'elle respirait, et des étoiles dans un espace céleste qu'elle voyait, et quelle que fût la manière dont elle était arrivée là, elle n'était plus sous terre.

Au-dessous d'elle s'étendait le pays obscur. Et ce n'était pas le même paysage qu'elle avait vu lors de son autre voyage. Aucune colonne de lumière sans ombre ne s'élançait, puissante, vers le ciel. Elle aperçut le miroitement d'une large rivière là où nulle rivière n'avait coulé auparavant, et le sol était çà et là tacheté et quadrillé d'une pâle luminescence, comme par des champs lumineux tracés avec précision dans l'obscurité.

Elle descendit la colline avec circonspection, prête à l'attaque de ces minuscules monstres jappants qui lui avaient sauté aux jambes l'autre fois. Ils ne vinrent pas. Surprise, espérant malgré tout que ce combat écœurant lui serait épargné, elle poursuivit son chemin. La descente était plus longue que dans son souvenir. Des pierres roulaient sous ses pieds et l'herbe rude fouettait ses genoux. Elle se demandait, tout en marchant, où commencer sa recherche, car dans tout ce pays obscur et changeant, elle ne voyait rien qui la guidât, et la voix de Guillaume n'était plus qu'un souvenir dans un songe qui s'effaçait. Elle ne pouvait même pas retrouver son chemin vers le lac où le dieu noir était tapi, car le paysage tout entier était changé, méconnaissable.

Ainsi donc, lorsqu'elle atteignit sans encombre le pied de la colline, elle partit au hasard dans la nuit. Elle volait, de même que l'autre fois, avec une bizarre et dansante légèreté. Le sol semblait glisser sous ses pieds agiles. C'était comme un rêve, cette glissade sans effort à travers l'obscurité, rapide comme le vent.

Bientôt, elle approcha d'une de ces taches lumineuses qui ressemblaient à des champs. Elle vit alors que c'était vraiment une sorte de jardin. La luminosité venait de myriades de petites lumières mouvantes plantées en rangées régulières, et quand elle fut assez près, elle s'aperçut que ces lumières étaient de petits insectes plus gros que des lucioles, avec des ailes lumineuses qui battaient vainement dans l'air, voletant dans un futile effort pour se libérer. Car chacun était attaché à sa petite tige comme s'il était sorti du sol. Des rangées et des rangées de ces insectes-plantes s'étendaient dans l'obscurité.

Elle ne se demanda même pas qui avait bien pu les semer là, ni dans quel incompréhensible dessein. Sa course lui fit traverser un coin de ce champ et, en passant, elle brisa plusieurs tiges, libérant les insectes captifs. Ils bourdonnèrent immédiatement autour d'elle comme des guêpes furieuses, et chaque fois qu'une aile lumineuse la frôlait, elle ressentait une douloureuse piqûre. Elle réussit enfin à les chasser et, poursuivant son chemin, elle contourna d'autres champs avec une prudence nouvelle.

Elle franchit un ruisseau qui babillait tout seul dans le noir avec un bizarre murmure, si proche de la parole qu'elle s'arrêta un instant pour écouter. Elle crut alors saisir un mot ou deux d'une si épouvantable signification qu'elle se remit à courir, se demandant si cela n'avait pas été une illusion.

Puis une brise se leva, rejetant ses cheveux roux en arrière, et il lui sembla percevoir un lointain gémissement. Elle se figea sur place à l'écoute et la brise cessa en même temps. Jirel était presque certaine d'avoir reconnu la voix, et après un instant d'hésitation, elle prit la direction d'où la brise avait soufflé.

Elle menait à la rivière. Le terrain devint plus rude et elle entendit l'eau courir avec un bruit assourdi, précipité. Une fois de plus, elle crut saisir un écho de la voix qui s'était lamentée dans ses rêves.

Quand elle atteignit la rivière, elle marqua un temps et regarda l'eau se ruer entre des berges en pente raide. Cette eau avait un aspect subtilement différent de celle des rivières que Jirel connaissait — elle paraissait plus épaisse en dépit de son écoulement rapide. Lorsqu'elle se pencha pour mieux voir, son visage se refléta monstrueusement sur la surface agitée, d'une manière dont aucune eau terrestre ne l'aurait reflété, et là où son image tomba sur son courant torrentueux, l'eau gicla violemment comme si une pierre invisible avait soudain jailli de son lit. Cela se fit avec une ardeur hideuse comme si l'eau voulait l'engloutir, se soulevant en longues vagues avides contre les bords rocheux pour s'y briser bruyamment et retomber dans la rivière. Mais chaque vague montait plus haut et Jirel recula vivement, dans une sorte d'angoisse, et un malaise confus grandissait en elle à l'idée de ce qui pourrait arriver si elle attendait jusqu'à ce que l'eau déchaînée la submergeât.

Lorsqu'elle se fut écartée, le tumulte diminua immédiatement et au bout de quelques instants, elle sut au bruit que la rivière s'était calmée et coulait de nouveau paisible. Avec un frisson, elle en remonta le cours, dans le sens d'où la brise capricieuse semblait souffler.

A un moment, elle rencontra une poche de noir absolu et la traversa avec la peur panique de tomber en aveugle dans la rivière, mais elle en sortit sans encombre. Une autre fois, le sol sous ses pieds ailés se mit à trembler comme de la gelée, au point qu'elle put à peine garder son équilibre. Mais toujours la petite brise soufflait et mourait, puis soufflait de nouveau, et il semblait à Jirel que le faible écho d'un cri devenait plus net. Elle saisit presque le son lointain de son nom, « Jirel... » dans le gémissement porté par le vent et elle accéléra l'allure.

Depuis un certain temps, elle avait remarqué une pâleur croissante à l'horizon, et elle se demandait avec inquiétude si la nuit pouvait être aussi courte et si le jour était déjà près de se lever. Mais non... car elle se souvenait que, lors de cette autre terrible aurore devant laquelle elle s'était enfuie si vite, la pâleur avait entouré tout l'horizon uniformément, comme si le jour se levait en un vaste cercle autour de ce pays sans nom. Maintenant, ce n'était qu'en un seul endroit que naissait cette aube déplaisante. Elle était vaguement teintée d'un vert qui se renforça tandis que Jirel observait et bientôt, au-dessus des collines lointaines, se montra le bord d'une grosse lune verte. Les étoiles pâlirent autour d'elle. Un nuage passa devant elle, se tordit un instant dans le ciel comme en agonie, puis se dispersa en brouillard et disparut, laissant la lune verte de nouveau bien visible.

Et celle-ci avait un visage tacheté que traversaient très lentement des choses obscures comme de sombres nuages. Cependant cette lune éclairait assez pour que dans le pays où volait Jirel, de grandes ombres dessinées se tordent et se déforment à mesure que les nuages lunaires voilaient et dévoilaient la surface verte. Tout le paysage nocturne était plus déconcertant, plus irréel que dans un rêve. Et il y avait quelque chose dans cette luminosité verte qui faisait mal aux yeux.

Jirel devait maintenant poursuivre péniblement sa course parmi les ombres : ombres monstrueuses, hideusement différentes des choses qui les projetaient, et dont aucune ne ressemblait à une autre, si semblables que fussent les objets qui leur donnaient forme. Après un coup d'œil horrifié, elle ne regarda plus son ombre à elle qui la suivait sur le sol. Elle avait quelque chose d'anormal et pourtant... pourtant, elle lui ressemblait, d'une ressemblance épouvantable qu'elle ne pouvait comprendre. Et plus d'une fois, elle vit de grandes ombres errer sur le sol sans aucun objet visible qui puisse les projeter : ces taches bizarres et confuses passaient sans bruit près d'elle et se fondaient plus loin dans le noir. Et cela, c'était pire que tout.

Jirel continuait d'aller contre le sens du vent, l'oreille aux aguets du gémissement lointain ; elle évitait les ombres autant qu'elle le pouvait et frémissait chaque fois qu'une tache noire croisait silencieusement son chemin. La lune se levait lentement dans le ciel, teintant la nuit d'un vert livide, l'animant d'une vie effrayante. Parfois les nuées sombres se groupaient et voilaient tout l'immense disque ; Jirel en profitait, soulagée, pour avancer de quelques enjambées légères dans l'obscurité retrouvée avant que les nuages lunaires ne se séparent de nouveau et que le lugubre visage verdâtre ne reparaisse, avec ces masses nuageuses qui rampaient sur lui comme la pourriture sur le visage d'un cadavre.

Pendant l'un de ces instants obscurs, quelque chose se jeta rageusement sur sa jambe et elle entendit un crissement de dents sur sa jambière. Lorsque la lune se dévoila, elle vit une longue entaille noire dans le métal où un filet de venin phosphorescent s'écoulait lentement. Elle ramassa une poignée d'herbe pour l'essuyer avant qu'il n'atteigne son pied sans protection, et l'herbe se flétrit dans sa main quand le poison la toucha.

Durant tout ce temps, elle avait continué de remonter le cours impétueux de la rivière, et quand celle-ci commença à se rétrécir et à diminuer, Jirel sut qu'elle devait approcher de la source. Lorsque le vent soufflait, elle était maintenant certaine d'entendre son nom dans la faible plainte qui avait naguère été la voix méprisante de Guillaume. Puis le terrain se mit à monter et sur la pente de la colline qu'elle gravissait, la rivière ne fut plus qu'un petit ruisseau cascadant avec un gazouillement musical.

Son murmure était presque articulé maintenant. La ruée de la rivière n'avait été qu'un grondement menaçant mais la voix du ruisseau était claire : une série de petites notes brillantes, comme des syllabes, disaient des choses horribles. Jirel essaya de ne pas écouter, de peur de comprendre.

La pente devint plus raide et la voix du ruisseau se fit plus aiguë, plus nette ; elle émettait délicieusement de maléfiques notes argentines. Au-dessus d'elle, se dessinant dans le ciel étoilé, une forme vague apparut au sommet de la colline, une forme massive, aussi immobile que la colline qu'elle couronnait. Mais quand elle arriva assez près pour la distinguer dans le clair de lune verdâtre, ce n'était qu'une statue qui était là, comme aux aguets, noire comme la nuit, et luisant d'un reflet effrayant là où la lumière livide de la lune la frappait.

Le vent qui l'avait guidée était complètement tombé. Jirel resta haletante et muette devant la statue. Celle-ci avait une apparence bestiale, noire, lourde, une tête plate enfoncée dans les épaules, et de grands bras qui traînaient sur le sol devant elle. Mais elle avait aussi quelque chose d'indéfinissable qui lui rappelait Guillaume. Une certaine ordonnance des lignes et des courbes parodiait dans cette masse lourdaude les formes longues et racées de Guillaume, le port de sa tête, le profil dédaigneux de son menton. Elle ne pouvait pas situer la ressemblance, mais celle-ci existait nettement. Et elle évoquait tous les mauvais instincts de Guillaume. Toute sa cruauté, toute son arrogance et toute sa force brutale. Cette figure aurait pu être l'image des péchés de Guillaume, qui aurait gardé juste assez de ses vertus pour accentuer son horreur.

Un instant, elle crut qu'elle pouvait voir se dessiner derrière cette noire caricature une silhouette nébuleuse d'un Guillaume qu'elle n'avait jamais connu : son visage méprisant tordu par le désespoir, son corps magnifique se contorsionnant inutilement pour échapper à une horreur qui n'était autre que lui-même — l'âme de Guillaume prisonnière des mauvais instincts que personnifiait son image. Et elle sut que c'était là son châtiment — juste et, pourtant infiniment injuste.

Quelle subtile torture lui avait infligée le baiser du dieu noir ! Elle comprit tout cela en ce moment d'éternité où elle resta immobile, les yeux fixés sur la forme lourde de la statue. Et une boule se gonfla dans sa gorge, peu à peu, et bientôt elle sentit l'amertume des larmes. Avec rage, repoussant cette faiblesse, elle chercha désespérément le moyen de défaire ce qu'elle avait, sans le savoir, déchaîné sur Guillaume.

Alors, tout autour d'elle, quelque chose d'intangible et de menaçant se mit à prendre forme. Une présence implacable qui ne se manifestait que par le sombre pouvoir que Jirel sentait peser de plus en plus lourd. Quelque chose de froidement hostile à tout ce qui était humain. La présence du dieu noir. Le dieu noir venu revendiquer sa victime contre quelqu'un qui était étranger à toute sa noirceur — quelqu'un qui pleurait et qui tremblait, et qui était empli d'amour, de chagrin et de désespoir.

Jirel sentit la force inexorable se resserrer sur elle, glaçant ses pleurs, transformant en une froideur morne la chaleur et la tendresse qui étaient en elle, la figeant sur place dans une paralysie rigide. L'air s'assombrit autour d'elle, gris de froid, lourd du calme mortel de l'inhumaine présence du dieu noir. Elle eut une brève vision du lieu sinistre vers lequel il l'attirait — un lieu crépusculaire, sans mouvement, au silence éternel. Et un poids immense l'écrasait. Le froid atteignait son âme, et le terrible, l'implacable désespoir qui était au delà de toutes les émotions humaines s'infiltrait lentement dans les fibres du plus profond de son être.

Elle sentit qu'elle se transformait en quelque chose de froid, de sombre et de rigide — une noire image d'elle-même — une lourde figure noire prête à emprisonner l'étincelle de conscience qui lui restait encore.

Alors, comme de très loin, venus d'un autre temps et d'un autre monde, ce furent le souvenir des bras de Guillaume autour d'elle et la pression méprisante de ses lèvres sur les siennes. Cela ne lui était pas arrivé à elle. Mais à quelqu'un d'autre, à quelqu'un d'humain et de vivant, en un lieu très éloigné. Ce souvenir courut comme une flamme à travers la rigidité de son corps, dont elle avait presque oublié qu'il était à elle, tellement il était froid et raide — le souvenir de cette fièvre étrange et furieuse qui était à la fois de la haine et de l'amour. Cela brisa la glace qui l'enserrait, un instant seulement, et durant cet instant, elle tomba à genoux aux pieds de la statue noire, éclata en sanglots violents, et les larmes brûlantes qu'elle versait étaient comme un feu qui dégelait son âme.

Lentement le dégel s'accomplit. Lentement, la glace fondit, la rigidité céda, et le terrible poids de ce désespoir qui n'était pas une émotion humaine se retira peu à peu. Les pleurs coulaient brûlants entre ses doigts, mais tout autour d'elle, elle pouvait sentir, aussi matérielle que si elle la touchait, la toute proche présence du dieu noir qui attendait. Et elle prit conscience de son humanité, de sa faiblesse, de la brièveté de sa vie, et de cette éternelle, impassible attente dont elle ne pouvait jamais espérer voir la fin. Il lui fallait tarir ses larmes... et alors...

Elle continua de sangloter, se sachant prise en un conflit sans espoir avec l'immensité de la mort et de l'oubli, petite étincelle de chaleur et de vie luttant vainement contre les ténèbres qui l'engouffraient, petite étincelle périssable se débattant contre l'inévitable extinction. Car le dieu noir n'était que mort et néant, et les forces où il puisait étaient sans limites... Et tout ce qu'elle avait pour le combattre, c'était cette petite flamme en elle qu'on appelle la vie.

Mais soudain dans les profondeurs de son désespoir, elle sentit quelque chose s'animer. Un long brouillard confus passa sur elle, puis un autre, encore un autre, et les plus étranges émotions se bousculèrent dans son esprit et s'évanouirent. Le rire et la gaieté, le chagrin et les larmes, et le désespoir, l'amour, l'envie, la haine. Elle sentit, sans comprendre pourquoi, que l'oppressant péril diminuait, et elle écarta son visage de ses mains.

Autour de l'image noire une brume tournoyait. Elle était tantôt ténue, tantôt dense, mais graduellement Jirel commença à distinguer un cercle de formes féminines, plus irréel qu'une vision, des danseuses qui faisaient une ronde autour de la statue noire, les pieds légers et les cheveux flottants — des jeunes filles qui tournaient vers Jirel son propre visage et exprimaient autant d'humeurs différentes qu'il y avait de filles ; Jirel qui riait, Jirel qui pleurait, Jirel convulsée de fureur, Jirel amoureuse, douce comme le miel. De plus en plus vite, elles tourbillonnaient — orgie de bras et de jambes virevoltants, chaos de pleurs et de rires et de tous les sentiments humains. L'air dansait avec elles en ondes chatoyantes, si bien que le paysage se brouillait derrière elles et que la statue semblait frémir.

Et elle sentit ces ondes de chaleur et d'humanité assaillir sans relâche le froid menaçant de la présence du dieu noir. La vie et la chaleur luttaient contre le sombre néant qu'elle avait cru invincible. Elle le sentit flotter autour d'elle comme un rideau flotte dans le vent. Et elle se rendit compte que lentement, il se désagrégeait. Il se leva et se dissipa tandis que les folles images de gaieté et de chagrin et de tant d'autres émotions tournoyaient autour de la statue et que la pulsation de leur vitalité palpitait dans l'air en ondes de chaleur lancées contre la froideur du dieu noir.

Et quelque chose en Jirel sut avec transport que l'image de la vie, comme une petite étincelle luisant dans des ténèbres sans limites, était fausse — que sans lumière, il ne peut pas y avoir d'obscurité — que la vie et la mort sont interdépendantes. Et que, cuirassée dans la chaleur de sa vitalité, elle était l'égale du dieu noir, et un adversaire digne de lui. C'était un combat à armes égales. Elle fit appel à toutes les forces de vie qui étaient en elle, les sentit lancées contre les ténèbres, dans un puissant assaut contre le froid et le silence de la mort. Une force nouvelle se répandit en elle et elle se sut immortelle de toute la puissance de la vie.

Combien de temps dura tout cela, elle ne le sut jamais. Mais elle sentit la victoire faire battre le sang dans ses veines comme un vin capiteux avant même que la lourde chape de froid ne se fût levée. Et celle-ci se dissipa très brusquement. En l'espace d'un souffle, sans avertissement, la présence du dieu noir ne fut plus ; les danseuses tourbillonnantes s'évanouirent, la nuit fut vide autour de Jirel et l'ivresse du triomphe l'envahit.

Mais la statue... la statue ! Le changement le plus étrange se produisait en elle. Ses formes noires, hideuses, devenaient aussi instables qu'un brouillard. Elles tremblaient, vibraient, se mêlaient et semblaient se fondre... La lune verte fut de nouveau voilée de nuages et quand la lumière revint, la statue n'était plus qu'une ombre noire et fluide courant sur le sol ; une ombre qui avait vaguement la forme de Guillaume ou de ce qui aurait pu avoir été Guillaume...

Les nuages lunaires se mouvaient sur le disque livide, et l'ombre se mouvait elle aussi sur le sol, une ombre monstrueuse, lourde des horreurs latentes contenues dans cette ombre, lourde des choses épouvantables que Guillaume aurait pu être ou faire. Jirel sut alors pourquoi les ombres difformes étaient si monstrueuses. Elles étaient une suggestion obscure, obscène de ce qui aurait pu être — de ce qui pouvait encore être —, une terrible allusion aux atrocités latentes dans toutes les créatures vivantes. Et ces suggestions démentielles étaient encore plus terribles, car bien qu'elles parussent impossibles au delà des pires cauchemars, l'esprit reconnaissait pourtant intuitivement leur vérité...

Une brise légère soufflait par intermittence et l'ombre bougeait, glissait silencieuse sur les pierres. Jirel l'avait suivie en chancelant, car l'effort de ce combat avec le dieu noir l'avait vidée de toute force. Mais l'ombre allait plus vite maintenant et elle ne voulait pas la perdre. L'ombre glissait silencieuse, tantôt vite, tantôt lentement, et ses contours monstrueux laissaient la place à d'autres, plus effrayants encore. Elle la suivit d'un pas mal assuré, son épée pesant, inutile, dans sa main, sa chevelure rousse flottant au vent.

En cinq minutes, elle eut perdu tout sens de la

direction. La rivière n'était plus là. Le clair de lune mouvant l'embrouillait et les étoiles formaient d'étranges constellations dont elle ne pouvait tirer aucune orientation. La lune était maintenant au zénith. Dans les intervalles où les nuages en obscurcissaient la surface, l'ombre difforme de Guillaume s'évanouissait avec le reste, et Jirel éprouvait d'affreuses appréhensions jusqu'à ce que la lumière revienne et qu'elle puisse reprendre sa poursuite.

La tache noire allait maintenant à travers des prairies parsemées d'arbres à la forme bizarre. L'herbe sur laquelle Jirel marchait était douce comme le velours et de temps à autre lui arrivaient des bouffées de parfums venues d'arbres couverts de fleurs pâles dans le clair de lune. L'ombre qui rampait devant elle allait passer près d'un grand arbre un peu isolé des autres, dont les branches retombaient comme de longues lianes frémissantes. Elle vit la tache noire sur le sol s'arrêter en approchant de l'arbre, frissonner un peu puis se mêler insensiblement à l'ombre projetée par les branches. L'ombre de l'arbre, jusqu'à ce que celle de Guillaume la touche, avait eu la forme d'un monstre avec des tentacules grouillants et une tête plate et tendue, mais au moment de leur rencontre, les deux ombres se fondirent en une seule. Tous les tentacules s'élancèrent en avant pour étreindre celle qui arrivait et les deux ombres s'amalgamèrent en une chose indiciblement maléfique étalée sur le sol et palpitant d'une affreuse vitalité.

Jirel s'arrêta tout près et regarda, désemparée. Elle répugnait même à mettre le pied sur le bord de cette hideuse forme noire, bien qu'elle sût intuitivement que celle-ci ne pouvait lui faire de mal. Les ombres unies étaient lourdes de menace et de malignité, mais seulement à l'égard des êtres appartenant à leur niveau d'existence. Elle hésita sous l'arbre, cherchant en vain comment séparer l'ombre de celui qu'elle aimait de la chose qui s'en était emparée. Elle avait le sentiment confus que cette ombre ne s'était pas jointe à l'autre de plein gré. C'était plutôt comme si l'instinct mauvais de l'ombre de l'arbre s'était rendu vers la perversité qui était en Guillaume, et le tenait par cette perversité, tandis que ce qu'il avait de bon en lui se révoltait à ce contact.

Quelque chose effleura alors doucement son épaule et se lova autour de son bras ; saisie de panique, elle recula d'un bond. Trop tard. Les branches ondulantes de l'arbre s'étaient enroulées autour de son corps. Cette ombre sur le sol avait été un clair avertissement du danger latent dans l'arbre, eût-elle été capable de le comprendre plus tôt : un monstre aux multiples tentacules y était à l'affût. L'épée de Jirel flamboya dans le clair de lune vert, et, sous le coup, elle sentit la branche qui l'enserrait céder comme du caoutchouc, ployer étonnamment puis se redresser avec une secousse qui lui fit presque perdre pied. Elle frappa de nouveau de sa lame et tailla désespérément, alors que d'autres branches se tendaient vers elle. L'une d'elles était déjà presque à sa portée et se préparait à l'attaque, lorsqu'elle sentit enfin son épée mordre dans la substance élastique. Alors un tremblement parcourut l'arbre jusqu'à ses racines, il lâcha prise et la branche coupée tomba sur le sol en se tortillant. Une sève noire et visqueuse s'en écoula. Toutes les autres branches s'immobilisèrent, mais sur le sol, l'ombre agitait frénétiquement des tentacules affolés. L'ombre de Guillaume se libéra de l'étreinte qui se relâchait, et s'éloigna en glissant sur l'herbe. Tremblante d'émotion, Jirel la suivit.

Elle fit désormais attention aux arbres près desquels elle passait, et suivit l'ombre. Elle rencontra un petit arbuste dont les feuilles étaient secouées de frémissements continuels même quand il n'y avait pas de vent : son ombre était celle d'une petite créature bondissante qui se lançait sans cesse contre une invisible barrière et ne retombait que pour s'élancer de nouveau, dans une terreur panique. Un autre arbre élancé, sans feuilles, se tordait dans le ciel étoilé dans un lent et incessant mouvement. Il ne faisait aucun bruit mais ses branches s'entrelaçaient et se tendaient en des tourments plus éloquents que des cris. Il semblait se tordre lentement dans le désespoir muet d'une douleur sans fin. Et son ombre évoquait vaguement celle d'une femme torturée.

Et un autre arbre encore, une merveille en pleine floraison, sous le clair de lune, balançait, d'un mouvement séducteur, ses branches fleuries ; il envoyait vague sur vague d'un parfum grisant et émettait un mélodieux et sourd bourdonnement, un peu comme un chant d'abeilles. Son ombre sur le sol était celle d'un serpent enroulé qui se redressait pour mordre.

Jirel fut heureuse quand l'ombre et elle quittèrent la région des arbres et tournèrent vers la gauche en descendant la longue pente d'une colline. D'autres ombres informes passaient sans cesse en courant sans bruit comme des nuages poussés par le vent, alors qu'il n'y avait rien pour les projeter. Elle perdit plus d'une fois parmi elles la tache noire qu'elle suivait, jusqu'à ce que la tête lui tournât à essayer de garder son équilibre sur un terrain qui tremblait avec les ombres fuyantes. Si bien qu'elle ne savait jamais sur quoi se posaient ses pieds, tandis que la forme vague qu'elle poursuivait n'était plus qu'un fantôme qui se faufilait incompréhensiblement parmi les ombres de nuages.

Elle croyait maintenant que l'ombre de celui qu'elle aimait se dirigeait vers un but défini. Il y avait une détermination dans son glissement obscur et Jirel regarda au loin, pour chercher à deviner l'endroit vers lequel l'ombre s'acheminait. En bas de la colline, le pays s'étendait, monotone, dans le clair de lune livide où couraient des nuages. Des traînées de brume le voilaient et dans la nuit on apercevait des taches sombres et des formes blêmes et indistinctes. Çà et là, un ruisseau coulait dans le noir. Jirel était maintenant complètement perdue, car la rivière avait depuis longtemps disparu, et elle ne voyait plus aucune colline qui aurait pu être celle sur laquelle avait débouché le passage.

Elle traversa une autre bande de terrain tremblant et l'ombre prit de l'avance, tandis qu'elle avançait chancelante sur un sol mou comme de la gelée. Elle parvint à un ruisseau pâle que l'ombre traversa sans s'arrêter. C'était un petit ruisseau étroit et rapide dont l'eau ricanait sourdement dans la nuit. Une pierre plate dépassait la surface au milieu du courant. Jirel retint son souffle et sauta sans oser ralentir son allure. La pierre céda sous son poids comme de la chair vivante, et elle crut entendre un gémissement, mais elle avait déjà gagné l'autre rive et ne s'arrêta pas pour écouter.

Puis, elle se trouva dévaler une nouvelle pente derrière l'ombre qui maintenant glissait, plus vite et plus décidée. La déclivité s'accentua jusqu'à devenir le flanc d'un ravin et les pierres se mirent à rouler sous ses pieds trébuchants. Elle vit l'ombre fugitive glisser par-dessus le rebord d'un escarpement et plonger dans les ténèbres qui stagnaient en bas comme de l'eau. Elle eut un petit sanglot de désespoir, car elle comprit alors qu'elle l'avait perdue. Mais elle continua à avancer dans l'obscurité qui l'engloutit.

C'était comme si elle s'enfonçait de plus en plus profondément dans une nuit tangible. Celle-ci se referma au-dessus de sa tête et elle se trouva tâtonner dans un noir dense. Il emplissait le fond du ravin en une couche épaisse, et dans ses profondeurs, elle ne pouvait même plus apercevoir les étoiles. Cette marche hasardeuse en aveugle dura quelque temps, puis la lune apparut.

Comme une grande face lépreuse, elle surgit au-dessus du bord du ravin ; des nuages rampaient sur elle. Et cette lumière verte fut pour les yeux de Jirel, une souffrance confusément angoissante. Elle ne ressemblait à aucune clarté lunaire connue des mortels. Elle semblait douée d'un pouvoir toxique qui formait une part essentielle de son rayonnement, et cette lumière surnaturelle, inexplicable, avait sur la nuit liquide au fond du ravin un effet que nul clair de lune terrestre n'aurait pu avoir. Elle la pénétrait, la dispersait en une myriade d'ombres agitées qui ne s'étalaient pas à plat sur le sol comme elles l'auraient dû, mais se dressaient droites, à trois dimensions, et dansaient autour de Jirel. Ronde étourdissante d'un néant qui aurait pris forme. Elles la frôlaient, passaient à travers elle sans résistance, car en dépit de leur apparence de solidité, elles n'étaient que des ombres sans substance.

Parmi elles, dansait la forme de Guillaume, et ses contours la firent défaillir de terreur tant elle avait de ressemblance — et aussi d'épouvantable différence — avec le Guillaume qu'elle avait connu, tant cette forme était hideusement évocatrice de tout ce qui était mauvais en lui, et de tout ce qui était potentiellement mauvais dans l'humanité. Les autres ombres étaient affreuses, elles aussi, mais elles étaient celles de choses dont elle ne connaissait pas la forme réelle, si bien qu'elle n'en comprenait pas les implications cachées. Mais pas le moindre détail de l'horreur absolue qui était Guillaume ne lui échappait, et son esprit chancelait devant tout ce que suggérait cette ombre.

— Guillaume, s'entendit-elle sangloter, Guillaume !

Elle s'aperçut que c'était le premier son articulé qui était sorti de ses lèvres depuis qu'elle était arrivée dans ce ténébreux pays. A sa voix, l'ombre dansante ralentit un peu et hésita, puis comme à contrecœur, commença à flotter vers elle à travers les formes tournoyantes.

Alors, sans prévenir, quelque chose d'incommensurablement froid et silencieux se referma encore une fois autour d'elle. La présence du dieu noir. De nouveau, elle sentit tout en elle se glacer, comme si le néant éternel s'épaississait sur son âme ; le lieu gris, vague, informe dont elle se souvenait, reparut autour d'elle et le poids immense de ce désespoir implacable accabla de nouveau son esprit frémissant. Si elle avait été prévenue, elle aurait pu lutter, mais cela vint si froidement qu'avant d'avoir pu rassembler ses forces, elle fut glacée jusqu'au tréfonds d'elle-même par ce froid inhumain. Son corps ne lui appartenait plus et elle se transformait lentement en une ombre noire qui tournoyait parmi d'autres ombres dans un effroyable vide incolore...

A travers son angoisse, lui revint soudain le souvenir brûlant comme une flamme qui l'avait déjà réveillée — la pression des lèvres d'un homme sur les siennes, l'étreinte de ses bras cuirassés de fer. Et de nouveau, elle connut cette flambée de violence qui pouvait avoir été de la haine ou de l'amour, et la chaleur afflua en elle comme une puissante marée.

Et elle lutta. Elle fit appel à toutes les réserves de chaleur et d'humanité qui étaient en elle pour lutter contre le froid, à toute la violence de son émotion pour combattre la terrible apathie qui, une fois déjà, s'était emparée d'elle et qui cherchait encore à atteindre son âme.

Ce ne fut pas une victoire facile. Il y eut des moments où le froid faillit vaincre, et des moments où elle se sentit tirée subtilement hors de ce corps qui se glaçait et qui était le sien, pour aller tournoyer parmi les autres ombres — elle-même chose obscure qui suggérait des possibilités innommables, ombre avec une forme et une épaisseur, mais sans réalité. Elle entendit des échos lointains de la musique démente sur laquelle les ombres dansaient, et bien que son âme en défaillît, son ombre irréelle alla danser avec les autres. Elle partagea leur tourment durant de longues minutes.

Mais toujours elle s'en libérait. Toujours elle résistait, sans savoir comment, dans son corps saisi par la glace, secouait la léthargie qui l'enchaînait et lançait ses armes de vie et de vitalité contre le froid terrible du dieu noir.

Et bien qu'elle sût qu'elle gagnerait cette fois, un doute s'était insinué dans son esprit, un doute qu'elle ne pouvait chasser. Elle pouvait repousser le dieu noir mais elle ne réussirait jamais à le détruire. Il pourrait toujours revenir. Elle n'osait pas le détruire — une vision lui revint, l'image mentale de la petite étincelle de vie qui luisait dans les ténèbres éternelles. S'il n'y avait pas de lumière, il ne pourrait y avoir de ténèbres, mais l'inverse était également vrai, et si les forces dans lesquelles puisait le dieu noir étaient détruites, si les ténèbres étaient dissipées, il n'y aurait plus alors de lumière. Plus de vie. Interdépendance et lutte éternelle...

Elle se rendait compte de tout cela en une partie lointaine d'elle-même, tout en combattant. Elle ne le concevait que très vaguement car son esprit n'avait pas été entraîné à de telles abstractions. Mais dans son être conscient, elle rassemblait ses souvenirs d'amour, de haine et de terreur, l'ivresse de la bataille, l'exaltation du plaisir. Tout ce qui était vivant et vibrant et ardent, pour le lancer contre le froid glacial du dieu noir, et elle sentait ses pensées se dresser en un mur protecteur autour d'elle pour écarter toute menace.

La victoire, comme l'autre fois, vint très soudainement. Sans avertissement, un flamboiement de lumière jaillit autour d'elle. La présence noire se fondit dans le néant. Dans ce brusque éblouissement, elle ferma ses yeux aveuglés, et lorsqu'elle les rouvrit, le clair de lune familier inondait de nouveau le ravin. Les ténèbres liquides avaient disparu, les ombres ne dansaient plus. La lumière éclatante les avait anéanties, et tandis qu'elle s'éteignait, Jirel scruta les alentours avec des yeux inquiets à la recherche de ce qui pour elle représentait Guillaume. L'ombre avait disparu avec le reste. La nuit tangible qui avait empli le fond du ravin s'était dissipée. Pas une ombre ne bougeait nulle part. Mais dans le vent qui soufflait une petite voix gémissait.

Et de nouveau, elle reprit la poursuite épuisante. Mais elle n'avait presque plus rien pour la guider maintenant — seulement une plainte qui s'élevait par intermittence dans l'obscurité : « Jirel... », se lamentait-elle, « Jirel... Jirel... » et Jirel suivait cet appel. Elle ne voyait rien. Guillaume n'était plus qu'une voix et elle ne pouvait le suivre qu'à l'oreille. Le paysage s'étendait vide devant elle.

Le bruit du ruisseau revenu couvrait le gémissement qu'elle suivait, et lorsqu'elle se fut éloignée de la cascade, elle dut s'arrêter et écouter longuement, pendant que son cœur battait sourdement et que le pays autour d'elle pullulait de petits bruits inexplicables. Elle put retrouver enfin la plainte lointaine. « Jirel... Jirel... »

Elle repartit dans la direction d'où venait le son et bientôt elle l'entendit de nouveau, plus nettement :

— Jirel ! Jirel, ma meurtrière !

C'était une piste désespérante qu'elle suivait, avec seulement ce gémissement intermittent pour la guider et des périls inconnus qui la guettaient dans le noir. Son corps et son âme étaient tellement vidés de toute force par cette seconde lutte avec le dieu noir que l'obscurité brumeuse se brouillait devant ses yeux et que le sol paraissait souvent manquer sous ses pieds.

Elle tomba et resta allongée immobile une seconde pour reprendre son souffle haletant. Mais elle eut la sensation que le sol, contre son corps, était chaud et se soulevait, comme s'il respirait tranquillement. Elle se releva d'un bond, effrayée, et reprit sa course.

Il lui sembla que, tout comme l'ombre qu'elle avait poursuivie s'était enfuie à travers des endroits obscurs où elle avait failli la perdre à maintes reprises, maintenant, la voix fugitive la conduisait à travers des endroits bruyants, et elle pouvait à peine la percevoir dans le bavardage des ruisseaux, la rumeur des cascades ou le sifflement du vent. Elle entendait des bruits qu'elle n'avait jamais perçus auparavant — de petites voix grêles qui chuchotaient dans le vent, le murmure de l'herbe qui parlait dans un langage mystérieux, le crissement presque articulé, aurait-on dit, d'insectes qui frôlaient son visage. Elle n'avait pas entendu d'oiseaux dans ce pays ; seule, une fois, une grande chose noire et informe avait lourdement battu des ailes à peu de distance devant elle. Mais des coassements venaient des marais qu'elle contournait et, en les entendant, elle se souvint de ce qu'elle avait rencontré dans un autre marais à son premier voyage ; et alors un frisson la parcourut.

Dans chaque bruit courait le fil d'une inexprimable perversité, mêlé au désespoir total — un désespoir humain même dans le bruissement des herbes et dans le murmure du vent — des voix qui gémissaient, si lamentables que plus d'une fois les larmes lui vinrent aux yeux malgré elle. Et toujours à travers les plaintes passait le ricanement de noires perversités, inconnues dans les langages humains. Mêlés à tous ces bruits, elle en entendait d'autres qui ne signifiaient rien pour elle et à l'origine desquels elle n'osait pas réfléchir.

Dans cette masse confuse de bruits incompréhensibles, elle suivait le seul gémissement lointain qui avait un sens pour elle. Il la menait en une longue courbe à travers la plaine onduleuse, par-dessus des ruisseaux qui marmottaient morbidement dans la nuit. Bientôt, elle commença à entendre quelques faibles échos de la plus étrange musique. Celle-ci n'avait pas d'ordonnance, ni même d'unité, mais elle semblait faite de groupes isolés de notes, de petits élans de musique, sans rapport les uns avec les autres, comme si des milliers de créatures invisibles jouaient des airs de flûte, en restant sourdes à ce que jouaient les autres. Cette musique devint plus forte à mesure qu'elle avançait et elle vit qu'elle approchait d'une tache lumineuse sur le sol sombre. Lorsqu'elle en atteignit le bord, elle s'arrêta perplexe.

La musique s'élevait de la terre et, visible, s'envolait. Jirel pouvait réellement voir les accents séparés monter en ondulant dans l'air calme. Elle n'aurait jamais pu décrire ce qu'elle voyait, car l'aspect de cette musique visible était au delà des mots humains. Les notes montaient, légères, et chacune chantait son petit air tout simple. Il ne semblait pas y avoir de dissonances, en dépit de l'absence d'unité. L'idée folle lui vint que cette musique poussait... que, si elle voulait, elle pourrait passer à travers elle et récolter de grandes gerbes de sons — peut-être des bouquets qui, en les choisissant soigneusement, s'harmoniseraient et joueraient une mélodie unique et complexe.

Mais ce n'était pas une musique qu'elle aurait osé écouter trop longtemps. Il y avait en elle le plus bizarre des sons inarticulés et, tandis qu'elle s'attardait, ce son s'intensifia et courut dans son cerveau comme de petits ricanements étouffés, et elle se prit à rire nerveusement sans raison. Alors elle eut peur et s'efforça d'entendre la voix qui était Guillaume. Et elle l'entendit avec terreur au milieu de ces gloussements moqueurs. Cette voix devint plus sonore et plus forte, elle couvrit les bruits plus faibles et tout le champ lumineux fut un énorme hurlement de rire démentiel qui se répercuta dans sa tête par vagues destructrices — un rire discordant qui menaçait de réduire son cerveau en bouillie, ébranlait irrésistiblement tout son corps et arrachait des larmes à ses yeux alors même qu'elle riait.

— Guillaume ! appela-t-elle de nouveau au milieu de son angoisse. Oh, Guillaume !...

Au son de sa voix, le rire cessa et un immense silence oppressé tomba sur ce monde obscur. A travers le silence, le plus faible des gémissements se faufila, à peine audible : « Jirel... » Alors, d'autres sons reprirent de la force, le vent souffla, et la plainte s'affaiblit dans le lointain. Et la poursuite reprit.

Maintenant, le visage mort de la lune avec ses nuages rampants avait presque sombré à l'horizon, et les ombres s'allongeaient démesurément sur le sol. Il sembla à Jirel que tout autour de la voûte du ciel pointait une lueur blême. Dans son épuisement et son désespoir, elle ne s'en préoccupa guère ; et pourtant elle savait que si le jour la trouvait là, cela signifiait pour elle une mort plus terrible que celle dont personne ait jamais pu mourir sur terre. Et une éternité, peut-être, de tourments sous l'une des nombreuses formes qu'elle avait rencontrées et qu'elle savait être des âmes de damnés. Peut-être un arbre se tordant de souffrance... ou l'emprisonnement dans une statue hideusement révélatrice, comme Guillaume... ou simplement une voix qui gémissait à jamais dans le vent. Elle était trop fatiguée pour s'en soucier. Elle avançait chancelante, désespérée ; la voix qui criait son nom devenait de plus en plus faible et lointaine.

La fin de la poursuite survint brusquement. Jirel

atteignit une rivière qui coulait doucement sous l'arche d'un pont bas et sombre. En le traversant, elle vit dans l'eau son visage qui la regardait, la bouche tordue comme si elle lançait des cris inaudibles alors que ses propres lèvres étaient closes. Elle croisa le reflet de ses yeux, et lut dans leurs profondeurs un avertissement désespéré, et aussi la plus affreuse souffrance. Elle vit son visage se crisper au point de devenir méconnaissable, dans une angoisse sans espoir. C'était une vision épouvantable, mais elle la vit à peine et continua de courir sans y prêter attention.

Tout près, devant elle, monta la voix grêle qu'elle suivait ; elle se réveilla de sa torpeur et regarda autour d'elle avec de grands yeux. Ce pont n'avait pas abouti sur l'autre rive du ruisseau, mais inexplicablement ses bords s'étaient relevés et arrondis, son plancher s'était élargi, il était devenu un temple sombre ; tout autour courait une frise plus bestiale que tout ce qui est imaginable même en rêve. Là, dans cet édifice à colonnes, était sculpté un raccourci de tout le ténébreux enfer qu'elle venait de traverser. Là, sur ces bas-reliefs, elle pouvait lire toutes les choses hideuses qu'avaient suggérées les ombres, toute la tristesse, la douleur, le désespoir humains qu'elle avait entendus dans la plainte du vent, la perversité ricanante du murmure de l'eau. Dans ces sculptures, elle pouvait retrouver les âmes captives d'hommes et de bêtes, torturées de maintes manières, certaines qu'elle avait déjà vues, beaucoup d'autres qu'elle ne connaissait pas et que, miséricordieusement, elle ne pouvait comprendre. Jirel ferma les yeux et resta vacillante ; elle sentait la malignité triomphante du temple palpiter autour d'elle, trop bouleversée, trop écœurée pour même se demander ce qui pourrait arriver ensuite.

La petite voix résonna alors dans sa tête. Jirel sentit presque un battement d'ailes désespéré, comme si un oisillon affolé voletait devant son visage. « Jirel !... Jirel !... » répétait la voix en un dernier appel angoissé. Et elle ne savait quoi faire. Elle restait là, impuissante, envahie par l'abominable pouvoir du temple.

Et sans prévenir, pour la troisième fois, la présence du dieu noir se referma comme un manteau sur elle. Elle en fut presque soulagée. C'était là une chose qu'elle savait comment combattre. Comme dans le lointain, elle entendait les échos de la petite voix qui faiblissait, et le froid crépuscule se formait autour d'elle et la glace grise s'épaississait sur son âme. Elle rassembla ses souvenirs de haine et d'amour et de colère pour les jeter dans la bataille, et en faisant cela, elle se dit que peut-être quelqu'un ayant eu une vie moins violente qu'elle et moins de passions accumulées à évoquer ne pourrait pas lutter contre le froid mortel du dieu noir. Elle se souvenait de rires, de chansons et de plaisirs — elle se souvenait des baisers dans l'ombre et de l'étreinte dure de bras d'hommes autour de son corps.

Mais elle était lasse et l'aube naissait, redoutable, à l'horizon, et la puissance du dieu noir était enracinée dans un néant immuable, inébranlable. Et elle commençait à entrevoir l'échec. Les souvenirs qu'elle lançait n'avaient aucun pouvoir contre la grisaille du lieu crépusculaire où le dieu habitait, et elle sentit la première atteinte de l'inexorable désespoir s'infiltrer dans son cerveau. Peu à peu la volonté de lutter se figea dans son corps dont s'emparait le froid. Bientôt elle ne fut plus un être à la chair et au sang chauds, mais une chose rigide et glacée qui habitait, désincarnée, dans le crépuscule gris.

Il y avait pourtant une petite étincelle d'elle-même que le dieu noir ne pouvait geler. Elle sentit son assaut. Elle se vit chassée hors de la chose froide qui avait été son corps — arrachée irrésistiblement — et elle ne fut plus qu'une petite voix grêle qui gémissait... Sans force, elle se sentit tournoyer çà et là, emportée par des vents qu'elle n'avait jamais rencontrés auparavant, et heurter des obstacles invisibles, dans une plainte indistincte Elle était sans substance et le monde s'était évanoui autour d'elle. Elle avait conscience d'autres choses — sourdes, vagues comme des battements de cœur — qui tourbillonnaient à travers l'obscurité, de petites choses perdues comme elle-même, désincarnées et sans défense, ballottées par tous les vents qui soufflaient ; de petites choses gémissantes, criant éperdument dans la nuit.

L'une de ces petites choses vagues fut poussée vers elle et à travers elle ; à son passage, elle saisit le faible écho de son nom, et sut que c'était la voix qui l'avait appelée dans ses rêves, la voix qu'elle avait poursuivie : Guillaume. Et en cet instant d'union quelque chose d'aussi puissant que la vie elle-même s'embrasa en elle, miraculeusement ; une étincelle brillante grossit, grandit, flamboya et...

Elle se retrouva dans son corps au milieu des sculptures bestiales du temple — son corps qui se dégelait, se réchauffait, dont les chaînes de silence glacé tombaient ; et cette violente flambée grandit encore, jusqu'à ce que tout son être en soit imprégné et animé, et que la chape de grisaille glaciale se dissipe sans résistance devant la flamme brûlante, triomphante, qui était en elle.

Dans l'extase de cette ardeur irrésistible, elle comprit à peine sa victoire. Elle ne s'en souciait guère. Quelque chose de merveilleux se produisait...

L'air tremblait et autour d'elle de petits sons grêles s'élevaient frémissants, comme si des bribes de cris aigus ondoyaient devant elle sur un fond de silence. En elle, la flambée s'éteignit lentement, pâlit, mourut insensiblement et la paix d'un vide absolu envahit son âme. Epuisée, elle retourna sur ses pas, repassa le pont. Derrière elle, le temple se dressait dans un calme de mort. La malignité qui l'avait empli de ses longues pulsations était vaincue pour un temps par quelque chose d'extraordinaire et de merveilleux qui n'avait pas sa place dans cet enfer étoilé ; quelque chose d'humain et de vivant, quelque chose qui était fait d'amour, d'ardent désir, de presque désespoir, de sacrifice et de triomphe.

Jirel ne se rendait pas compte du grand silence qu'elle laissait derrière elle, ni très nettement de ce qu'elle avait fait. Dans le ciel pâlissant elle vit au-dessus d'elle un sommet de colline qu'elle reconnut. Elle comprit vaguement que durant toute sa longue nuit de poursuite, elle avait tourné en rond pour revenir à son point de départ. Elle était trop lasse pour s'en soucier. Elle était au delà de toute sensation de soulagement ou de surprise.

Elle se mit à monter la colline, sans joie, sans jouir de la victoire qu'elle savait être finalement la sienne. Car elle avait fait sortir Guillaume de la statue, passer dans une ombre, puis de cette ombre dans une voix et enfin de cette voix dans... une mort paisible, peut-être. Elle ne savait pas. Mais il avait trouvé la paix, car ses plaintes insistantes ne venaient plus assaillir sa conscience et elle en était heureuse.

Au-dessus d'elle s'ouvrait l'entrée du souterrain. Elle gravit la pente, traînant son épée, lasse jusqu'au fond de l'âme, mais apaisée, enveloppée d'une sérénité au delà de toute imagination.

3

LE TENEBREUX PAYS

Sur son grand lit, dans la chambre de la tour en son château de Joiry, Jirel gisait, proche de la mort. Sa chevelure rousse flamboyait sur l'oreiller, autour de la blancheur d'ivoire de son visage, et ses paupières lourdes étaient closes sur l'éclat doré de ses yeux. La vie s'était enfuie d'elle à gros bouillons écarlates, jaillissant du coup de pique profond à son côté, et les femmes qui chuchotaient sur le seuil se disaient les unes aux autres que la Dame de Joiry avait conduit sa dernière charge dans une bataille. Jamais plus elle ne galoperait à la tête de ses cavaliers hurlants, brandissant son épée avec toute la férocité qui avait donné à son nom un tel poids parmi les farouches barons guerriers dont les terres entouraient les siennes. Jirel de Joiry gisait comme morte sur son oreiller.

La grande épée à deux tranchants qu'elle maniait avec tant de témérité dans la fièvre du combat était maintenant accrochée au mur où ses yeux dorés pourraient la voir s'ils s'ouvraient. Son armure ébréchée et bosselée n'était qu'un tas de ferraille dans un coin de la pièce, telle que les femmes l'y avaient jetée en dépouillant Jirel après que les hommes d'armes, le visage grave, furent arrivés, montant l'escalier d'un pas lourd, et portant la forme défaillante de leur maîtresse. Dans la chambre planait un silence de mort. Rien ne bougeait.

Bientôt l'une des femmes s'avança et ferma doucement la porte devant celles qui regardaient.

— Il est malséant d'épier ainsi, dit-elle sur un ton de reproche. Notre maîtresse ne voudrait pas que nous la voyions avant que le père Gervais lui ait donné l'absolution de ses péchés.

Les femmes opinèrent de leurs coiffes, en murmurant entre elles. Et un instant plus tard, un brouhaha dans l'escalier les força à se ranger ; la servante de Jirel arriva ; elle tenait un mouchoir sur ses yeux rougis et conduisait le père Gervais. Quelqu'un leur ouvrit la porte et le petit groupe s'écarta pour les laisser passer.

La servante avança, chancelante, jusqu'au chevet du lit, et s'essuya les yeux en aveugle. Derrière elle, quelque chose de confusément insolite se produisait. Au bout d'un instant elle comprit ce que c'était. Un grand silence était brutalement tombé sur l'assemblée. Elle leva un regard désorienté vers la porte. Le père Gervais regardait le lit avec le plus profond effarement.

— Mon enfant, balbutia-t-il, où est ta maîtresse ?

La jeune fille tourna vivement la tête vers le lit. Il était vide.

Les draps restaient encore exactement tels qu'ils étaient lorsqu'ils recouvraient Jirel, non pas repoussés comme lorsque quelqu'un rejette les couvertures en se levant. Le creux où son corps avait reposé conservait encore sa forme dans les draps tièdes, et aucune tache de sang frais ne maculait le plancher, mais de la Dame de Joiry, il n'y avait plus trace.

Les mains du père Gervais se serrèrent sur son crucifix d'argent, et sous sa frange de cheveux gris, son visage se crispa soudain de douleur.

— Notre chère Dame s'est trop souvent mêlée de choses interdites, murmura-t-il pour lui-même, audessus du crucifix. Trop souvent...

Derrière lui, des mains tremblantes firent le signe de la croix, et des chuchotements terrifiés faisaient déjà passer la nouvelle parmi la foule dans l'escalier.

— Le diable s'est emparé du corps et de l'âme de Jirel de Joiry sur son lit de mort !

Jirel se souvenait des cris, des hurlements et du fracas de la bataille, et de ce choc terrible dans son côté. Après, rien qu'une épaisse obscurité flottait sur un fond de douleur atroce, et le murmure de voix qui venaient de très loin. Elle s'en allait à la dérive, désincarnée et sereine, emportée par une sombre marée qui refluait vers la mer, tandis que les voix et la douleur reculaient à des distances infinies, faiblissaient, et cessaient.

Alors, quelque part, une lumière brilla. Jirel lutta faiblement contre cette sensation, car la sombre marée l'entraînait vers la mer et son âme, avec une ardeur qu'aucun mot n'aurait pu dire, désirait la paix que celle-ci semblait promettre. Mais la lumière ne voulait pas la lâcher. En se rebellant, en luttant, elle ouvrit enfin les yeux. Ses paupières ne se soulevèrent que lentement, comme si elles avaient déjà oublié d'obéir à sa volonté. Mais elle pouvait voir sous la frange des cils et elle demeura immobile, à regarder tranquillement tandis que la vie revenait peu à peu, lentement, dans le corps qu'elle avait été si près d'abandonner.

Cette lumière était un anneau de flammes. Pendant un moment, elle ne put rien voir que ce petit anneau. Graduellement ses yeux retrouvèrent leur fonction, et comme à regret, le corps qui avait vacillé si près de la mort reprit sa tâche de vivre. En pleine possession de ses facultés, elle regarda de tous ses yeux, et lorsqu'elle prit conscience de ce qu'elle voyait dans son esprit abasourdi, l'incrédulité le disputa à la stupéfaction muette.

Devant elle, une gigantesque figure était assise, monstrueuse, majestueuse sur un trône Le trône et la figure étaient noirs et brillants. La statue représentait un colosse aux larges épaules, beaucoup plus grand qu'un homme. Le visage était barbu, dur, plein de puissance et de brutalité, orgueilleux et hautain comme celui de Lucifer. Il était assis sur un énorme trône noir et regardait avec arrogance dans le néant. Autour de sa tête jaillissaient les flammes. Elle regarda plus attentivement, incrédule. Comment avait-elle pu venir ici ? Qu'était-ce et où était-ce ?

Sans surprise, elle s'aperçut qu'elle se redressait sur son séant. Dans son état de stupeur, elle ne savait pas l'ampleur de sa blessure, et il ne lui sembla pas étrange qu'aucune douleur n'accompagne son mouvement ni que son côté déchiré par la pique soit de nouveau intact sous la tunique de daim qui était son seul vêtement. Elle ne pouvait pas savoir que la pointe d'acier de la pique avait si profondément enfoncé le daim dans sa chair que ses femmes n'avaient pas osé lui enlever le vêtement de crainte que sa blessure ne se rouvre et que leur Dame ne meure avant d'avoir reçu l'absolution. Elle vit simplement qu'elle était assise là, nue sous sa tunique de daim, ses pieds nus posés sur un tapis de fourrure et des coussins entassés autour d'elle.

Le lit sur lequel elle était assise était bas, large et noir, et le tapis de fourrure épaisse dans lequel ses orteils jouaient avec plaisir était noir également, et vaste comme pouvait l'être une peau de bête dans les rêves.

Devant elle, sur le sol noir et luisant, se dressait la formidable statue, couronnée de flammes. En dehors de cela, la vaste salle, noire, à peine éclairée, était vide. Les reflets des flammes dansaient fantastiquement sur le plancher brillant. Elle leva les yeux et vit avec un sursaut de surprise qu'il n'y avait pas de plafond. Les murs s'élevaient vertigineusement autour d'elle pour se terminer brusquement en dentelures irrégulières, et au-dessus s'incurvait un ciel noir parsemé d'étoiles pâles.

Elle avait pris conscience de tout cela lorsqu'un scintillement étrange dans l'air, devant la statue, attira son regard errant. C'était un faible chatoiement comme une danse d'atomes de poussière dans le soleil, mais les particules étincelant dans l'obscurité étaient multicolores, éblouissantes. Elles tourbillonnaient et fourmillaient devant ses yeux intrigués en une danse bizarre qui, tant bien que mal, prenait forme à la lumière des flammes de la statue. Une figure se dessinait au milieu du scintillement irisé. Une silhouette, celle d'un homme de haute taille, au visage sombre, aux épaules puissantes dont les contours se concrétisaient rapidement parmi les atomes dansants, se renforçait peu à peu jusqu'à dissiper, dans un dernier tourbillon, le scintillement bariolé ; l'homme lui-même se dressa enfin, les jambes écartées, les poings sur les hanches, et regarda avec un ténébreux sourire Jirel figée sur place.

Il était la statue. A cela près qu'il était de chair et de sang, et de taille humaine, alors que la statue était gigantesque et de pierre noire. Il n'y avait aucune différence. Le même visage dur, arrogant, majestueux avec son sourire inquiétant. Sous ses sourcils noirs froncés, flamboyaient des yeux sombres qui étincelaient de petits points rouges d'un éclat insoutenable. Jirel ne put affronter ce regard. Une courte barbe noire soulignait son menton énergique, et à travers elle luisait la blancheur éclatante de son sourire.

Tout cela frappa Jirel, pourtant remplie de stupéfaction, et elle eut un sursaut suffoqué ; elle se redressa parmi ses coussins et écarquilla les yeux. Le regard de l'étranger pesait avidement sur les formes longues et souples de son corps à demi nu. Des étincelles rougeoyantes s'avivèrent dans les profondeurs de ses prunelles et son sourire s'élargit.

— Bienvenue, dit-il d'une voix si profonde et si pleine qu'un petit frisson involontaire parcourut Jirel. Bienvenue au pays ténébreux de Romne.

— Qui m'a amenée ici ? (Jirel retrouvait enfin sa voix :) Et pourquoi ?

— Moi, répondit-il. Moi... Pav, roi de Romne. Remerciez-moi, Jirel de Joiry. Sans moi, vous auriez couché ce soir avec des vers dans un tombeau. C'est de votre lit de mort que je vous ai enlevée et nul autre pouvoir que le mien aurait pu réparer la blessure que vous aviez au côté ni remettre en vous le sang que vous aviez perdu sur le champ de bataille de Triste. Remerciez-moi, Jirel !

Elle le regarda en face et ses yeux dorés s'enflammèrent de colère quand elle vit rire les siens.

— Dites-moi pourquoi vous m'avez amenée ici.

Il rejeta alors la tête en arrière et éclata d'un rire énorme, un mugissement féroce et amusé qui se répercuta en longs échos sur les murs et assaillit les oreilles de Jirel avec la puissance des notes d'un orgue. La salle tremblait de son rire ; les petites flammes autour de la tête de la statue dansaient.

— Pour être ma femme, Jirel de Joiry ! rugit-il. Ce regard de défi vous sied mal ! Rougissez plutôt, Jirel, devant votre futur époux !

Seul l'ébahissement muet de la jeune femme lui évita sur l'instant de libérer la fureur meurtrière qui commençait à bouillonner en elle. Elle se contenta de le regarder tandis qu'il riait d'elle et jouissait de sa stupéfaction.

— Oui, reprit-il finalement, vous avez trop souvent voyagé dans des contrées interdites, Jirel de Joiry, pour être inconnue de nous qui y habitons. Et il y a en vous une force ardente et sauvage que nulle autre femme d'aucun pays que je connaisse ne possède. Une force qui rivalise avec la mienne, Dame Jirel. Vous seule êtes digne d'être ma reine. Et je vous ai enlevée pour que vous soyez à moi.

Jirel faillit étouffer de colère et retrouva sa voix avec peine.

— Fou échappé de l'enfer ! proféra-t-elle. Animal de cauchemar ! Laissez-moi m'éveiller de ce rêve insensé.

— Ce n'est pas un rêve, dit-il avec son sourire exaspérant. Alors que vous mouriez dans votre château de Joiry, je vous ai arrachée à votre lit et emportée corps et âme à travers les courbes d'espace-temps qui séparent ce pays du vôtre. Vous vous êtes réveillée dans votre ténébreux royaume, ô reine de Romne !

Et il s'inclina avec un salut ironique, ses dents étincelant dans la noirceur de sa barbe.

— De quel droit... éclata Jirel.

— Du droit de l'amour, dit-il moqueur. Ne vaut-il pas mieux régner avec moi sur Romne que de régner sur les vers d'un tombeau, Madame ? Car la mort était très près de vous. J'ai sauvé votre corps ravissant d'une tombe glacée, Jirel, et j'y ai gardé votre âme ardente solidement enracinée. N'ai-je pas droit à des remerciements ?

Ses yeux dorés s'embrasèrent de fureur.

— Les remerciements du tranchant d'une épée, si j'en avais une ! s'écria-t-elle. Croyez-vous pouvoir prendre Jirel de Joiry comme une vulgaire fille de ferme pour satisfaire vos caprices ? Je suis Jirel de Joiry, entendez-vous ? Vous n'êtes qu'un fou !

— Je suis Pav, lui répondit-il sinistrement, toute gaieté disparue de sa voix profonde. Je suis le roi de Romne, et le seigneur et maître de tous ceux qui y vivent. Je vous ai choisie pour votre violence, mais ne me poussez pas trop loin, Jirel !

Elle leva les yeux vers le visage sombre et dur qui la contemplait et, tout à coup, un sentiment proche de la peur tomba comme un froid glacial sur elle ; peut-être la crainte que, s'il existait un homme qui pût dompter sa violence, c'était cet homme-là. Les petits points rouges avaient disparu de ses yeux, et quelque chose en elle frémit devant ces prunelles noires, rétrécies. Elle voila son regard doré de fauve et serra les lèvres.

— Je vais appeler vos serviteurs, dit Pav gravement. Vous devez être habillée comme il convient à une reine et ensuite je vous montrerai votre royaume de Romne.

Elle vit son regard noir se promener comme en quête de quelque chose et, à l'instant même, apparut autour d'elle, dans l'air, le plus curieux phénomène qu'elle eût jamais vu. De bizarres lueurs bleues l'entouraient et flottaient à hauteur d'épaules, translucides comme des flammes ardentes et, comme des flammes, leurs contours tremblaient. Elle les voyait nettement, mais leur contact sur elle était comme la caresse d'une flamme qui ne brûlait pas : vive, douce, légère.

Elles s'agitaient autour d'elle, trop vite pour que l'œil puisse les suivre ; leur caresse rapide, frôleuse, courait sur tout son corps. Et elle se sentait bizarrement lasse comme si ses forces l'abandonnaient, tandis que les flammes bleues dansaient. Lorsque leurs bizarres offices cessèrent, son étrange fatigue s'effaça elle aussi, et Jirel, muette de surprise, regarda son corps svelte et ravissant soudain vêtu du velours le plus exquis qu'elle pût rêver. Il était noir comme une nuit sans étoiles, plus doux que le duvet ; somptueux et satiné, il moulait ses formes rondes et pleines en une beauté sculpturale. Il y avait un délice sensuel dans son tournoiement léger autour de ses chevilles lorsqu'elle marchait, dans son obscure caresse sur sa chair lorsqu'un mouvement en déplaçait les surfaces soyeuses contre sa peau. Pendant un instant, elle fut perdue dans une pure extase féminine.

Mais cela ne dura qu'un moment. Elle entendit la voix profonde de Pav qui disait : « Regardez ! » et elle leva les yeux sur la salle dont les contours s'évanouissaient en fumée. La grande statue s'effaça, le plancher luisant et les murs déchiquetés devinrent diaphanes, nébuleux, et, à travers leur transparence, des montagnes se dessinèrent dans le lointain, des arbres noirs et une contrée rude, accidentée. Avant que les échos du « Regardez ! » de Pav eussent complètement cessé de vibrer, la salle avait disparu et tous deux se trouvaient seuls au milieu du sombre pays de Romne.

C'était vraiment un pays ténébreux. Aussi loin qu'elle pût voir, l'air absorbait toute trace de couleur, si bien que le paysage qui s'étendait sous ses yeux n'était coloré que de gris foncé et de noir. Mais il y avait aussi une curieuse clarté dans l'air obscur et transparent. Elle pouvait voir les montagnes lointaines, noires et nettes au delà des arbres noirs. Derrière eux, encore, elle aperçut le miroitement d'une eau calme et noire ; sous ses pieds, le sol était noir et rocheux. Et tout ce pays avait un aspect curieusement limité. Sans savoir pourquoi, elle se sentit comme enfermée en le contemplant, car l'horizon semblait plus proche qu'il n'aurait dû, et son cercle funèbre enserrait ce petit monde de grisaille et de noirceur.

Oui, c'était un pays ténébreux, un pays étrange, sinistre, presque un pays de cauchemar avec l'air transparent qui absorbait les couleurs, et son horizon trop proche, trop net, dans le resserrement de son cercle.

— Voilà, dit Pav près d'elle, de sa voix résonnante qui faisait vibrer les nerfs de Jirel. Voilà votre royaume, ô reine de Romne ! Un pays plus vaste qu'il ne paraît, et qui sied bien à votre tempérament et à votre beauté, Jirel. Un pays étrange, aussi, selon toutes les notions terrestres.

— Ne vous perdez pas en paroles inutiles, roi de Romne, interrompit Jirel. Ce pays n'est pas le mien et n'a aucun intérêt pour moi si ce n'est pour en sortir. Montrez-moi le chemin qui me ramènera dans mon univers et je serai contente de ne plus jamais revoir Romne ni vous.

La grosse main de Pav s'abattit sans douceur sur son épaule. Il lui fit faire volte-face dans un tourbillon de velours et de cheveux couleur de feu. Son visage sombre, barbu, était contracté de fureur. Les petites étincelles rouges dansaient dans ses yeux noirs rétrécis.

— Vous êtes à moi ! s'écria-t-il d'une voix si profonde et si sourde que Jirel en frémit de tout son corps. Je vous ai tirée de Joiry, de votre lit de mort et du monde que vous connaissiez, et vous êtes à moi depuis ce moment-là. Vous êtes forte, certes, mais pas autant que moi, Jirel de Joiry, et quand j'ordonnerai, vous devrez désormais obéir !

Folle de rage, Jirel s'arracha à sa main et recula d'un pas en faisant virevolter sa robe noire.

— Ne me touchez jamais plus, fou échappé de l'enfer ! Par Dieu, vous ne l'auriez jamais osé si vous m'aviez laissé un poignard pour me défendre ! Je jure que je vous arracherai les yeux de la tête si je sens de nouveau le poids de votre main sur moi ! A vous, infâme sorcier ? Je ne serai jamais à vous... jamais, même si je devais mourir pour vous échapper ! Par Joiry, je le jure !

Elle se tut, suffoquée, non parce que les mots lui manquaient, mais parce que la fureur qui bouillonnait dans sa gorge l'étranglait. Ses yeux dorés flamboyaient de rage et ses doigts se crispaient comme des griffes avides de sang.

Le roi de Romne, les pouces passés dans sa ceinture, se contenta de sourire de toutes ses dents blanches. Et des lueurs rouges scintillaient dans l'insondable noirceur de ses yeux.

— Vous croyez cela, Jirel de Joiry ! railla-t-il de sa voix profonde. Regardez ce que je *pourrais* faire !

Il ne bougea pas un muscle, mais même à travers sa fureur aveuglante, elle eut conscience d'un changement soudain en lui, comme d'une puissance et d'une autorité nouvelles. Ses yeux étincelants étaient posés sur les siens et, avec une exaspération impuissante, elle sentit de nouveau qu'elle ne pouvait soutenir ce regard.

Elle devait obéir... elle devait... Soudain, une nouvelle poussée de violence se déchaîna en elle, aveuglante, terrible, en une telle explosion que le sombre pays de Romne fut englouti dans le néant et qu'elle perdit toute notion de la réalité. Le sol rocheux bascula et s'évanouit. Le monde ténébreux disparut autour d'elle. Elle-même n'était plus de chair et de sang mais pure flambée de rage. A travers sa chaleur de fournaise, comme à travers un rideau de flammes, elle vit le corps dont sa propre violence l'avait arrachée. Il était très droit dans sa robe de ténèbres veloutées et faisait front avec défi à la forme immobile de Pav. Mais tandis qu'elle regardait, son corps parut fléchir. Son attitude perdit sa raideur, sa tête rousse et fière se courba. Impuissante, elle vit le corps qu'elle avait abandonné avancer avec répugnance, pas à pas, comme si sa chair désertée se révoltait de la sujétion qui lui était imposée. Elle se vit marcher jusqu'aux pieds de Pav. Elle vit son corps dans son fourreau de velours noir s'incliner avec soumission, et d'un souple mouvement se mettre à genoux. Dans un silence pire que la plus extrême des indignations, elle se vit prosternée devant Pav, la tête baissée, le corps courbé dans une attitude d'éloquent abandon.

Et elle fut saisie d'effroi. Car, de quelque part, une force l'assaillait avec une puissance si insupportable que même l'enfer de sa fureur reculait devant elle. L'abjection de son corps perdait toute signification dans la ruée de cette force terrible. Celle-ci aurait pu venir de Pav si un être humain avait pu détenir une force aussi incroyable.

Pendant un très bref instant, elle sentit cette force autour d'elle, terrifiante, démesurée. C'était une chose trop épouvantable pour qu'elle pût l'endurer dans son état de vulnérabilité désincarnée. Et Jirel avait peur — car Pav était le foyer de cette puissance infernale et il ne pouvait être une créature humaine pour émettre un tel pouvoir. Ou l'était-il ? Que *pouvait*-il être ?

A ce moment, elle eut horriblement peur — âme toute nue dans le souffle de la fournaise.

Puis l'instant de séparation se termina. D'un coup étourdissant, elle se retrouva dans son corps agenouillé ; le sentiment de cette terrible puissance s'évanouit et devant l'humiliation cuisante de son attitude, sa gorge se serra. Comme un ressort qui se détend, elle bondit sur ses pieds, se rejeta en arrière et regarda le visage souriant de Pav avec des yeux si flamboyants que tout son corps semblait incandescent. La terreur qu'elle avait éprouvée attisait cette flambée, car elle n'était plus nue maintenant ni désincarnée ni sans défense contre le pouvoir qu'elle avait si brièvement subi, et sa colère d'y avoir été exposée, d'avoir eu peur, s'accroissait de la rage de son humiliation devant Pav. Elle braquait des yeux plus brûlants que l'enfer sur son tortionnaire. Mais avant qu'elle pût parler, Pav dit d'une voix un peu surprise :

— Je reconnais votre force. Je pouvais soumettre votre corps mais seulement en chassant la flamme ardente qui est le fond de votre être. Je n'ai jamais auparavant rencontré une créature mortelle ainsi faite que ma volonté ne puisse dominer la sienne. Cela prouve que vous êtes une compagne digne de Pav de Romne. Cependant, bien que je puisse vous forcer à m'obéir, je ne le ferai pas. Je ne prendrai aucune femme contre sa volonté. Vous êtes une petite créature humaine, Jirel, et toute votre force opposée à la mienne est comme une chandelle dans le soleil — mais durant ces dernières minutes, j'ai acquis du respect pour vous. Voulez-vous conclure un marché avec moi ?

— Je conclurais plutôt un marché avec le Diable !

répliqua-t-elle sourdement. Voulez-vous me laisser partir ou faut-il que je meure pour être libre ?

Il la considéra d'un air grave. Le sourire s'était effacé de sa bouche et une ténébreuse majesté planait sur le visage sombre penché sur elle. Ses yeux ne rougeoyaient plus. Ils étaient noirs, d'une noirceur si profonde qu'ils semblaient être deux gouffres d'espace insondable — deux fenêtres ouvertes sur l'infini. En y plongeant le regard, Jirel fut prise d'un vertige soudain. Sans qu'elle comprît pourquoi, sa fureur chauffée à blanc se calma un peu. De nouveau, elle sentit subtilement que ce n'était pas dans les yeux d'une créature humaine qu'elle regardait. Un frisson d'effroi passa à travers sa colère faiblissante. Enfin, il parla.

— Ce que je prends, je ne l'abandonne pas facilement. Non, il y a en vous une violence enivrante qui excite mon désir et à laquelle je ne renoncerai pas. Mais je ne vous prendrai pas contre votre volonté.

— Donnez-moi alors une chance de m'échapper ! dit Jirel.

Sa rage bouillonnante, sous le regard noir et vertigineux de Pav, s'était presque complètement dissipée. Mais cela n'avait en rien diminué sa détermination de ne pas céder. Elle parla d'une voix ferme.

— Laissez-moi chercher à travers votre royaume le passage qui me ramènera dans mon pays. Si je n'y réussis pas...

— Vous ne pouvez pas réussir. Il n'y a aucun passage utilisable pour vous.

— Je suis sans armes, dit-elle désespérée. (Elle s'obstinait dans sa détermination de trouver une excuse pour le quitter :) Vous m'avez amenée, impuissante et désarmée, sous votre pouvoir et je ne vous céderai pas. Pas jusqu'à ce que vous vous soyez montré mon maître... et je ne crois pas que vous le puissiez. Donnez-moi une arme et laissez-moi vous le prouver !

Pav lui sourit comme un homme sourit à un enfant rebelle.

— Vous n'avez aucune idée de ce que vous demandez, dit-il. Je ne suis peut-être pas... tout à fait ce que je vous semble. Toute votre dextérité à manier les armes ne pourrait prévaloir contre moi.

— Alors, laissez-moi en trouver une !

Sa voix tremblait un peu dans son désir de se libérer de lui, de trouver un moyen d'échapper à la noirceur intolérable de son regard, à la contrainte de sa présence. Car, à chaque fois que ces yeux terribles pesaient si ardemment sur elle, elle sentait sa résistance faiblir davantage. Elle savait que si elle ne le quittait pas bientôt, toute son énergie fondrait et que, de lui-même, son corps s'agenouillerait de nouveau aux pieds de Pav. Pour cacher sa terreur, elle parlait fort mais sa voix était sans timbre.

— Donnez-moi une arme ! Il n'existe aucun homme qui ne soit vulnérable d'une manière ou d'une autre. Je trouverai votre point faible, Pav de Romne, et je vous tuerai. Et si je n'y réussis pas... alors prenez-moi.

Le sourire s'évanouit lentement des lèvres de Pav. Il resta silencieux à la considérer, et de la noirceur de son regard émana une ardeur si insupportable que Jirel dut baisser les yeux et contempler le bord de sa jupe sur le sol pierreux.

— Partez, alors, dit-il enfin. Si cela vous satisfait, cherchez un moyen de me tuer. Mais si vous n'y réussissez pas, souvenez-vous... vous avez promis de me reconnaître pour votre maître.

— Si je n'y réussis pas ! (Le soulagement desserra la gorge de Jirel :) *Si* je n'y réussis pas !

Il eut de nouveau un bref sourire, puis sans qu'elle comprît comment, autour de sa haute forme sombre dansa un tourbillonnement irisé. Les yeux écarquillés, elle regarda, saisie d'un effroi mystérieux, la ténébreuse présence se fondre doucement dans le tournoiement multicolore qu'elle avait déjà vu, jusqu'à ce qu'il ne restât rien que ce tourbillon éblouissant qui ralentit, perdit son éclat, se dissipa dans l'air obscur — et elle se retrouva seule.

Elle respira profondément quand la dernière lueur irisée s'évanouit. C'était un soulagement céleste de ne plus sentir le pouvoir intolérable de Pav assaillir sans trêve sa résistance, de ne plus tendre à briser les forces qui étaient en elle. Elle se détourna de l'endroit où il avait disparu et scruta le ténébreux pays, convaincue que si elle ne trouvait pas de passage, pas d'arme, alors ce serait la mort elle-même qui lui ouvrirait un chemin hors de Romne. Il y avait quelque chose dans la terrible force de Pav qui révoltait ses nerfs d'humain. Au moment où elle s'était trouvée dénudée jusqu'à l'âme, elle l'avait ressentie trop profondément pour jamais lui céder. La brûlure infernale de l'*être* qu'était Pav sur sa conscience désincarnée avait été quelque chose de tellement inhumain, qu'elle avait su qu'elle mourrait s'il le fallait plutôt que de céder. Le corps de Pav était le corps d'un homme, mais ce n'était pas — elle le sentait intuitivement — seulement en tant qu'homme qu'il la désirait, et à la pensée de s'abandonner à la ténébreuse ardeur de ce qui était au delà de la chair, son âme frémissait d'horreur.

Elle regarda autour d'elle, désemparée. Elle était debout sur un sol pierreux, sa jupe de velours balayant un rocher noir déchiqueté qui descendait vers la lisière des arbres. Elle pouvait voir le miroitement d'une eau sombre entre eux, et dans le lointain, au-dessus de leurs cimes ondoyantes, se dessinaient les montagnes noires. Nulle part il n'y avait trace de la grande salle où se dressait la statue. Elle ne pouvait rien voir que des rochers déserts, des prairies vides, des arbres où aucun oiseau ne chantait. Elle ne contemplait qu'un monde de grisaille et de noirceur.

Et de nouveau, elle eut cette sensation d'emprisonnement dans les limites obscures et resserrées de l'horizon. C'était un pays singulièrement étroit que Romne. Elle le sentait instinctivement quoique aucune barrière visible ne l'enfermât. Dans l'air sombre, transparent, même les montagnes lointaines étaient distinctes, sans couleur, ténébreuses.

Elle les considéra, songeuse, et se demanda à quelle distance elles se trouvaient. Une pensée l'assombrissait : si elle ne trouvait aucun moyen d'échapper à Romne et à Pav, seules, ces montagnes lui offraient l'évasion finale qu'elle était résolue à choisir s'il le fallait. Du haut d'un de ces escarpements à pic, elle pourrait sauter...

Ce ne furent pas ses larmes qui brouillèrent soudain les montagnes noires. Elle regarda, désorientée, se frotta les yeux puis regarda de nouveau. Non, pas d'erreur, tout le panorama se dissipait comme un brouillard autour d'elle. Les arbres noirs avec le reflet d'un lac derrière eux, le premier plan rocheux, tout s'évanouissait en fumée tandis qu'à travers les contours qui s'effaçaient, les montagnes lointaines se dressaient proches et nettes au-dessus d'elle. Etourdie de ne pas comprendre, parmi les derniers lambeaux du paysage qui disparaissait, elle se retrouva au pied même de ces montagnes qui, un moment auparavant, se dessinaient au loin à l'horizon. Pav avait eu raison ; en vérité, Romne était un étrange pays. Qu'avait-il dit... à propos de son illusion ?

Elle leva les yeux pour essayer de se souvenir, et vit les pentes obscures qui s'élevaient devant elle. Très haut, sur un rebord en saillie, elle pouvait apercevoir des plantes rampantes grises qui retombaient le long de l'escarpement rocheux, et aussi le sommet agité de grands arbres. Elle resta le regard fixé sur ce rebord dont elle ne pouvait pas voir la surface et se demanda ce qu'il y avait derrière ce rideau de végétation.

Et la pente de la montagne s'effaça sous ses yeux en un léger brouillard gris. A travers lui, apparut de plus en plus nettement, à mesure que la brume se dissipait, un plateau bordé d'arbrisseaux rampants et couvert d'arbres épais. Elle se trouvait là, tout près du bord, alors que le versant de la montagne tombait à pic derrière elle. Mais elle ne pouvait être arrivée sur ce plateau par aucun chemin que des pieds humains puissent emprunter.

De là-haut, elle jeta un coup d'œil sur le pays ténébreux de Romne. Il s'étalait au-dessous d'elle en un vaste panorama de rochers noirs, d'arbres noirs ondulants, et de collines ternes, dressés dans l'air transparent et sombre. Rien que des rochers, des collines et des arbres, nets et distincts jusqu'à l'horizon, dans la grisaille de l'air qui absorbait les couleurs. Aucun signe de présence humaine ne rompait le morne paysage. La grande salle noire où la statue se dressait sous sa couronne de flammes aurait aussi bien pu n'avoir jamais existé qu'en rêve. C'était un pays-prison, étroitement enfermé dans le cercle resserré du ciel.

Quelque chose d'insistant et d'inexplicable attira alors son attention, interrompant brusquement cette contemplation. Sans savoir pourquoi, elle se vit obligée de se retourner. Elle se figea alors sur place et interrompit le geste futile de saisir le poignard qui ne pendait plus à son côté, car à travers les arbres une silhouette approchait.

C'était une femme... mais en était-ce vraiment une ? Aussi blanche que la lèpre sur la noirceur des arbres, d'une blancheur qu'aucune ombre ne touchait, elle avançait lentement. Elle était maigre... d'une maigreur cadavérique et enveloppée d'une robe blanche comme un linceul. Ses cheveux noirs retombaient sur ses épaules comme des serpents.

Mais ce fut son visage qui arrêta le regard de Jirel et la fit frissonner de terreur. C'était le visage de la Mort elle-même, et sur le crâne la peau incroyablement blanche était tendue. Et pourtant il n'était pas dénué d'une sorte de beauté sévère : les os étaient si finement ciselés que même dans sa nudité de tête de mort, il était séduisant.

Il n'y avait nulle couleur sur ce visage. Les lèvres blanches, les yeux dans l'ombre, la créature approcha avec un lent balancement de sa robe longue, un lent flottement de ses longs cheveux noirs dont les mèches ondulaient comme des serpents sur ses minces épaules blanches. Et plus la... la femme ?... approchait, plus elle semblait, bizarrement, ne pas appartenir au pays qui l'entourait. D'une blancheur d'ivoire, sans autre ombre qu'en ses orbites, elle tranchait totalement sur la grisaille de l'air. Toute l'atmosphère ténébreuse, sans couleurs, de Romne n'aurait pu masquer sa blancheur trop éclatante, presque aveuglante, dans sa pureté absolue.

Jirel chercha instinctivement les yeux qui devaient être fixés sur elle du fond de ces cavités sombres. S'ils étaient là, elle ne pouvait les voir. L'obscurité voilait ces orbites où ne s'accrochaient que des ombres. Si bien que le visage était abstrait, sans regard... Non pas aveugle, mais on eût dit que les pensées de la femme étaient si lointaines et tournées vers quelque chose de si absorbant que ce qui l'entourait ne valait pas un regard.

Elle s'arrêta à quelques pas de Jirel qui attendait, et resta là tranquillement sans bouger. Jirel eut la sensation que derrière ces orbites obscures un regard impénétrable et critique l'analysait, de sa tête rousse à ses pieds cachés sous le velours. Enfin les lèvres exsangues de la créature s'ouvrirent ; une voix froide, sépulcrale retentit aux oreilles de Jirel en échos bizarres, comme si la femme parlait de très loin, du fond des cavernes souterraines, et ses paroles venaient comme en écho des profondeurs de tombeaux invisibles. Sa blancheur sans ombre donnait l'illusion d'un reflet venu d'un autre monde, et de même sa voix semblait résonner à des distances indéfinies.

— Voilà donc la compagne que Pav a choisie, prononça la voix lente et sourde. Une femme rousse, n'est-ce pas ? Aussi flamboyante qu'il l'est lui-même. Que faites-vous ici, ma belle, si loin des bras de votre futur époux ?

— Je cherche une arme pour tuer Pav ! répliqua Jirel avec fougue. Je ne suis pas une femme qu'on prend contre sa volonté et ce n'est pas moi qui ai choisi Pav.

De nouveau, elle se sentit scrutée par ces yeux voilés au creux de leurs orbites. Lorsque la voix froide reprit, elle résonnait d'une note d'incrédulité qui s'entendait même dans ses échos caverneux venus des profondeurs d'invisibles tombeaux.

— Etes-vous folle ? Ne savez-vous pas qui est Pav ? Vous voulez vraiment le *détruire ?*

— Ce sera lui ou moi, dit Jirel avec colère. Je sais seulement que je ne lui céderai jamais, quoi qu'il puisse être.

— Et vous êtes venue... ici. Pourquoi ? Comment saviez-vous ? Comment avez-vous osé ?

La voix s'éteignit et ses échos chuchotèrent dans les profondeurs invisibles des tombeaux et des cavernes... « avez-vous osé... vous osé... osé ».

— Osé quoi ? demanda Jirel, mal à l'aise. Je suis venue ici parce que... parce que, alors que je regardais les montagnes, le monde s'est soudain évanoui autour de moi et je... je me suis retrouvée ici.

Cette fois, elle fut tout à fait certaine qu'un long regard scrutateur la considérait de la tête aux pieds et fouillait dans ses yeux comme pour y lire ses pensées. Lorsque la voix résonna de nouveau, elle exprimait un bizarre mélange de soulagement, d'amusement et de pure incrédulité, tandis qu'elle se répercutait hors de ses cavernes souterraines.

— Femme, est-ce de l'ignorance ou de la ruse ? Se peut-il que vous ne compreniez même pas le secret de ce pays de Romne, ni pourquoi, lorsque vous regardiez les montagnes, vous vous êtes retrouvée ici ? Sûrement vous n'avez pas imaginé que Romne était... ce qu'il paraît. Est-il possible que vous puissiez être venue ici seule et sans armes, sur ma montagne... dans ma forêt... devant moi ? Vous parlez de mort ?

La voix froide, chuchotante, eut un rire qui se répercuta doucement en sonorités décroissantes sur des murs et des cavernes invisibles, si bien que lorsque la femme parla de nouveau ce fut avec l'accompagnement des échos de sa gaieté fugitive :

— Comme vous avez bien trouvé votre chemin ! Ici, c'est pour vous qu'est la mort... de mes mains ! Car vous deviez savoir que je vous tuerais certainement !

Le cœur de Jirel tressaillit violemment sous sa robe de velours. Elle avait cherché la mort, mais pas la mort entre les mains d'une telle créature. Elle hésita, mais la curiosité fut plus forte que son soudain réflexe de terreur, et après un instant, elle réussit à demander d'une voix ferme et résolue :

— Pourquoi ?

De nouveau, ce fut le long, profond regard scrutateur des orbites sombres. Jirel en frémit, sans oser pourtant se détourner de cette blancheur lépreuse, de ce visage d'os, et pourtant sa vue lui donnait de petits frissons de répulsion. Puis les lèvres blêmes se rouvrirent et la voix froide, caverneuse, résonna à ses oreilles :

— Je peux difficilement croire que vous ne saviez pas. Pav doit suffisamment connaître les femmes — même telles que moi — pour savoir ce qui se passe lorsque des rivales se rencontrent. Non, Pav ne reverra pas celle qu'il a choisie, et la sorcière blanche régnera de nouveau. Etes-vous prête à mourir, Jirel de Joiry ?

Ces derniers mots planèrent sourdement dans l'air sombre et se répercutèrent sans fin hors des tombeaux invisibles. Lentement, les bras de la créature cadavérique se levèrent et entraînèrent sa robe blanche comme de grandes ailes pâles ; ses cheveux s'agitèrent sur ses épaules comme des choses vivantes. Il sembla à Jirel qu'une faible lueur commençait à filtrer à travers les orbites de ce visage d'os ; sans savoir pourquoi, elle sentit qu'elle ne pourrait supporter de voir ce qui était en train de s'éclairer là. Plutôt se jeter du haut de la montagne pour y échapper. D'une voix étranglée de terreur, elle s'écria :

— Attendez !

Les bras levés comme des ailes pâles hésitèrent. La lueur qui naissait dans les orbites creuses cessa un moment de briller à travers le voile d'ombre. Jirel poursuivit, désespérée :

— Vous n'avez aucun besoin de me tuer. Je serais très heureuse de m'en aller si je connaissais le chemin.

— Non, résonna la voix froide en lointains échos. Vous seriez toujours un péril en suspens. Non, vous devez mourir, sinon ma souveraineté est finie.

— Est-ce votre souveraineté ou l'amour de Pav que je mets en péril ? demanda Jirel, et ses mots se bousculèrent dans sa hâte éperdue.

Elle craignait que quelque magie inconnue ne la réduise au silence avant qu'elle puisse terminer.

La sorcière cadavérique eut un rire froid de pur mépris.

— L'amour est une chose qui n'existe pas, dit-elle, ... pour une femme comme moi.

— Alors, dit vivement Jirel (un espoir fébrile commençait à poindre malgré sa terreur), alors laissez-moi être celle qui tue. Laissez-moi tuer Pav comme je voulais le faire, et vous régnerez seule sur ce pays qui n'aura plus de roi.

Durant un horrible moment, les bras à demi levés de la forme qui lui faisait face hésitèrent ; la lueur dans l'ombre des yeux vacilla. Puis, lentement, les bras s'abaissèrent, les yeux s'éteignirent dans leurs cavités ombreuses. Visage aveugle, impersonnel, le crâne se tourna vers Jirel. Et, chose étrange, elle eut le sentiment que le calcul, la malignité et une idée dangereuse pour elle s'unissaient derrière ce masque d'os et de peau blême. Elle pouvait sentir la tension et le péril dans l'air — un péril plus subtil qu'une franche menace de mort. Pourtant lorsque la sorcière blanche parla, il n'y eut rien de menaçant dans ses paroles :

— Il n'y a qu'un moyen de détruire Pav, dit-elle lentement. C'est un moyen que je n'ose employer ni personne qui ne serait déjà sous l'ombre de la mort. Je ne pense pas que Pav lui-même le connaisse. Si vous...

La voix creuse hésita un très bref instant, et Jirel sentit, comme le souffle d'un vent glacé sur son visage, la certitude qu'il y avait là, dans cette offre encore informulée, un danger plus profond que dans le geste mortel à peine retenu de la sorcière. La voix froide continua, avec une nuance de malignité dans ses échos :

— ... Si vous osez utiliser ce moyen pour m'ouvrir la voie vers le trône de Romne, vous pourrez partir librement.

Jirel hésita, tant l'alarme avait été vive à ses sens toujours en alerte. Ce n'était pas une offre sincère... pas une voie sûre d'évasion. Elle était certaine de cela, quoiqu'elle ne pût mettre le doigt sur la faille. Mais elle savait aussi qu'elle n'avait pas le choix.

— J'accepte, quel qu'il soit, dit-elle, ce seul espoir de regagner mon propre monde. Quel est ce moyen ?

— La... flamme, dit la sorcière hésitante. (De nouveau Jirel sentit un regard oblique qui la scrutait du fond des orbites ombreuses, comme si la femme ne s'attendait pas à être crue.) La flamme qui couronne la statue de Pav. Si elle peut être éteinte, Pav... mourra.

Et bizarrement, elle riait en disant cela, d'un petit

rire froid, amusé et méprisant. Cela ressemblait à une gifle, et Jirel sentit le sang lui monter au visage comme après un véritable soufflet. Car elle comprenait que ce dédain s'adressait à elle, mais elle ne pouvait deviner pourquoi.

— Mais comment ? demanda-t-elle en faisant en sorte que sa voix ne trahisse pas son trouble.

— Avec une flamme, répondit vivement la sorcière blanche. Ce n'est qu'avec une flamme que cette flamme peut être éteinte. Je pense que Pav a dû se servir au moins une fois de ces petites flammes bleues qui dansent dans les airs, autour de votre corps. Vous les connaissez ?

Jirel hocha la tête en silence.

— Ce sont des manifestations de votre propre force, évoquées par lui. Je ne peux pas vous les expliquer plus clairement. Vous devez avoir ressenti un épuisement momentané pendant qu'elles dansaient ; mais parce qu'elles font essentiellement partie de votre violence humaine, ici, en ce pays de Romne ; elles ont le pouvoir d'éteindre la flamme de Pav. Vous ne pouvez comprendre cela maintenant. Mais lorsque cela arrivera, vous saurez pourquoi. Je ne peux pas vous le dire.

« Il vous faudra amener par ruse Pav à évoquer la flamme bleue de votre violence, car lui seul peut le faire. Et vous devrez alors concentrer toutes vos énergies sur la flamme qui brûle autour de son image. Une fois que la flamme bleue existera, vous pourrez la contrôler, la lancer sur la statue. Il faut que vous le fassiez. Le ferez-vous ? Dites, le ferez-vous ?

La haute silhouette de la sorcière se pencha, son visage blême tendu par une impatience avide :

— Le ferez-vous ? demanda-t-elle encore d'une voix qui vibrait d'une indicible véhémence.

Jirel considéra le crâne à la peau blafarde avec une inquiétude croissante. Il en émanait un danger qui lui paraissait presque tangible. Et d'une certaine manière, celui-ci était concentré autour de la promesse que la sorcière cadavérique tentait de lui arracher. Jirel en était de plus en plus certaine. Et la révolte flamboya brusquement en elle. Si elle devait mourir, alors que ce soit maintenant en affrontant la mort en face, et non dans quelque obscure sorcellerie dont elle serait la dupe. Elle ne promettrait pas.

— Non, entendit-elle sa voix déclarer avec une violence soudaine. Non, je ne veux pas !

Le blême visage de la sorcière se convulsa de fureur. C'était la rage de la malignité déjouée, non le désappointement d'une conspiratrice La voix creuse s'étrangla derrière les lèvres grimaçantes, mais elle leva de nouveau les bras comme de grandes ailes pâles et une lueur infernale s'alluma dans l'ombre de ses orbites vides. Durant un instant, elle se dressa de toute sa hauteur, blanche et terrible au-dessus de la femme de la Terre. Cette forme d'une blancheur d'ivoire, se détachant sur les arbres noirs, éblouissante dans l'air gris de Romne, était terrifiante dans la puissance croissante de sa magie.

Soudain Jirel, pétrifiée d'horreur, vit la terreur envahir son visage convulsé :

— Pav ! haleta sourdement la voix froide. Voici Pav !

Jirel se retourna vers l'horizon, cherchant ce qui avait frappé d'une telle terreur ce visage d'un blanc lépreux et avec un tressaillement, presque soulagée, elle vit la silhouette noire de son ravisseur, gigantesque sur le ciel lointain. A travers l'air gris transparent, elle pouvait le voir distinctement, et jusqu'à l'arrogance sarcastique sur son visage barbu ; un éclair de révolte la traversa. Sachant son noir et terrible pouvoir, son insolence humaine enflamma pourtant sa résolution. Elle se remit à brûler d'une profonde colère que sa terreur ne pouvait éteindre, ni même sa stupéfaction devant la taille incroyable de Pav.

Car il marchait parmi la cime des arbres, colossal, gigantesque, touchant presque le ciel ; il avançait comme avec des bottes de sept lieues à travers le pays ténébreux qui s'étalait au pied de la haute corniche où se trouvaient les deux femmes. Il approchait rapidement, à pas de géant, et il semblait à Jirel qu'il diminuait de taille à mesure que la distance entre eux décroissait. Maintenant la cime des arbres ondulait comme une houle noire autour de ses hanches. Elle vit de la colère sur son visage et elle entendit un souffle haletant derrière elle. Elle se retourna d'un coup, saisie de peur ; sûrement la sorcière allait la tuer sans plus tarder, avant que Pav ne soit assez près pour l'en empêcher.

Mais elle vit que la pâle créature cadavérique l'avait oubliée, dans son frénétique effort pour se sauver elle-même. Et elle mettait en œuvre une magie qui effaça momentanément de l'esprit déconcerté de Jirel son propre péril et même l'arrivée miraculeuse de Pav. La créature s'était dressée sur la pointe des pieds, et maintenant, dans le tourbillon de sa robe, semblable à un linceul, et de ses cheveux ondoyant comme des serpents, elle se mit à tournoyer. Elle tourna d'abord avec peine puis, en quelques instants, son tournoiement saccadé commença à devenir régulier et elle tourna sans effort, comme si elle utilisait une force qui échappait à la compréhension de Jirel, comme si un invisible cyclone la faisait tourner de plus en plus vite, jusqu'à ce qu'elle ne fût plus qu'une tache confuse de blancheur éclatante, enveloppée dans les serpents noirs de sa chevelure... jusqu'à ce qu'elle ne fût plus rien qu'un pâle brouillard dans l'obscurité de la forêt... jusqu'à ce qu'elle eût complètement disparu.

Alors, tandis que Jirel regardait, muette de surprise, un petit vent glacé qui semblait souffler de distances incommensurablement lointaines, de froides cavernes souterraines, effleura sa joue, sans déranger une seule boucle rousse. Dans l'air vide, une main dure, osseuse, lui frappa le visage d'une gifle cuisante. Et une voix incroyablement menue, grêle, lointaine, résonna dans son oreille comme par-dessus des gouffres d'une immensité infinie.

— Voilà pour avoir observé mon tour de magie, Jirel la rousse ! Et si vous n'exécutez pas notre marché, vous sentirez le poids de ma malédiction. Souvenez-vous-en !

Là-dessus, dans un grand coup de vent et un bruit de bottes, Pav fut sur la corniche à côté d'elle. Il avait retrouvé sa taille normale et se dressait, grand, noir, magnifique comme auparavant, rayonnant d'arrogance et de puissance. Il fixa d'un regard ardent, avec une noirceur insondable dans ses yeux, l'endroit où le brouillard, qui avait été la sorcière, s'était dissipé. Puis il eut un rire de mépris :

— Elle est en sûreté... là-dedans, dit-il. Qu'elle y reste. Vous n'auriez pas dû venir ici, Jirel de Joiry.

— Je n'y suis pas venue, répliqua-t-elle dans une soudaine et puérile indignation contre tout ce qui l'avait tellement mystifiée... contre la voix insolente de Pav, son arrogance et sa puissance, contre le fait que ce fût lui qui l'avait sauvée de la magie de la sorcière. Je ne suis pas venue. C'est... la montagne qui est venue ! Tout ce que j'ai fait, c'est de la regarder, et soudain elle était là.

Un rire énorme et mugissant lui fit monter le sang aux joues de colère.

— Il vous faut apprendre le secret de votre royaume de Romne, dit-il avec indulgence. Il n'est pas construit selon les normes de votre ancien monde. Et ce n'est que peu à peu, à mesure que vous deviendrez plus forte dans la magie que je vous enseignerai, que vous pourrez apprécier toute l'étrangeté de Romne. Il vous suffit, pour le moment, de savoir que les distances se mesurent ici en termes différents de ceux que vous connaissez. L'espace et la matière sont subordonnés au pouvoir de l'esprit, de telle façon que lorsque vous désirez aller à un certain endroit, il suffit de concentrer votre pensée sur lui pour qu'il se substitue à celui où vous vous trouvez.

« Plus tard, il faudra que vous voyiez Romne dans sa véritable réalité, que vous marchiez dans Romne tel qu'il est. Plus tard, quand vous serez ma reine.

Jirel n'avait plus aussi peur de lui, maintenant, car elle avait entre les mains une arme qu'il ne soupçonnait même pas. Elle savait sa vulnérabilité.

— Alors, jamais ! s'écria-t-elle avec défi. Je vous tuerai d'abord !

Le rire dédaigneux de Pav interrompit sa menace.

— Vous ne pourrez pas, déclara-t-il de sa voix profonde. Je vous ai déjà dit qu'il n'y a aucun moyen. Croyez-vous que je pourrais me tromper sur ce point ?

Elle le fixa de ses yeux dorés, furieuse, le secret au bord des lèvres. Elle le laissa presque échapper. Dans un sursaut de colère, elle détourna son visage, hérissée de fureur en entendant son rire derrière elle.

— N'en avez-vous pas assez de chercher des armes contre moi ? reprit-il de la même voix où se mêlaient la condescendance et l'arrogance.

Elle hésita un moment. D'une manière ou d'une autre, elle devait faire en sorte qu'ils reviennent tous deux dans la salle où se trouvait la statue.

— Si, prononça-t-elle enfin d'une voix un peu tremblante.

— Alors, voulez-vous que nous retournions à mon palais pour préparer la cérémonie qui fera de vous ma reine ?

La voix profonde vibrait encore tout au long de ses nerfs tandis que la montagne derrière eux et le monde ténébreux qui s'étendait en contrebas se fondaient en un mirage où, comme à travers un voile, une flamme commença à luire ; la flamme qui était autour de la tête d'une statue — une statue gigantesque dans une grande salle noire dont les murs sans plafond se refermèrent autour d'eux avec une rapidité magique. Jirel resta ébahie de voir que sans avoir fait un pas, sans comprendre comment, elle était revenue dans la grande salle noire où elle avait rouvert les yeux la première fois.

Un malaise monta en elle lorsqu'elle se souvint avec quelle ferveur elle s'était juré de mourir plutôt que de revenir ici au pouvoir de Pav. Mais maintenant, elle était armée. Elle n'avait plus de raison d'avoir peur. Elle regarda autour d'elle.

Noire, énorme, la grande statue se dressait au-dessus d'eux. Elle leva les yeux avec un respect nouveau vers le diadème de flammes jaillissantes qui couronnait le visage semblable à celui de Pav.

Elle ne comprenait pas ce qu'elle devait faire à présent, ni comment le faire exactement, mais elle avait en elle la farouche résolution d'utiliser n'importe quel moyen plutôt que de se soumettre à la force ténébreuse qui habitait l'homme qui était maintenant près d'elle.

Deux mains se posèrent alors lourdement sur ses épaules. Dans un tournoiement de sa jupe de velours, elle se retrouva dans les bras de Pav, serrée contre sa large poitrine. Son souffle lui brûlait le visage et elle aurait juré sur sa vie que l'ardeur de soleils féroces embrasait la noirceur intolérable de ses yeux. Elle ne pouvait pas plus affronter leur flamboiement qu'elle n'aurait pu fixer le soleil. Un sanglot de rage monta dans sa gorge tandis que des deux mains elle repoussait violemment la massive poitrine qui l'écrasait. Il la lâcha sans réagir. Ce fut si soudain qu'elle chancela ; il lui saisit alors le poignet dans une étreinte de fer et le tordit sauvagement. Jirel suffoqua de douleur et s'effondra sans force sur un genou. Au-dessus d'elle, elle entendit la voix menaçante du roi de Romne.

et son accent était si profond et si velouté qu'elle vibra jusqu'au tréfonds d'elle-même au roulement de tambour de cette puissance féroce :

— Résistez-moi encore une fois... et des choses pourraient arriver ici, trop épouvantables pour que votre cerveau les conçoive, même si je vous les révélais. Méfiez-vous de moi, Jirel, car la colère de Pav est terrible. Vous n'avez trouvé aucune arme pour me vaincre, et à présent vous devez vous soumettre au marché que vous m'avez vous-même proposé. Y êtes-vous prête, Jirel de Joiry ?

Elle courba la tête pour cacher son visage ; sa bouche se tordit dans un rictus féroce.

— Oui, dit-elle doucement.

Alors, inexplicablement, brusquement, un vent froid souffla sur son visage, lourd de l'odeur de cavernes souterraines glacées, et dans ses oreilles retentit une voix froide et grêle qu'elle connaissait bien, comme un écho venu de sépulcres résonnant par-delà d'inimaginables abîmes.

— Demandez-lui votre robe de noces. Demandez-lui ! Demandez-lui maintenant !

La petite voix aiguë se tut, le vent à l'odeur funèbre s'évanouit et Jirel s'entendit dire :

— Alors, laissez-moi me relever. Laissez-moi me relever... je suis prête. Mais n'aurai-je pas une robe de noces pour la cérémonie ? Le noir convient mal à une mariée.

Il ne pouvait avoir entendu ce frêle petit écho d'une voix lointaine car son visage sombre ne changea pas et il n'y avait aucun soupçon dans ses yeux. Sa poigne de fer se relâcha. Jirel se remit debout et lui fit face, ses yeux baissés n'osant pas dévoiler l'éclat triomphant de leur or.

— Ma robe de noces, lui rappela-t-elle, toujours de cette voix douce et étouffée.

Il rit et ses yeux cherchèrent dans l'air vide. C'était la chose la plus impérieusement dominatrice qu'on pût imaginer que ce regard assuré dans le vide, en quête de ce qui, par simple connaissance de son pouvoir, devait se matérialiser en réponse à sa volonté. Et autour d'elle, sous la noirceur ardente comme un soleil des yeux de Pav, surgirent soudain les caressantes flammes bleues.

Une faiblesse s'insinua en elle tandis qu'elles s'agitaient autour de son corps, frôleuses, câlines, légères comme des langues de feu, bruissantes de doux murmures. Une lassitude mortelle l'envahit jusqu'aux os, sa vie elle-même sembla l'abandonner sous les diligentes caresses de ces flammes bleues sans chaleur. Elle exultait dans sa faiblesse même, sachant que sa force allait être absorbée par les flammes qui iraient éteindre celle de Pav. Et cela exigerait beaucoup de force... toute la force qu'elle possédait.

De nouveau, le vent glacé vint des tombeaux, comme à travers une porte ouverte, et dans son souffle intangible qui ne déplaçait pas une de ses boucles rousses sur sa joue, bien qu'elle en sentît nettement l'âpreté, résonnait l'écho grêle de la voix de la sorcière cadavérique, frêle et lointain par-delà les espaces sans bornes.

— Concentrez-les sur la Flamme... maintenant, maintenant ! Vite... idiote !

Et le fantôme, d'un rire glacé, cinglant de mépris, flotta à travers les abîmes infinis. Chancelante de lassitude, Jirel obéit. La dérision de cette voix lointaine agit comme un coup d'éperon, la poussant à agir ; et cependant, une vive colère montait en elle contre ce mépris étrange qu'elle ne pouvait s'expliquer. Aussi puissamment qu'auparavant, lorsque la sorcière avait parlé, elle sentit la menace d'un danger ; elle n'en tint pas compte, sachant au fond de son cœur que Pav devait mourir si elle voulait jamais retrouver la paix. Et cela, quel que soit le prix qu'elle dût payer sa mort.

Elle se mordit la lèvre jusqu'au sang et sous la douleur, lança toutes ses forces en un puissant faisceau sur la flamme qui brûlait autour de la tête de la statue de Pav. Elle ne savait pas ce qui arriverait, mais dans le brouillard de sa faiblesse, aiguillonnée par la douleur de sa lèvre mordue, elle lutta de toutes ses forces pour lancer les flammes bleues qui s'enroulaient comme des caresses autour d'elle contre la couronne de feu au front majestueux de la statue.

Bientôt, par petits élans hésitants, les langues de feu qui la léchaient doucement, se détournèrent des rondeurs veloutées de son corps et se tendirent vers la statue.

En une courbe qui s'allongeait de plus en plus, les flammes l'abandonnèrent et se tendirent, frémissantes, vers la statue noire qui se dressait audessus d'elle.

Comme dans le lointain, elle entendit la voix profonde de Pav qui criait avec un soudain accent de panique.

— Jirel, Jirel ! Ne faites pas cela ! Oh, petite idiote, ne faites pas cela !

Il lui sembla que sa voix n'était pas d'un homme craignant pour sa propre vie mais de quelqu'un qui voulait écarter d'elle un danger. Seulement elle ne pouvait plus l'écouter maintenant. Plus rien n'était réel que la nécessité absolue d'éteindre la flamme de la statue et elle jetait toute la force qui lui restait dans l'arc d'un bleu scintillant qui s'incurvait vers la tête noire.

— Jirel ! Jirel ! tempêtait la voix profonde de Pav, quelque part dans la brume de sa faiblesse. Arrêtez ! Vous ne savez pas...

Une bouffée de vent glacé noya le reste de ses paroles.

— Per-sis-tez, dit à l'oreille de Jirel la petite voix sifflante de la sorcière cadavérique. Ne l'écoutez pas ! Ne vous laissez pas arrêter ! Il ne peut pas vous toucher tant que brûlent les flammes bleues ! Persistez ! Persistez !

Et elle persista. A demi défaillante, totalement aveugle maintenant à tout ce qui n'était pas cet arc bleu, elle lutta. Et l'arc s'allongea tandis qu'elle y jetait le maximum de forces ; il s'étendit et grandit par bonds jusqu'à ce que les flammes bleues se mêlent aux rouges. La couronne flamboyante commença à faiblir. Quelque part dans le brouillard de son épuisement, la voix profonde de Pav lui parvenait :

— Jirel, oh, Jirel ! Qu'avez-vous fait ?

L'exultation s'empara d'elle. Les réserves bouillonnantes de sa fureur débordèrent et sa force envahit tout son corps comme une ivresse. Dans un énorme jaillissement d'énergie féroce, elle lança toute cette puissance nouvellement conquise contre la couronne de flammes. Triomphante, elle la vit vaciller. Il y eut un instant de crépuscule hésitant puis brusquement la lumière s'éteignit et les flammes rouges et bleues s'évanouirent en l'espace d'un souffle. Une nuit écrasante, comme si le ciel s'écroulait de tout son poids, s'abattit fracassante autour d'elle. Accablée jusqu'au tréfonds d'elle-même par la réaction de faiblesse qui succéda à ce terrible effort, elle entendit la voix de Pav appeler par-delà de vertigineuses distances. Autour d'elle, la nuit pesait si lourdement que tout son corps en était douloureux, comme sous la pression de profondeurs marines. Sous ce poids, elle comprit à peine que la voix hurlait, mais dans l'incertitude de ses sens défaillants, Jirel sentit qu'elle avait quelque chose d'épouvantablement faux. Dans un sursaut de volonté, elle se ressaisit et écouta.

Oui... il essayait de parler, elle savait instinctivement que ce qu'il essayait de lui dire était d'une importance infinie. Mais sa voix cessait d'être une voix humaine, devenait de moins en moins articulée et de plus en plus grondante comme celle d'une puissance incommensurable.

— Jirel... Jirel... pourquoi avez-vous...

Ce fut tout ce qu'elle comprit avant que les mots se perdent dans un grondement de tonnerre qui était la voix même de l'infini. La nuit en était pleine, en faisait partie ; sa violence était insupportable aux oreilles de Jirel ; la pression de sa noirceur, intolérable à son corps.

A travers ce rugissement, un vent aigre souffla, chargé d'une odeur de tombeaux. Jirel essaya de se retourner pour lui faire face et s'aperçut qu'elle était incapable de bouger, petite chose torturée au milieu du fracas de ce tonnerre noir. Le vent frappait sa joue tendue, mais devant elle, comme à travers une porte ouverte d'où jaillissait le froid, elle aperçut une forme blanche enveloppée d'un suaire, une forme sans ombre, d'une blancheur éblouissante. A travers le terrible grondement d'énergie pure, la voix de la sorcière cadavérique retentissait sourde et froide ; malgré la nuit aveuglante, son visage d'os luisait d'une blancheur lépreuse et au fond des orbites, ses yeux rougeoyaient sinistrement derrière leurs voiles d'ombres. La sorcière riait.

— Oh, idiote ! dit-elle gaiement avec une nuance légère de mépris, d'une froideur glacée. Pauvre idiote présomptueuse ! Croyiez-vous vraiment pouvoir conclure un marché avec nous qui appartenons à des mondes hors du temps et de l'espace ? Croyiez-vous vraiment que Pav... *Pav*... pouvait mourir ! Non !... Dans votre petite cervelle humaine, comment auriez-vous pu savoir que tout ce que vous voyiez de Romne n'était qu'une illusion, que le corps humain de Pav n'avait pas de réalité ? Aveugle femme de la Terre, avec votre violence, vos petites haines et vos petites vengeances, comment auriez-vous pu être reine de Romne qui est le royaume même des Ténèbres... comme vous le voyez maintenant ? Car cette nuit grondante qui vous engouffre, cette nuit sans limites, sans forme, comme un obscur chaos... c'est Romne ! Et Romne est Pav. Le pays à travers lequel vous marchiez, les montagnes et les plaines que vous voyiez... tout cela n'était pas moins Pav que la forme humaine qu'il a prise. Sa statue et son arrogante barbe noire n'étaient pas plus Pav lui-même que ne l'étaient les rochers, les arbres et les eaux noires de Romne. Pav est Romne et Romne est Pav — une terrible entité unique, d'où venait tout ce que vous voyiez.

« Oui, tremblez, et dans un instant, quand j'en aurai fini avec vous... vous mourrez. Car aucune créature humaine ne pourrait vivre dans la Romne réelle. Lorsque, dans votre folle vengeance, vous avez éteint la flamme qui brûlait sur la tête de la statue, vous avez scellé votre propre destin. Ce n'était que par le pouvoir de cette flamme que l'illusion du pays de Romne pouvait se maintenir stable autour de vous. Seule, cette flamme, par sa lumière tangible, pouvait garder à Romne et Pav un semblant de réalité pour vous, ou empêcher le poids des Ténèbres d'écraser votre âme chétive dans la tendre chair blanche que vous appelez un corps. Seul le son de ma voix y parvient maintenant. Quand je cesserai de parler, quand mon vent sépulcral cessera de souffler autour de vous... vous mourrez.

La voix glacée fit place à un rire léger, dédaigneux ; la nuit tournoya autour de Jirel et le grondement devint un tumulte insupportable dans son cerveau. Puis la voix sourde et glaciale reprit :

— Mais avant que vous ne mourriez, je veux que vous regardiez ce que vous avez voulu tuer. Je veux que vous *voyiez* les Ténèbres que sont Pav et Romne, et cela nettement et clairement, de façon à comprendre quel genre d'amant j'avais. Et vous pensiez rivaliser avec moi ! Croyez-vous, dans l'orgueil de votre résistance humaine, que vous pourriez, un instant seulement, contempler l'enfer qui est... Pav ?

Sur ce nom sonore, le vent glacé cessa, la voix retomba dans le silence, et dans la nuit, noir sur noir, avec un sens qu'aucun être de chair ne possède

— ni la vue, ni l'ouïe, ni le toucher — et pourtant avec une hideuse clarté, elle vit.

Elle « vit » les Ténèbres. Elles étaient terribles, au delà de ce que la perception humaine peut supporter, sauf dans la vision brève comme l'éclair qu'en eut Jirel. Des Ténèbres tonnantes dont le grondement était plus vaste que quoique ce fût qui ressemblât à un son. Cet enfer était atroce à endurer. Les yeux du Pav humain avaient flamboyé comme des soleils noirs, intolérables, mais n'avaient été qu'un reflet de cette puissance infinie. Ces Ténèbres en étaient le flamboiement incarné ; la conscience de Jirel chancela suppliciée.

Elle crut qu'elle ne pourrait pas supporter de regarder — ni même d'être si près de cette terrible ardeur ténébreuse — mais fermer les yeux ne servait à rien. Dans l'instant fugitif où elle la vit, malgré ses paupières closes et ses sens paralysés, consciente dans toutes les fibres de son être de l'enfer si proche — une vibration émanant de cette gigantesque Entité au delà de toute forme, de toute dimension et de toute matière, passa à travers elle comme la brûlure d'une chaleur trop intense pour toucher sa chair ; toutefois, son âme recula tremblante. Cette vibration ne ressemblait en rien à une voix, mais elle recélait une intelligence. Et dans son cerveau, Jirel perçut faiblement ce qu'elle disait.

— Je regrette... aurais pu vous posséder... aurais pu vous aimer... mais partez maintenant... partez immédiatement, avant que vous ne mourriez...

Et sans qu'elle comprît comment, d'une manière qui laissa son esprit annihilé sous sa formidable puissance, ce pouvoir infini imposait l'obéissance même par-delà les Ténèbres accablantes. Car les Ténèbres étaient Romne et Romne était Pav.

Instantanément, dans le choc aveuglant et vertigineux de ce pouvoir foudroyant, l'obscurité cessa de l'envelopper. Une lumière éblouissante éclata autour d'elle. Elle fut emportée par des forces si puissantes que leur dimension même la sauva de la destruction, comme un insecte emporté dans une tornade. L'infini était un tourbillon autour d'elle et...

Sous la plante de ses pieds nus, elle sentit des dalles fraîches et polies. Elle cligna des yeux, étourdie. Elle reconnut les murs de la chapelle de Joiry, grise dans la lumière indécise de l'aube. Elle se retrouvait dans sa tunique de daim, debout sur les dalles de pierre, dans son château. Elle respira par profondes bouffées et promena autour d'elle un regard ébloui qui s'attarda comme une lente caresse sur ce décor familier.

4

HELLSGARDE

Jirel de Joiry arrêta son cheval au sommet de la colline et resta un moment silencieuse. C'était donc là Hellsgarde. Elle l'avait vu bien des fois en esprit comme elle le voyait maintenant de cette hauteur, dans la lumière dorée du soleil couchant qui faisait de chaque étang des marécages un miroir étincelant. La longue voie étroite qui menait à ce château d'enfer s'étirait entre les marais et les roseaux jusqu'à la porte de la sinistre et mystérieuse forteresse isolée dans les sables mouvants. Ce même château au milieu des marécages, vu le soir du haut de la colline, avait hanté ses rêves depuis bien des nuits.

— Vous ne le trouverez qu'au coucher du soleil, Madame, lui avait dit Guy de Garlot avec un sourire oblique qui déformait son beau visage basané. Des brouillards et une contrée sauvage l'environnent et il y a de la magie dans les marécages autour de Hellsgarde. De la magie... et pire encore, si la légende dit vrai. Vous ne le trouverez jamais, sauf le soir.

Sur son cheval, maintenant, au sommet de la colline, elle se souvenait du sourire de défi dans les yeux noirs de cet homme et elle le maudit à mi-voix. Un tel silence planait sur tout ce monde nocturne que, instinctivement, elle n'osait parler à voix haute. Elle n'osait pas ? Ce n'était pas un silence normal. Pas un chant d'oiseau ne résonnait, pas une feuille ne bruissait. Elle redressa les épaules sous sa cotte de mailles et poussa sa monture pour redescendre la colline.

Guy de Garlot... Guy de Garlot ! Les sabots de sa monture martelaient ce refrain tout au long de la descente. Guy le Noir avec ses lèvres au sourire pincé et ses yeux noirs obliques, avec sa belle mine qui n'était pas naturelle. Pas naturelle parce que Guy, intérieurement, était aussi laid que le péché lui-même. Dieu n'avait pu permettre que Guy, dans son apparence charnelle, soit capable de cacher une telle perversion sous tant de sombre beauté.

Le cheval hésita à l'entrée de la voie qui conduisait, entre les étangs des marécages, vers Hellsgarde. Jirel secoua impatiemment les rênes et regarda avec un sourire un peu forcé les oreilles inquiètes.

— J'y vais avec autant de répugnance que toi, lui dit-elle. J'y vais à coups d'éperons, moi aussi, mon joli. Mais il faut que j'y aille, et toi de même.

Et, dans un murmure prolongé, elle maudit encore Guy, tandis que le claquement lent des sabots se répercutait sur les arches de pierre de la chaussée.

Là-bas se dressait Hellsgarde, haut et sombre dans le soleil couchant. Tout autour de Jirel régnait la lumière jaune du soir, dans le ciel au-dessus d'elle, et en bas sur les étangs marécageux aux fonds mouvants. Elle se demandait qui était passé en dernier sur cette voie déserte, dans la lueur du soleil couchant, et sous quelle épouvantable contrainte.

Car nul ne se rendait à Hellsgarde par plaisir. C'était le sourire ambigu de Guy qui poussait Jirel à travers les marais, ce soir. Guy, et le fait qu'une vingtaine des meilleurs hommes d'armes de Joiry languissaient dans ses cachots humides. Leur seul espoir c'était que Jirel puisse acheter leur liberté. Et aucun trésor ne pouvait tenter Guy le Noir, pas même la beauté aux courbes rondes et pleines de Jirel ni le sourire prometteur de ses lèvres. Et le château de Garlot, perché sur son pic rocheux, était imprenable. Même les attaques magistralement préparées de Jirel ne pouvaient rien contre lui. Une seule chose pouvait tenter le sombre seigneur de Garlot et c'était une chose sans nom.

— Elle se trouve à Hellsgarde, Madame, lui avait-il dit avec cette civilité suave qu'elle haïssait et que son sourire hypocrite démentait. Et elle est vraiment gardée par l'enfer. Andred de Hellsgarde est mort en la défendant il y a deux cents ans et je l'ai convoitée toute ma vie. Mais j'aime la vie, Madame ! Et je ne m'aventurerais pas dans ce château d'enfer pour tout l'or de la chrétienté. Si vous voulez que je vous rende vos hommes vivants, ramenez-moi ce trésor pour lequel Andred est mort.

— Mais quel est ce trésor, lâche que vous êtes ? Guy avait haussé les épaules.

— Qui le sait ? D'où il est venu et ce qu'il est, nul ne peut le dire maintenant. Vous connaissez l'histoire aussi bien que moi, Madame. Andred le portait dans une cassette de cuir fermée par une clé de fer. Il devait être petit — mais très précieux. Assez précieux pour qu'on meure en le défendant — et je n'ai pas l'intention de mourir, Madame ! Allez le chercher pour moi et vous rachèterez ainsi vingt vies.

Elle l'avait encore traité de lâche, mais à la fin, elle était partie. Car après tout, elle était Jirel de Joiry. Ses hommes étaient à elle — pour les rudoyer, les menacer et les commander, mais aussi pour qu'elle mourût pour eux s'il le fallait. Elle avait peur, mais elle se souvint de ses hommes dans les cachots de Garlot avec le chevalet ou les brodequins de torture qui les guettaient ; et elle continua sa route.

Hellsgarde... ce château d'enfer et Andred. Elle ne voulait pas se rappeler cette affreuse vieille histoire, cependant elle ne pouvait la chasser de son esprit, ce soir. Andred avait été un solide gaillard, violent, emporté, obstiné et très cruel ; on le haïssait, mais lorsque le récit de sa mort se répandit, même ses ennemis eurent pitié de lui.

Car la rumeur de son trésor avait fini par attirer des assiégeants qu'il n'avait pu repousser. Le pont-levis de Hellsgarde était tombé et les barons brigands qui s'étaient emparés du château le fouillèrent en vain. La précieuse cassette resta introuvable. La torture ne put lui délier les lèvres bien qu'ils se soient efforcés sans pitié de le faire parler. C'était un homme vigoureux, entêté et brave. Il resta longtemps vivant sous la torture, mais refusa de révéler la cachette de son trésor.

Ils l'écartelèrent pour en finir, jetèrent son corps déchiré dans les sables mouvants, et s'en allèrent les mains vides. Personne ne trouva jamais le trésor d'Andred.

Depuis deux cents ans, Hellsgarde était resté inhabité. C'était un endroit lugubre, plein de brouillards et de fièvres. Andred ne gisait pas paisiblement dans les sables mouvants où ses meurtriers l'avaient jeté. Démembré, éparpillé à travers les marais, il ne voulait pas reposer en paix. Il avait gardé son mystérieux trésor avec un amour plus fort que la mort elle-même et la légende disait qu'il veillait sur Hellsgarde aussi jalousement dans la mort que dans la vie.

Au cours de ces deux cents ans, des visiteurs étaient venus, malgré leur effroi, fouiller les salles vides de Hellsgarde en quête de la cassette. Ils étaient venus mais n'en étaient pas repartis. On les disait disparus, évanouis. Il y avait une magie dans les marais et on ne pouvait trouver le château d'enfer qu'au soleil couchant. Or, après le coucher du soleil, le fantôme farouche d'Andred sortait des sables mouvants pour protéger son trésor. Depuis des générations, personne n'avait été assez follement téméraire pour s'aventurer sur la voie où Jirel chevauchait ce soir.

Elle approchait de la grande porte du château.

Devant elle, se trouvait une large plate-forme, juste au delà de l'endroit où le pont-levis d'Andred avait autrefois barré l'entrée de Hellsgarde. Il y avait longtemps que le fossé avait été comblé de terre et de pierres par les visiteurs qui voulaient atteindre le château à cheval, et Jirel avait songé à passer la nuit sur cette plate-forme, sous la voûte de la porte, de façon à être prête dès l'aube à commencer ses recherches.

Mais... le brouillard entre elle et le château s'était épaissi et ses yeux la trompaient peut-être... N'étaient-ce pas des silhouettes d'hommes qu'elle voyait alignées sur deux rangs devant la porte ? Clignant des yeux dans le reflet éblouissant du soleil sur l'eau et l'épaisseur des brumes, elle continua d'avancer. Elle pouvait sentir sa monture trembler entre ses genoux et à chaque pas, elle éprouvait de plus en plus de répugnance à continuer. Jirel serra les dents et poussa résolument son cheval en avant, ravalant sa propre terreur.

C'étaient bien des silhouettes d'hommes, sur deux rangées, qui attendaient immobiles devant la porte. Or, à travers le brouillard et l'éblouissement, elle avait le sentiment de quelque chose d'anormal. Ces hommes face à elle étaient trop immobiles — trop inhumainement immobiles. Et le cheval se dérobait et tremblait au point qu'elle arrivait difficilement à le faire avancer.

Elle se trouva très près d'eux avant de comprendre, bien qu'elle sût que, à chaque pas, l'obscure menace des gardes devenait plus grande. Enfin, elle vit clair : ils étaient tous morts.

Le capitaine, à leur tête, était maintenu debout grâce à une longue pique enfoncée dans sa gorge, dont la pointe ressortait derrière sa nuque. Il était là, affaissé, la tête en avant. Sa joue reposait sur l'arme qui le transperçait.

Et il en était de même de tous les autres, sur deux rangs derrière lui : les piques enfoncées dans leur gorge ou leur poitrine ou leur épaule les maintenaient debout et vacillants dans une hideuse apparence de vie.

Ainsi une compagnie de morts montait la garde devant la grande porte de Hellsgarde. Quoi d'étonnant, après tout, à ce que des morts gardent un château mort au milieu des terres mortes du marécage ?

Jirel resta un long moment devant eux ; la sueur perlait à son front, et ses mains se crispaient sur le pommeau de sa selle. A sa connaissance, personne de vivant, depuis des dizaines d'années, n'avait suivi la longue chaussée qui menait à Hellsgarde ; aucun homme vivant n'avait assurément habité ces tours hantées depuis des générations. Pourtant... des morts étaient là, vacillants sur les piques qui les avaient tués mais qui les soutenaient encore. Pourquoi ?... Comment ?... Quand ?...

La mort n'avait en elle-même rien de nouveau pour Jirel. Elle avait tué trop d'hommes pour en avoir peur. Mais c'était une vision horrible et inattendue que ces cadavres en sentinelles : il fallait s'armer de courage pour pénétrer dans une ruine vide, mais c'était bien autre chose de se trouver face à une double rangée de morts debout ; leur sang coulait en rigoles noirâtres sur les pavés encore humides... Ils étaient donc morts ce jour même ! Aujourd'hui, alors qu'elle se frayait un chemin en jurant, à travers le pays désertique, quelque chose les avait tués ici, quelque chose qui avait raillé la mort en les maintenant debout sur leurs pieds morts, leurs visages morts tournés vers la route par laquelle elle devait arriver. Ce quelque chose l'avait-il attendue ? Le défunt Andred pouvait-il avoir su... ?

Elle se sentit frissonner un peu, redressa les épaules sous sa cotte de mailles, crispa ses doigts sur le pommeau et avala sa salive avec difficulté. « Souviens-toi de tes hommes... souviens-toi de Guy de Garlot... souviens-toi que tu es Jirel de Joiry ! »

L'image du visage railleur de Guy la fit se raidir et elle releva la tête avec un juron étouffé. Ces hommes étaient morts... ils ne pouvaient l'arrêter...

Mais n'y avait-il pas un mouvement parmi cette horrible garde ? Son cœur battit à se rompre et elle serra sa selle entre ses genoux d'un réflexe nerveux qui fit frémir son cheval. Car l'un des hommes de la première rangée s'effondrait silencieusement sur le dallage. Le bout de la pique avait-il glissé sur les pierres ensanglantées ? Un souffle de vent avait-il rompu son équilibre précaire ? Il n'y avait pas de vent. Mais avec un curieux soupir venu de ses poumons qui se vidaient, il ploya doucement sur les genoux, sur le flanc, jusqu'à tomber face contre terre. Et un filet de sang noir coula de sa bouche et serpenta sur les pavés.

Jirel resta figée. C'était un cauchemar. De telles choses ne pouvaient arriver que dans un cauchemar. Ce silence insupportable dans le coucher de soleil mourant, pas un souffle de vent, pas un mouvement, pas un bruit. Pas même une ride sur les eaux miroitantes qui s'étendaient autour d'elle en contrebas de la route, et la lumière s'éteignait à leur surface. Le ciel et l'eau pâlissaient comme si la vie en se retirant autour de Jirel, la laissait seule sur son cheval tremblant, face au château mort et à sa garde morte. Elle osait à peine bouger de crainte que le claquement des sabots de sa monture sur les pavés ne trouble l'équilibre d'un des autres soldats. Elle pensait ne pouvoir supporter une nouvelle chute parmi ces rangs immobiles. Elle ne pourrait le supporter et pourtant... et pourtant si quelque chose ne brisait pas bientôt l'enchantement, les cris qui s'amassaient dans sa gorge jailliraient de ses lèvres et elle savait qu'elle ne pourrait s'arrêter de crier.

Un grincement retentit derrière les gardes morts. Son cœur se serra, prêt à s'arrêter. Puis le sang se rua follement dans ses veines et son cœur se mit à battre frénétiquement contre sa cotte de mailles.

Car, derrière les hommes, la grande porte de Hellsgarde s'ouvrait lentement. Elle serra les genoux contre la selle à en avoir les cuisses douloureuses, et les jointures de ses doigts crispés sur le pommeau étaient blanches. Elle ne fit pas un geste vers la grande épée pendue à son côté. A quoi servirait une épée contre des morts ?

Mais ce n'était pas un mort qui la regardait sous l'arceau de la porte, voûté dans une robe pourpre, tandis que la lueur réconfortante d'un feu brillait derrière lui. Il y avait quelque chose de bizarre dans le visage pâle, pincé, levé vers elle par-dessus la double ligne de défenseurs morts qui les séparait. Au bout d'un moment, elle comprit... il avait l'apparence d'un bossu et cependant son dos n'avait aucune difformité. Il se tenait un peu voûté, comme par fatigue, mais n'avait pas de bosse. Pourtant son visage était celui d'un infirme, autant qu'elle pût en juger. Son dos était droit, mais son âme pouvait-elle l'être ? Le bon Dieu aurait-il mis sans raison le signe de la difformité sur une créature humaine ? Car il était humain... il était réel. Jirel eut un soupir venu du fond de ses poumons.

— Je vous souhaite le bonsoir, noble Dame, dit le bossu (qui n'était pas bossu) de la voix neutre, insinuante d'un infirme.

— Pour *ceux-là*... il n'a pas été bon, dit Jirel sèchement en montrant les morts d'un geste.

— Une plaisanterie de mon maître, dit l'homme avec un sourire.

Jirel se retourna vers les rangées de morts ; son cœur se calmait un peu. Oui, quelqu'un pouvait trouver une sorte d'humour macabre à dresser une telle garde devant sa porte. Si un homme vivant l'avait fait, pour une raison explicable, alors la terreur de l'inconnu disparaissait. Mais quel homme ?...

— Votre maître ? répéta-t-elle.

— Le seigneur Alaric de Hellsgarde... vous ne le saviez pas ?

— Je ne savais pas quoi ? demanda Jirel avec brusquerie.

Le ton doucereux du bonhomme commençait à lui déplaire.

— Voyons ! Que la famille de mon maître a repris sa résidence ici après bien des générations.

— Le seigneur Alaric est de la famille d'Andred ?

— Oui, noble Dame.

Jirel se détendit. C'était une bénédiction de Dieu que de sentir le poids de la terreur s'effacer, mais cela compliquerait les choses. Elle ne savait pas qu'Andred avait laissé des descendants ; cela se pouvait fort bien. Et s'ils vivaient là, on pouvait être sûr qu'ils avaient déjà fouillé le château, des oubliettes au donjon, à la recherche du trésor sans nom pour lequel Andred était mort et auquel il n'avait pas encore renoncé, si la rumeur disait vrai. L'avaient-ils trouvé ? Il n'y avait qu'un moyen de le savoir.

— Je me suis égarée dans les marais, dit-elle aussi courtoisement qu'elle put. Votre maître voudrait-il bien me donner asile pour la nuit ?

Les yeux du bossu... (il n'était pas bossu, non, mais elle ne pouvait s'empêcher de le considérer comme tel)... ses yeux glissèrent très vite et pourtant très attentivement, de son visage hâlé aux lèvres rouges à ses rondeurs pleines sous la cotte de mailles qui les moulaient, à ses genoux nus et à ses longues jambes fuselées sous leur cuirasse de fer.

— Mon maître, dit-il d'une voix encore plus mielleuse, vous accueillera avec très grand plaisir. Entrez donc.

Jirel poussa les talons dans le flanc de son cheval et lui fit franchir, tout hennissant et frémissant, l'espace vide laissé dans les rangs des morts par celui qui s'était écroulé. C'était un cheval de bataille, habitué aux morts, et pourtant il tremblait en passant entre ceux-là.

La cour intérieure était éclairée par la lueur

chaude du grand feu qui flambait en son centre. Un groupe d'hommes traînaient là. Ils avaient une allure de rustres, des justaucorps de cuir, et ils levèrent les yeux quand elle passa.

— Wat, Piers... venez ! jeta l'homme au visage de bossu. Prenez le cheval de cette noble Dame.

Jirel hésita un moment avant de descendre de selle, un regard inquiet sur les visages qui l'entouraient. Elle n'avait jamais vu pareilles brutes, et elle se demanda ce que pouvait être le seigneur qui ne craignait pas de les employer. Ses propres hommes étaient déjà rudes, hardis — sans peur ni scrupules. Mais du moins, c'étaient des hommes. Ces rustres autour du feu ne semblaient guère plus que des bêtes. Une fois poussés par la cupidité ou la colère, aucun homme vivant ne pourrait les maîtriser dans leur sauvagerie. Elle se demanda encore par quelles menaces de châtiment le seigneur Alaric maintenait sur eux son autorité et quelle sorte d'homme il était pour recruter sa garde parmi les pires déchets de l'humanité.

Les deux hommes prirent son cheval et la dévisagèrent d'un regard appuyé, sous leurs épais sourcils broussailleux. Elle leur lança un coup d'œil venimeux en se détournant pour suivre la robe pourpre de son guide. Elle regarda autour d'elle : Hellsgarde avait été une puissante forteresse au temps d'Andred ; sous Alaric, elle était solidement gardée mais Jirel crut sentir une étrange tristesse planer dans l'air tandis qu'elle suivait son guide à travers la cour, puis au long d'une galerie et sous une voûte qui menait à la grande salle.

Les ombres de deux cents années peuplées de fantômes rôdaient encore sous les hautes poutres de la charpente. Il faisait froid dans cette vaste pièce, humide des exhalaisons des marais environnants, enténébrée de deux siècles d'horrible légende et de tradition sanglante. Mais Alaric, en tunique écarlate devant le feu, y semblait agréablement à l'aise. La grande flambée d'énormes bûches, qui ronflait dans la cheminée, repoussait un peu le froid, la pénombre et l'humidité. Autour de l'âtre, un petit groupe de personnages brillamment vêtus, assis en silence, regardaient venir Jirel et l'homme en rouge, dont les pas résonnaient sur le dallage de la grande salle.

Cela faisait un tableau plaisant et coloré dans la lumière et la chaleur du feu, mais même à distance, quelque chose paraissait étrange... quelque chose dans l'attitude des gens blottis devant la cheminée, quelque chose dans leurs visages. Jirel se demanda, dans un moment de surprise infinie, si tout cela était réel. Marchait-elle réellement dans une ruine hantée, vide depuis deux cents ans ? Ces gens étaient-ils de chair et de sang, ou seulement les fantasmes de son imagination à elle qui avait si désespérément désiré ne plus être seule parmi les marécages hantés ?

Mais non, il n'y avait rien d'illusoire dans Alaric assis dans sa haute cathèdre — et dans l'ovale pâle de son visage qui la regardait approcher. Un nain bossu s'appuyait contre lui, les doigts arrêtés sur les cordes de son luth, les yeux fixés sur Jirel. Près du feu, sur des coussins et des sièges bas, une poignée de jeunes femmes et de jeunes filles, deux jeunes garçons en bleu vif, un couple de lévriers, dont la flamme faisait rougeoyer les yeux... complétaient la compagnie.

De son regard doré, rétréci, Jirel les observa tandis qu'elle traversait la salle. La démarche légère sous le haubert descendant jusqu'à ses cuisses nues, elle savait que les yeux des hommes devaient s'attarder sur sa silhouette. Son corps souple, ses douces rondeurs, ses longues jambes fuselées, le balancement de sa lourde épée dont le poids à sa ceinture donnait à sa taille serrée une minceur féline... le regard d'Alaric n'en perdait rien. Délibérément, elle rejeta son manteau sombre par-dessus ses épaules, laissant la lumière du feu resplendir sur les mailles brillantes qui gainaient ses formes, étinceler sur les jambières luisantes qui lui enserraient les mollets. Elle ne cherchait pas à retarder l'inévitable. Qu'Alaric apprenne d'un premier long regard quelle créature splendide était Jirel de Joiry. Et quant à ces femmes à ses pieds — eh bien, qu'elles le sachent aussi.

Elle s'arrêta d'un air désinvolte devant Alaric, la main posée sur la garde de son épée, et elle rejeta de nouveau en arrière le manteau qui s'était enroulé autour d'elle quand elle avait brusquement fait halte. Le visage d'Alaric, à demi caché dans l'ombre de la cathèdre, se tourna légèrement vers elle. Ce n'était pas là l'épaisse brute à laquelle elle s'était attendue après avoir vu ses hommes d'armes. Il était d'âge moyen, le visage profondément marqué par la vie, le nez en bec d'aigle, la bouche mince et serrée.

Et chose bizarre, il y avait quelque chose qui gênait dans ses traits, quelque chose d'étrange qui rappelait un peu le courtisan vêtu de pourpre qui rôdait autour de Jirel, le bouffon ricanant qui la regardait caché derrière la cathèdre. Non sans un petit coup au cœur, elle comprit. Il n'existait aucune ressemblance de traits entre le maître et ses serviteurs, mais l'ombre de la difformité s'étendait sur leurs trois visages, bien que seul le bossu la portât avec franchise. En les regardant, on aurait juré que chacun des trois allait, traînant le pas sous le fardeau d'un dos tordu. Peut-être, se dit involontairement Jirel avec un petit frémissement, le maître et le courtisan, et le bouffon aussi, portaient-ils en fait un fardeau, mais si c'était vrai, elle préférait celui du bouffon aux leurs. Le sien du moins était honnête et venait de la chair. Les leurs devaient venir de l'esprit, car sûrement, se dit-elle encore, ce n'est pas pour rien que Dieu dans sa sagesse inflige à un homme normal et sain un visage d'infirme.

Et parce que cette pensée l'effrayait, elle balança les épaules en faisant tournoyer largement sa cape, et lança de toutes ses dents blanches un sourire hardi :

— Vous ne devez guère désirer la compagnie d'étrangers, seigneur Alaric, si l'on en juge par la garde peu encourageante qui est à votre porte !

Alaric ne sourit pas.

— Les voyageurs honnêtes sont les bienvenus ici, dit-il très doucement. Mais les brigands qui chevaucheraient sur notre voie y réfléchiront à deux fois avant de donner l'assaut à nos portes. Nous n'avons pas de gibet ici où les voleurs puissent être pendus et enchaînés, mais je pense que la garde devant mon château sera un avertissement suffisant pour les prochains pillards.

— Un genre d'avertissement plutôt macabre, dit Jirel. (Puis, avec une courtoisie un peu tardive :) Je suis Jirel de Joiry. Je me suis égarée ce soir dans le marécage — je vous serais très reconnaissante de votre hospitalité.

— Et moi de votre présence, Dame Jirel.

La voix d'Alaric était onctueuse, mais ses yeux la dévoraient sans discrétion. Elle sentit aussi d'autres regards dans son dos, qui la mirent mal à l'aise, et ses cheveux roux se hérissèrent un peu.

— Nous ne tenons qu'une petite cour ici, à Hellsgarde, reprit la voix d'Alaric. Damara, Ettard, Isoud, Morgaine... vous toutes, faites bon accueil à notre hôte.

Jirel se retourna dans un tournoiement de son manteau pour faire face aux jeunes femmes ; elle se demandait pourquoi, dans un subtil affront à leur amour-propre, Alaric ne prenait pas la peine de les présenter séparément.

Elle eut l'impression qu'elles se tassaient un peu plus sur leurs sièges bas près du feu, les yeux tournés vers elle, dans la curieuse attitude de femmes qui regardent peureusement tout en gardant le front baissé. Et sur leurs visages aussi s'étendait cette étrange ombre de difformité ; elle n'était pas aussi nette que sur ceux des hommes, mais bien visible à la lumière du feu. Toutes étaient de maigres créatures avec de grands yeux où un trop vaste blanc entourait des iris écarquillés. Leurs pommettes étaient saillantes et des ombres creusaient leurs joues.

La femme qui s'était levée lorsque Alaric avait prononcé « Damara » était aussi grande que Jirel, solidement bâtie sous sa robe verte très ajustée ; mais son visage avait, lui aussi, ce bizarre aspect décharné et ses yeux brillaient, trop blancs, entre ses paupières grandes ouvertes.

— Asseyez-vous près du feu et chauffez-vous, Madame, dit-elle d'une voix tendue. Nous dînons dans quelques instants.

Jirel se laissa tomber sur le coussin du tabouret bas qu'elle lui avançait, une jambe repliée sous elle, mais elle se releva instantanément, la garde de son épée bien dégagée sous sa main. Il y avait encore une fois quelque chose d'anormal. Elle le sentait dans l'air.

Les deux chiens grognèrent un peu et s'écartèrent d'elle, et même cela était étrange. Les chiens lui avaient toujours fait fête... jusqu'à présent. Et la lumière du feu était rouge dans leurs yeux.

Détournant un regard gêné de ces yeux dont la rougeur n'était pas naturelle, elle vit nettement, pour la première fois, les traits des jeunes garçons et son cœur se contracta un peu. Car la perversité était inscrite dans toute sa nudité sur ces deux visages. Les autres portaient leur ombre de difformité d'une manière insaisissable. On la sentait plus qu'on ne la voyait. Et peut-être était-ce son imagination nourrie de légendes qui y lisait la perversité. Mais ces deux jeunes garçons avaient des visages de démons, des visages longs avec de hautes pommettes et des yeux fendus, sans éclat.

Elle prit une profonde respiration et jeta un coup d'œil sur le cercle des visages immobiles qui l'observaient sans dire un mot, avec l'intensité de... bêtes de proie ? Son orgueil se rebella à cette idée. Jirel de Joiry était toujours la prédatrice, pas la victime ! Elle releva son menton à fossette avec détermination et dit, désinvolte :

— Vous habitez ici depuis longtemps ?

Elle aurait juré qu'un regard courait autour d'elle, un regard rapide, amusé, qui passa de visage en visage comme si tous partageaient un même secret.

— Pas depuis longtemps, répondit Alaric après une brève pause. Et nous n'y resterons plus longtemps... maintenant.

Il y avait là comme une nuance subtile de menace, quoique Jirel n'eût pu dire pourquoi. Et de nouveau, cette sensation d'un secret partagé passa, tel un puissant courant sur le cercle, presque comme si une onde d'horrible amusement vibrait dans l'air. Mais aucun visage ne changea ni ne bougea. Les yeux étaient toujours fixés — presque avidement — sur le visage clair, ardent de Jirel. La lumière du feu accentuait son teint doré, enflammait ses boucles rousses et frémissait sur l'arc tendre de ses lèvres. Car en dépit des vêtements colorés du groupe, elle eut la sensation soudaine que des robes sombres, des yeux sombres et des visages sombres l'encerclaient... telles des ombres autour d'un feu.

La conversation était complètement tombée ; les yeux ne la quittaient pas. Elle ne pouvait analyser cet étrange intérêt, car, chose curieuse, Alaric ne lui avait rien demandé au sujet de sa venue. Une femme seule, la nuit, dans ce pays sauvage, c'était suffisamment insolite pour provoquer la curiosité, et pourtant personne ne semblait se soucier de savoir comment elle était venue là. Alors pourquoi cet intérêt intense avec lequel ils la considéraient ?

Pour vaincre le petit frisson qu'elle ne pouvait tout à fait réprimer, elle dit hardiment :

— Hellsgarde des Marais a une vilaine réputation,

seigneur Alaric. Je m'étonne que vous osiez habiter ici... Ne connaîtriez-vous pas la vieille légende ?

Cette fois, sans aucun doute possible, le courant d'amusement passa, rapide, de l'un à l'autre, quoique aucun regard ne quittât le sien.

— Oui... oui... nous connaissons la légende, répondit Alaric avec une pointe d'ironie dans sa voix. Nous n'avons... pas peur.

Et soudain, Jirel fut convaincue d'une chose étrange : quelque chose dans la voix d'Alaric et dans ses paroles lui disait en toute certitude qu'ils n'étaient pas venus en dépit de la terrible légende, mais *à cause d'elle.*

Aucune personne normale n'irait délibérément choisir une vieille ruine hantée, ensanglantée, pour y demeurer, et on ne pouvait se tromper sur ce qu'impliquait la voix d'Alaric, sur l'amusement muet qui avait circulé comme un murmure, lorsqu'elle avait parlé. Elle se souvint des hommes d'armes morts devant la porte.

La conversation était de nouveau tombée.

— On entend bien des légendes étranges au sujet d'Hellsgarde... dit Jirel pour rompre ce silence éprouvant. (Elle sentit qu'elle parlait trop mais ne put s'arrêter — tout valait mieux que ce silence et ces regards appuyés :) Des légendes de trésor et... est-il vrai qu'on ne peut trouver Hellsgarde qu'au coucher du soleil... comme je l'ai fait ?

Alaric marqua volontairement un temps avant de répondre d'une manière évasive :

— Il existe de plus étranges légendes que cela sur Hellsgarde... Et qui peut dire ce qu'il y a là de vrai ? Un trésor ? Il se peut qu'un trésor soit ici. Beaucoup de gens sont venus à sa recherche... et sont restés à jamais.

Jirel se souvint encore des morts devant la porte et elle jeta à Alaric un regard fauve qui aurait résonné comme le cliquetis de deux épées s'il avait croisé le sien... s'il le lui avait rendu. Mais il regardait vers les ombres du plafond et souriait légèrement. Soupçonnait-il pourquoi elle était venue ? Il n'avait posé aucune question... Jirel se rappela le sourire de Guy de Garlot lorsqu'il l'avait envoyée à la recherche de ce trésor et un doute terrible commença à se former dans son esprit. Et si Guy avait su... s'il l'avait délibérément jetée dans ce péril... Elle se laissa aller à imaginer un instant la volupté de démolir dent après dent ce joli sourire après le lui avoir enfoncé dans la gorge avec la poignée de son épée.

Ils l'observaient. Elle se reprit tout à coup et hasarda :

— Comme il fait froid dans ces marais après le coucher du soleil !

Et elle frissonna un peu, ne s'étant pas jusqu'à ce moment rendu compte du froid qu'il faisait dans la grande salle.

— Nous ne trouvons pas cela... déplaisant, murmura Alaric, comme aux aguets.

Les autres la guettaient aussi, et une fois de plus, elle sentit passer de l'un à l'autre cette onde d'amusement subtil qui l'excluait d'un secret partagé. Ils étaient là dans un dessein déterminé. Elle le comprit soudain : un dessein étrange, insondable, qui les liait tous d'un commun accord, si bien que leurs pensées semblaient passer silencieusement d'un cerveau à l'autre, un dessein qui l'incluait elle-même maintenant, et d'une manière qui n'avait rien de plaisant. Le danger planait dans l'air, et elle était là seule, la nuit, au milieu de marais déserts parmi ces gens bizarres, anormaux, qui l'épiaient avec une constante et avide ardeur. Eh bien, elle s'était déjà trouvée en danger auparavant et s'était taillé un passage à coups d'épée pour en sortir.

Une fille mal peignée, en souquenille loqueteuse, vint gauchement sur la pointe des pieds chuchoter à l'oreille de Damara, et Jirel ressentit avec soulagement qu'au moins une paire d'yeux écarquillés s'écartaient d'elle quand la femme se tourna pour acquiescer de la tête. Jirel considéra la fille d'un œil méprisant. Etrange maisonnée que celle-là — les serviteurs à l'aspect bestial, cette souillon en guenilles. Même les filles de cuisine de Joiry n'allaient pas si mal vêtues.

Damara se retourna vers le feu.

— Allons-nous dîner maintenant ? demanda-t-elle.

Tous les visages brillèrent magiquement et Jirel fut consciente d'un léger relâchement de la tension dans son esprit. Le fait même que l'idée de nourriture leur plaisait faisait paraître le groupe plus normal. Et pourtant — elle le vit en un instant — même cela n'était pas un appétit normal. Il y avait quelque chose d'assez horrible dans l'éclat de leurs yeux, dans l'impatience avide de leurs visages. Durant un moment, cette idée de nourriture avait supplanté sa présence dans leur intérêt, et cette terrible batterie d'yeux braqués l'avait délaissée. C'était comme si un poids lui avait été enlevé. Elle respirait mieux.

Des marmitons malpropres, deux filles mal lavées apportaient les planches et les tréteaux pour dresser la table près du feu.

— Nous dînerons seuls, expliquait Alaric tandis que le groupe s'écartait un peu pour faire de la place.

Ce qui parut à Jirel être une sotte affectation alors qu'ils se laissaient servir par une valetaille aussi honteusement négligée. Dans d'autres châteaux, tout le monde dînait ensemble, du seigneur aux palefreniers, à de longues tables en T sur lesquelles le sel séparait les nobles des manants. Mais peut-être Alaric n'osait-il même pas permettre cette familiarité aux brutes qui le servaient. Et elle éprouva une certaine déception à l'idée que la compagnie de ces gens aux visages étranges, au regard fixe, ne serait même pas contrebalancée par la lourde bestialité de leurs serviteurs. Les hommes d'armes lui avaient semblé à peine humains, mais du moins était-ce un genre de brutalité banale, claire, quelque chose qu'elle pouvait comprendre.

Lorsque la table fut prête, Alaric la fit asseoir à sa droite près des deux jeunes gens au visage pervers dont l'attitude trop calme l'inquiétait. Les garçons de cet âge, dans les milieux qu'elle fréquentait, s'agitaient et remuaient sans cesse à table. C'était une étrangeté de plus de voir qu'ils ne bougeaient que pour se servir de nourriture.

Il n'y eut pas de conversation après que la viande eut été apportée. Tout le groupe se jeta sur elle avec une avidité d'affamés. On eût dit qu'ils n'avaient pas dîné depuis des semaines. Mais même la nourriture n'avait pas un goût naturel.

Elle avait assez bonne apparence, mais on y trouvait un assaisonnement subtil qui souleva le cœur de Jirel et elle reposa son couteau à la première bouchée. C'était un goût proche de la pourriture et une sorte d'amertume âcre à laquelle elle ne pouvait donner un nom et qui lui restait dans la bouche longtemps après avoir avalé. Tout en était infecté, le rôti, le pain, les quelques légumes, même le vin aigre.

Après ce courageux effort, car elle avait faim, Jirel renonça et ne fit même pas semblant de manger. Elle resta assise, les bras appuyés sur le bord de la table, la main droite prête à saisir son épée, et elle contempla le groupe affamé dévorant son ignoble nourriture. Ce n'est pas étonnant, se dit-elle soudain, qu'ils mangent seuls. Même les estomacs peu délicats de leurs serviteurs ne pourraient accepter cette viande si atrocement assaisonnée.

Alaric se redressa enfin dans sa cathèdre et essuya son poignard sur un quignon de pain.

— Vous n'avez pas faim, Dame Jirel ? demanda-t-il.

Il baissa le regard sur son tranchoir où de la

viande était restée collée. Elle ne put retenir une petite grimace en y jetant les yeux.

— Pas pour le moment, dit-elle, d'un ton de bonne humeur un peu forcé.

Alaric ne sourit pas. Il se pencha pour piquer du bout de son poignard l'épais morceau de viande qui était devant elle et il le lança vers la cheminée. Les deux lévriers couchés sous la table se précipitèrent pour se le disputer en grondant de voracité, et Alaric jeta un regard en biais à Jirel, avec un demi-sourire, en essuyant de nouveau son poignard qu'il rengaina.

S'il avait voulu lui faire comprendre que les chiens étaient inclus dans l'étrange compagnie qui l'entourait, il y réussit parfaitement. De toute évidence, son geste et son sourire avaient une signification.

Lorsque la table fut débarrassée et que la dernière lueur du couchant se fut évanouie dans les hautes et étroites fentes des fenêtres, un individu renfrogné, grossièrement vêtu, passa autour de la salle avec une longue perche enflammée, pour allumer les torchères.

— Avez-vous déjà visité Hellsgarde, Madame ? demanda Alaric. (Et comme Jirel secouait la tête :) Laissez-moi alors vous montrer la grande salle avec les écussons et les armoiries de mes ancêtres. Qui sait ?... Vous retrouverez peut-être certains de vos propres quartiers parmi nos blasons.

Jirel frémit à l'idée de se découvrir même une lointaine parenté avec les habitants de ce château d'enfer. Non sans répugnance, elle posa sa main sur le bras qu'il lui offrait et se laissa entraîner loin du feu, sous les voûtes sonores de la salle où les torchères faisaient jouer des ombres.

La grande salle était telle que les assassins d'Andred devaient l'avoir laissée deux siècles auparavant. Les écussons et les armures qui n'étaient pas tombés des murs s'étaient couverts d'une rouille épaisse dans l'air humide des marécages, et les lambeaux d'oriflammes et de tapisseries avaient depuis longtemps pris une teinte uniforme de vétusté. Mais Alaric semblait savourer cette humidité et cette désolation comme un homme normal savourerait un luxe opulent. Lentement, il la guidait autour du hall et elle pouvait sentir toute la compagnie, qui avait regagné sa place auprès du feu, la suivre d'un seul regard.

Le nain avait repris son luth et en tirait de temps en temps quelques accords qui résonnaient dans le silence de la salle. A part cela, on n'entendait d'autre bruit que celui de leurs pas sur les dalles nues et le murmure de la voix d'Alaric célébrant les gloires passées du château de Hellsgarde.

Ils s'arrêtèrent à l'extrémité de la grande salle, loin du feu. Les yeux d'Alaric cherchèrent avec une insistance curieuse ceux de Jirel. Il dit d'une voix onctueuse :

— C'est ici, à l'endroit même où nous sommes, Madame, qu'est mort Andred de Hellsgarde, voici deux cents ans.

Jirel baissa involontairement le regard. A ses pieds s'étendait une grande tache confuse qui dessinait grossièrement la forme d'une bête, la tête pointée et les pattes tendues. C'était une large éclaboussure noirâtre sur le dallage. Andred devait avoir été un colosse. Il avait perdu énormément de sang en ce jour d'il y avait deux siècles.

Jirel sentit les yeux de son hôte peser sur son visage, lourds d'une étrange attente, et la respiration lui manqua presque pour parler ; mais avant qu'elle pût articuler un son, une tourmente de vent se leva soudain autour d'eux, une tempête venue d'on ne sait où, et qui faisait rage avec une telle fureur que les torchères s'éteignirent toutes à la fois et que les ténèbres tombèrent brutalement sur la salle.

A cet instant même, alors que la grande salle était noire et retentissait éperdument de ce vent tempétueux, comme si, toute la soirée, il avait avidement attendu ce moment, un bras d'homme saisit Jirel dans une étreinte féroce et une bouche vint se poser sur la sienne dans un baiser plus sauvage, plus violent et plus profond qu'elle n'en avait jamais connu auparavant. Tout cela arriva si vite que ses impressions se fondirent en une terrible explosion de colère contre Alaric, tandis qu'elle luttait en vain contre ce bras de fer et cette bouche vorace, et que la tourmente mugissait dans les ténèbres. Elle n'avait conscience que de ce bras, de cette bouche, de cette main insolente. Elle n'était pas pressée contre un corps d'homme, mais la force de ce bras l'enserrait comme un étau.

En même temps qu'il la saisissait, le bras la traînait brutalement à travers la salle avec une puissance irrésistible, sans jamais desserrer son étreinte écrasante, et le baiser dans toute sa révoltante possession ravageait toujours sa boucle réduite au silence.

Cela ne pouvait avoir duré plus de quelques secondes. Elle avait eu l'impression de grandes dents carrées, espacées, contre ses lèvres, et l'étrange violence qui était derrière tout cela ne se manifestait pas tant dans la sauvagerie du baiser ou de l'étreinte ou de la force qui l'entraînait impétueusement, mais plutôt comme si ce n'étaient là que les simples incidences d'une véhémence frénétique qui l'assaillait de tous côtés, tel un brasier ardent.

Etouffant de fureur impuissante, elle s'efforçait de se débattre, de crier. Mais il n'y avait pas de poitrine à repousser, pas de corps dont s'écarter en se cambrant, et elle ne pouvait résister. Seulement émettre de petits sons inarticulés dans sa gorge étouffée, sous le viol déchaîné de cette bouche.

Elle eut à peine le temps de réfléchir, tant cela s'était produit subitement. Elle était trop étourdie par la violence et la soudaineté de l'attaque pour s'étonner de l'absence d'autre chose que cette bouche, ce bras, cette main. Mais elle eut nettement l'impression de murs qui se refermaient autour d'elle, comme si elle était entraînée hors de la vaste salle dans un réduit étroit. Cette violence qui l'assaillait de toutes parts était rendue encore plus terrible par la présence de murs tout proches.

Cela se termina si brusquement qu'au moment où cette sensation de murs qui se refermaient surgissait en elle, elle entendit les petits cris de stupéfaction des autres alors que les torchères s'éteignaient toutes à la fois. C'était comme si le temps était allé plus vite pour elle que pour eux. Puis, quelqu'un avait dû jeter des branchages sur le feu, car une grande flambée rugit dans l'immense cheminée, avec un jaillissement de lumière et de bruit qui fit reculer un instant les ténèbres.

Et Jirel se retrouva chancelante, seule au milieu de l'immense salle. Personne n'était auprès d'elle, bien qu'elle eût juré sur la garde en croix de son épée qu'une fraction de seconde auparavant une bouche pesante avait écrasé ses lèvres muettes. Il n'y avait pas de murs autour d'elle, pas de vent, pas un bruit.

Alaric était resté sur la tache de sang à l'autre bout de la salle. Elle se dit qu'elle devait avoir su intérieurement, dès le premier instant, que ce n'était pas lui dont les lèvres ravageaient sa bouche meurtrie. Une véhémence aussi ardente n'était pas en lui. Non, bien qu'il ait été le seul homme auprès d'elle lorsque les ténèbres étaient tombées, il n'était pas celui dont le baiser révoltant frémissait encore sur sa bouche.

Elle leva une main mal assurée jusqu'à ses lèvres meurtries et jeta un regard effaré autour d'elle ; elle s'efforçait de retrouver son souffle, à demi hoquetante de fureur.

Les autres étaient encore autour de la cheminée, séparés d'elle par la moitié de la salle, et lorsque la lumière du feu réalimenté jaillit, elle vit leur stupéfaction momentanée s'effacer devant une flambée d'espoir avide qui, un instant, éclaira tous leurs visages de la même façon. A grandes enjambées, Alaric accourut près d'elle. Dans son égarement, elle sentit ses mains lui saisir les bras et la secouer impatiemment, l'entendit balbutier dans une langue qu'elle ne connaissait pas :

— *G'hasta-est ? Tai g'hasta ? Tai g'hasta ?*

Elle se dégagea avec colère, tandis que les autres se rassemblaient autour d'eux en un petit groupe surexcité, répétant tous à la fois :

— *G'hasta tai ? Est g'hasta ?*

Alaric retrouva le premier son calme. D'une voix qui tremblait de la première émotion qu'elle eût jamais observée chez lui, il demanda avec une fébrilité presque désespérée :

— Qu'était-ce ? Qu'est-il arrivé ? Etait-ce... était-ce... ?

Il ne semblait même pas avoir le courage de nommer la chose que toute son âme désirait, mais le frémissement de l'espoir était dans sa voix.

Jirel se retint de répondre. Délibérément, elle prit un temps pour vaincre le vertige qui flottait encore dans sa tête, baissa les paupières pour dissimuler le dessein qui germait soudain en elle. Pour la première fois, elle avait prise sur ces gens mystérieux. Elle connaissait quelque chose qu'ils désiraient frénétiquement savoir et elle devait exploiter à fond cette connaissance qu'elle doutait encore de posséder.

— Ar... Arrivé ? (Son balbutiement n'était pas entièrement feint :) Il y a eu... du vent et puis l'obscurité... je ne sais pas... cela s'est terminé si vite.

Et elle jeta un coup d'œil dans la pénombre environnante avec une terreur qui n'était pas complètement affectée. Quoiqu'il fût arrivé... ce n'était pas d'origine humaine. Elle aurait pu jurer que, juste avant le brusque retour de la lumière, des murs se refermaient autour d'elle aussi étroitement que les parois d'une tombe ; et pourtant, ils s'étaient dissipés plus légèrement qu'un brouillard dans la lueur du feu. Cette bouche sur la sienne, ces grandes dents espacées contre ses lèvres, l'étreinte de ce bras brutal... rien n'aurait pu être plus concret. Et pourtant il n'y avait eu que le bras, la bouche, la main. Pas de corps... Avec un frémissement soudain, elle se souvint qu'Andred avait été écartelé avant d'être jeté dans les sables mouvants... Andred...

Elle ne se rendit pas compte qu'elle le disait tout haut, mais Alaric bondit comme un fauve à ce seul mot :

— Andred ? Etait-ce Andred ?

Jirel ne retrouva sa voix qu'avec effort ; elle serrait les dents pour les empêcher de claquer.

— Andred ? Il est mort depuis deux cents ans !

— Il ne mourra jamais jusqu'à ce que... laissa échapper l'un des jeunes gens au visage pervers.

Alaric se tourna vers lui avec colère et pourtant avec une curieuse déférence :

— Silence !... Attendez !... Dame Jirel, vous m'avez demandé si les légendes de Hellsgarde étaient vraies. Maintenant, je peux vous dire que celle d'Andred l'est. Nous croyons qu'il hante toujours ces lieux où son trésor est caché et nous... nous... (Il hésita et Jirel vit une expression fourbe naître sur son visage. Il reprit d'une voix égale :) Nous croyons qu'il n'y a qu'un moyen de trouver ce trésor. Seul le fantôme d'Andred peut nous y conduire. Et le fantôme d'Andred nous a toujours fui... jusqu'à présent.

Elle aurait juré qu'il n'avait pas eu l'intention de dire exactement cela lorsqu'il avait commencé de parler. Elle en fut tout à fait sûre quand elle vit la petite lueur complice passer dans le cercle qui l'entourait. Amusement à une plaisanterie subtile, auquel elle ne participait pas...

Elle était plus ébranlée par sa terrifiante épreuve qu'elle n'aurait voulu l'avouer. Elle n'eut pas besoin de simuler la faiblesse quand elle s'éloigna d'eux pour se diriger vers la cheminée, pressée d'échapper à leur terrible compagnie même si c'était pour rester seule dans cette obscurité hantée.

— Laissez-moi... me reposer près du feu, dit-elle. Peut-être que... qu'il ne reviendra pas.

— Mais il faut qu'il revienne !

Elle eut la sensation que presque toutes les voix autour d'elle parlaient à la fois, avec une ardeur qui éclatait sur tous les visages. Même les deux chiens s'étaient faufilés parmi le groupe, et dans l'ombre leurs yeux brillaient. Ils suivaient la conversation de visage en visage comme s'ils comprenaient. Leur regard rougeoyant se tourna vers Alaric lorsqu'il reprit :

— Depuis bien des nuits, nous avons attendu en vain que la force qui fut Andred se révèle à nous. Jamais, jusqu'à votre venue, il n'a créé ce tourbillon qui... qui est nécessaire si nous devons retrouver le trésor. (A ce mot, Jirel crut encore sentir un petit courant d'amusement passer entre eux. Alaric continua de sa voix égale :) Nous nous félicitons d'avoir trouvé quelqu'un qui possède le don de faire revenir l'esprit d'Andred à Heilsgarde. Je pense qu'il doit y avoir en vous une affinité de violence qu'Andred sent et recherche. Nous devons de nouveau l'évoquer hors des ténèbres... et nous devons utiliser votre pouvoir pour cela.

Jirel regarda autour d'elle avec incrédulité.

— Vous voudriez évoquer... *cela...* une seconde fois ?

Les yeux luirent autour d'elle d'un reflet rouge qui n'était pas celui du feu.

— Nous le voulons en effet, murmura le garçon au visage pervers qui était près d'elle. Et nous n'attendrons pas beaucoup plus longtemps...

— Mais... Grand Dieu ! Miséricorde ! s'exclama Jirel. Toutes les légendes sont-elles fausses ? Elles disent que l'esprit d'Andred se manifeste en frappant de mort soudaine tous ceux qui s'introduisent sans droit dans Hellsgarde. Pourquoi parlez-vous comme si j'étais seule à pouvoir l'évoquer ? Voulez-vous mourir si effroyablement ? Pas moi ! Je ne supporterai pas *cela* une seconde fois, même si vous me tuez ! Je ne veux plus des baisers d'Andred !

Un silence tomba un moment autour du cercle. Les regards se croisèrent et se détournèrent.

— Andred, dit alors Alaric, n'a de ressentiment qu'envers les intrus dans Hellsgarde, pas envers ses propres parents et leurs serviteurs. De plus, les légendes dont vous parlez sont vieilles, et racontent des histoires de brigands qui avaient forcé l'entrée de ce château au temps jadis.

« Avec le temps, les esprits de ceux qui sont morts de mort violente s'éloignent de plus en plus de la scène de leur trépas. Andred est mort depuis longtemps ; il revient moins souvent au château de Hellsgarde, et se montre moins vindicatif à mesure que les années passent. Nous nous sommes efforcés depuis longtemps de le faire revenir... mais vous seule y avez réussi. Madame, il vous faudra supporter de nouveau la violence d'Andred, sinon...

— Sinon quoi ? demanda froidement Jirel, portant la main à son épée.

— Vous n'avez pas d'autre choix. (La voix d'Alaric était inflexible :) Nous sommes nombreux, vous êtes seule. Nous vous garderons ici jusqu'à ce qu'Andred revienne.

Jirel eut un rire bref.

— Vous croyez que les hommes de la Dame de Joiry la laisseront ainsi disparaître ? Il y aura un tel assaut contre les murs de Hellsgarde que...

— Je ne crois pas, Madame. Quels soldats oseraient venir quand quelqu'un de plus brave que n'importe lequel d'entre eux a disparu dans Hellsgarde ? Non, Dame de Joiry, vos hommes ne viendront pas vous chercher ici. Vous...

L'épée de Jirel flamboya dans la lumière du feu, quand elle recula d'un bond en dégainant. Sa lame étincela une fois... puis des mains dures comme du fer lui saisirent les bras par-derrière. Pendant un horrible instant, elle crut que c'étaient celles d'Andred et son courage s'évanouit. Mais Alaric sourit et elle comprit. C'était le nain qui s'était glissé derrière elle, sur un ordre muet de son maître, et si son dos était faible, ses bras ne l'étaient pas. Il la tenait avec la force d'un ours et elle ne pouvait se dégager.

Elle se débattait, lançait des jurons, ruait de toutes ses forces avec ses talons éperonnés de fer, mais elle ne réussissait pas à lui faire lâcher prise. Autour d'elle une sourde rumeur courut de nouveau dans cette langue étrange obsédante : « *L'vraista ! Tai g'hasta vrai ! El vraist'tai lau !* » Et les deux garçons au visage de démon plongèrent sur ses chevilles. Ils s'y accrochèrent comme deux monstres au ricanement de vampires, clouant ses pieds au sol. Et Alaric s'avança pour lui arracher l'épée de la main. Il chuchota quelque chose dans leur bizarre langage et le groupe se dispersa vivement.

Jirel qui luttait de toutes ses forces eut à peine conscience de leur dessein avant qu'il fût accompli. Mais elle entendit soudain un bruit d'eau jetée sur les bûches flambantes et un énorme sifflement de vapeur lorsque le feu s'éteignit. Les ténèbres s'abattirent brutalement dans la grande salle obscure. Le groupe s'était fondu loin d'elle dans le noir ; ses chevilles furent alors subitement libérées et les bras qui la tenaient si durement l'envoyèrent virevolter d'une énorme poussée.

Etouffant de fureur, elle tournoya dans les ténèbres. Il n'y avait rien pour l'arrêter et ces bras puissants l'avaient lancée avec violence. Elle tomba et glissa sans pouvoir se retenir ; ses jambières et le fourreau vide de son épée cliquetèrent sur les dalles. Lorsque enfin elle s'arrêta, meurtrie, écorchée et hors d'haleine, il lui fallut un moment pour reprendre ses sens et se redresser, trop étourdie pour blasphémer.

— Restez où vous êtes, Jirel de Joiry, dit calmement la voix d'Alaric dans le noir. Vous ne pouvez vous échapper de cette salle... nous en gardons toutes les issues l'épée au poing. Ne bougez pas... et attendez.

Jirel prit sa respiration et se répandit en invectives outrageantes sur les ancêtres d'Alaric et sur sa descendance possible avec une véhémence telle que, pendant plusieurs minutes, les ténèbres vibrèrent de sa fureur. Puis elle se souvint qu'Alaric avait suggéré que la violence contenue en elle pouvait attirer celle de cette étrange force dénommée Andred. Elle se tut si abruptement que le silence tomba tel un coup.

C'était un silence plein de tension anxieuse. Elle pouvait presque sentir l'attente et l'impatience qui convergeaient vers elle du cercle de ses geôliers invisibles, et à la pensée de ce qui la guettait, son sang se glaça. Elle leva un regard aveugle dans le noir, certaine pendant un long et épouvantable moment que le vent de tempête qu'elle avait connu, se rassemblait là pour faire de la nuit un chaos d'où surgirait le bras d'Andred...

Au bout d'un moment, elle dit d'une voix qui lui sembla d'une faiblesse inattendue dans l'obscurité.

— Vous... vous pourriez me jeter un coussin. J'en ai assez de rester debout et ces dalles sont froides.

A sa grande surprise, des pas feutrés mais très assurés se déplacèrent sur la pierre, et un instant après, un coussin fut lancé dans le noir et chut mollement à ses pieds. Jirel s'y laissa tomber avec satisfaction, pour se raidir soudain et scruter les ténèbres autour d'elle, ses cheveux se hérissant sur sa nuque. Ainsi donc... ils pouvaient voir dans l'obscurité ! Ces pas étaient trop fermes, et le coussin avait été lancé avec trop de précision pour pouvoir en douter. Elle essaya de se détendre et de ne plus penser.

Les ténèbres pesaient, énormes, au-dessus d'elle. Un temps infini passa sans autre bruit que celui de sa respiration légère qui rompait le calme lourd d'attente et d'anxiété. Sa terreur grandit. Et si l'épouvantable tempête de vent se déclarait de nouveau hurlante à travers la grande salle ; et si ce bras sans corps la saisissait, et si cette bouche venait se poser de nouveau sauvagement sur ses lèvres... Un frisson glacé lui parcourut le dos.

Oui, si cela revenait ? A quoi cela lui servirait-il, à elle ? Ces abominables créatures fuyantes qui étaient ses geôliers ne partageraient jamais avec elle le trésor qu'ils étaient si avides de trouver... si avides qu'ils osaient évoquer cette horreur la nuit et braver une mort dont la légende parlait avec effroi, simplement pour pouvoir se l'approprier. *Ce trésor*... savaient-ils donc ce qui se trouvait dans la cassette si terriblement bien gardée d'Andred ? Quel trésor pouvait-on imaginer de si précieux que des hommes osent *cela* pour l'avoir ?

Et quel espoir y avait-il pour elle ? Si l'être monstrueux dénommé Andred ne venait pas cette nuit... il reviendrait une autre nuit, tôt ou tard, et toutes les nuits, elle se retrouverait ici, isolée, appât pour le monstre qui hantait Hellsgarde. Elle s'était vantée sans y croire, quand elle avait dit que ses hommes la suivraient. Ils étaient braves et ils l'aimaient... mais ils aimaient encore davantage la vie. Non, il n'y avait pas un homme dans Joiry qui oserait la suivre là où elle avait échoué. Elle se souvint du visage de Guy de Garlot et laissa la violence monter en elle un instant. Ce lâche qui l'avait poussée là afin qu'il puisse avoir la chose sans nom qu'il convoitait... Bon ! elle lui casserait son joli visage avec la poignée en croix de son épée... si elle en sortait vivante. Si elle en sortait vivante ! Elle oubliait...

Lentement les étoiles tournaient dans les étroites fenêtres-meurtrières, très haut, dans la noirceur des murs. Jirel restait assise, les bras serrés autour de ses genoux pliés, et les regardait. Dans les ténèbres au-dessus d'elle passaient des courants d'air vagabonds, dont l'un était peut-être Andred prêt à se précipiter dans un rugissement hors de la nuit...

Eh bien, ceux qui s'étaient emparés d'elle avaient commis une erreur. Jusqu'où pourrait-elle en profiter, elle ne le savait pas, mais ils croyaient l'avoir désarmée ; et dans le noir, Jirel serrait ses jambières dans ses bras ; elle souriait d'un méchant sourire, sachant qu'elle ne l'était pas.

Il devait être plus de minuit et Jirel somnolait inquiète, la tête sur ses genoux, lorsqu'un long murmure dans les ténèbres la réveilla en sursaut. Alaric, la voix lourde de fatigue et de désappointement, parlait dans son étrange langage. Il vint brièvement à l'esprit de Jirel que, bien que celui-ci semblât être leur langue maternelle (car ils en usaient quand ils étaient surexcités ou entre eux) leur parler avec elle n'avait pas trace d'accent. C'était bizarre... mais elle n'avait pas l'esprit à se poser longtemps des questions au sujet de ces gens monstrueux entre les mains desquels elle était tombée.

Des pas approchaient, sans hésiter. Jirel se leva en se secouant pour se dégourdir les membres. Des mains lui saisirent les bras des deux côtés... d'un seul coup, sans tâtonnement, bien que même ses yeux accoutumés à l'obscurité ne pussent rien voir. Personne ne se préoccupa de lui traduire les paroles d'Alaric, mais elle comprit qu'ils avaient abandonné leur veille pour cette nuit. Elle était trop engourdie de sommeil pour s'en soucier. Même sa terreur s'était émoussée à mesure que se traînaient les heures de cette nuit interminable. Elle avança d'un pas mal assuré entre ceux qui l'avaient saisie, sans aucun effort pour résister. Ce n'était pas le moment de révéler son arme cachée, surtout pas à ces gens qui marchaient dans le noir comme des chats. Elle attendrait que les chances fussent plus égales.

Personne ne s'inquiéta d'allumer une lumière. Ils marchaient rapidement et sans hésiter à travers les ténèbres et lorsque des marches se trouvèrent brusquement sous leurs pas, Jirel fut la seule qui trébucha. Un escalier qui montait, un long couloir froid et résonnant — puis une poussée brutale qui l'envoya rouler. Un mur de pierre l'arrêta et une porte claqua derrière elle. Elle se retourna d'un coup et un épouvantable juron normand lui brûla les lèvres. Elle comprit qu'elle était seule.

En tâtonnant, elle suivit les murs étroits de sa prison. Il y avait un grabat, une cruche d'eau, une porte grossière sous laquelle une lumière commençait à filtrer au moment où elle en explora la surface à tâtons. Elle entendit des voix brèves, et en un instant, elle comprit. Alaric avait appelé un de ses hommes à l'allure simiesque pour la surveiller tandis que lui et les siens iraient dormir. Elle sut que c'était un homme d'armes et non l'un des compagnons d'Alaric, car il avait amené une lanterne avec lui. Elle se demanda si les gardes savaient avec quelle sûreté leurs maîtres marchaient dans les ténèbres... ou si cela leur était égal. Mais il ne lui semblait plus étrange qu'Alaric osât employer de telles brutes. Elle savait assez dès lors avec quelle facilité il pouvait les dominer... lui et sa vision nocturne et sa terrible intrépidité.

Le silence retomba. Jirel eut un mince sourire, s'adossa dans l'encoignure la plus proche et leva un genou. Le long poignard à lame mince qu'elle portait sous sa jambière glissa sans bruit hors de son fourreau. Elle attendit avec une patience féline, les yeux fixés sur les fentes éclairées dans la porte.

Le temps lui sembla long jusqu'à ce que le garde cesse ses allées et venues assourdies, bâille très fort et vérifie la barre fixant la porte. Le sourire mince de Jirel s'élargit. L'homme grogna et — elle avait prié pour qu'il le fasse — s'installa enfin sur le sol, le dos contre le panneau de sa porte. Elle savait qu'il avait l'intention de dormir un peu, sûr que cette porte ne pouvait être ouverte sans le réveiller. Elle avait souvent surpris ses propres hommes d'armes agissant de même et s'y attendait.

Elle patienta encore. Bientôt le souffle régulier du sommeil parvint à ses oreilles. Elle s'humecta les lèvres et murmura : « Doux Jésus, faites qu'il ne porte pas de cotte de mailles ! » Puis elle s'appuya contre la porte. Son poignard était assez mince pour passer facilement entre les planches... Il ne portait pas de cotte de mailles... et la lame était aiguisée comme un rasoir. Il dut à peine avoir conscience de ce qui se passait. Elle sentit la lame racler contre des os et la détourna d'un mouvement expert du poignet pour éviter la côte qu'elle avait effleurée. Elle entendit l'homme émettre dans son sommeil un grognement brusque, étonné, puis pousser un long soupir... Il ne devait même pas s'être éveillé. En un instant, le sang se mit à gicler à travers les fentes de la porte en jets épais ; Jirel sourit et retira son poignard.

Ce fut assez simple de soulever la barre avec cette lame étroite. Plus difficile fut d'ouvrir la porte calée par le poids du mort, mais elle y réussit aussi, sans trop de bruit... La lanterne l'attendait et le couloir était long et vide dans la demi-obscurité. Elle pouvait voir la voûte de l'escalier et reconnut le chemin par lequel elle était venue. Elle n'hésita pas. Elle avait minutieusement réfléchi à tout dans les ténèbres de la grande salle, alors qu'elle était accroupie sur le coussin et attendait que la tempête d'Andred s'abatte férocement sur ses épaules courbées.

Il n'y avait aucune possibilité de s'enfuir. Elle le savait. D'autres châteaux avaient des poternes et des fenêtres par lesquelles un fugitif pouvait s'évader, mais les sables mouvants entouraient Hellsgarde et la seule voie vers la liberté était celle où la garde d'Alaric veillait certainement cette nuit. Et ce n'est que dans les chansons de ménestrels qu'un aventurier solitaire s'échappe à travers une cour gardée.

Et aussi... elle était venue là dans un certain but.

Il était de son devoir de trouver cette précieuse petite cassette qui seule rachèterait les vingt vies d'hommes qui comptaient sur elle. Elle le ferait ou mourrait. Et peut-être, après tout, était-ce une chance que ce château n'ait pas été désert quand elle était venue. Sans Alaric, il ne lui serait jamais venu à l'esprit d'oser défier le spectre d'Andred pour parvenir à ses fins. Elle se rendait compte maintenant que cela pourrait bien être le seul moyen pour réussir. Trop de pillards avaient, dans le passé, fouillé le château de Hellsgarde pour lui laisser beaucoup d'espoir, à moins que le plus grand des hasards vienne à son aide. Mais Alaric l'avait dit : il y avait un moyen... un moyen terrible, périlleux, mortel, et c'était le seul espoir.

C'était un risque désespéré, elle le savait bien, mais elle n'était pas femme à attendre la mort, et de cette façon, elle avait au moins un petit espoir de succès. Elle prit son poignard ensanglanté dans une main, sa lanterne de l'autre et descendit les marches, vive et silencieuse comme un chat.

Le petit cercle de lumière qui se déplaçait avec elle sur les dalles était une défense bien faible contre la nuit. Une rafale du vent tempétueux d'Andred l'éteindrait et les ténèbres tomberaient brutalement sur elle. Et il y avait d'autres fantômes que celui d'Andred... de petites choses froides dans le noir, juste hors de la lumière de sa lanterne. Elle pouvait sentir leur présence en avançant avec circonspection dans la grande salle, au delà des bûches éteintes de la cheminée, au delà des débris croulants d'armures et de tapisseries, vers le seul endroit où elle croyait le plus sûrement pouvoir évoquer l'épouvantable chose qu'elle recherchait.

Celle-ci n'était pas facile à trouver. Elle fit de nombreuses allées et venues avec sa lanterne avant qu'un coin de la grande tache noire apparût, avec sa forme de bête, sombre comme le crime lui-même, sur les dalles éclaboussées du sang d'Andred deux cents ans plus tôt.

Là, une fois déjà, ce spectre vorace l'avait prise ; là, plutôt qu'ailleurs, il reviendrait certainement. Elle mordit sa lèvre quand elle posa les pieds sur cette tache, et elle retint sa respiration sans s'en rendre compte. Elle dut rester là une bonne minute, sentant la chair de poule gagner ses membres, avant de pouvoir rassembler tout son courage pour faire ce qu'elle devait faire ensuite. Mais elle était allée trop loin pour se manquer à elle-même maintenant. Elle prit son souffle et éteignit la lanterne qu'elle tenait haute.

Les ténèbres s'abattirent sur elle avec une force brutale et lui coupèrent presque la respiration. Soudain, son effroi se dissipa et l'exultation enivrante qu'elle connaissait bien avant la bataille l'envahit tout entière. Elle leva un regard de défi dans le noir et s'écria vers les hautes voûtes du plafond :

— Sors donc de l'Enfer, spectre d'Andred ! Viens si tu l'oses, Andred le damné !

Le vent... le vent et la tempête et la violence ! Les mots lui furent arrachés de la bouche et le souffle de la gorge par une formidable rafale tournoyante qui se rua sur elle, venue de nulle part. Et au même moment, alors que son défi vibrait encore sur ses lèvres, une bouche goulue s'empara de la sienne la réduisant au silence, et un grand bras s'abattit autour de ses épaules d'un coup qui la fit chanceler tandis que des doigts de fer s'enfonçaient douloureusement dans sa chair... un coup qui la fit chanceler, mais on ne voulait pas qu'elle tombe, car elle se sentit de nouveau effroyablement traînée dans la salle à une vitesse qui dépassait celle du temps lui-même.

Elle avait instinctivement baissé la tête lorsqu'elle avait senti le bras la saisir, mais pas assez vite. La bouche pesante avait pris la sienne et de nouveau les dents carrées, espacées, meurtrissaient ses lèvres et la violence de ce monstrueux baiser fit bouillonner la fureur dans sa gorge muette tandis qu'elle se débattait en vain pour y échapper.

Cette fois, ce n'était pas une surprise et elle put se rendre compte plus clairement de ce qui lui arrivait. Comme auparavant, toute la furie de l'attaque tomba sur elle d'un coup — la bouche saisit la sienne et l'étreinte lui fit presque perdre pied. A l'instant, le bras qui ne se relâchait pas autour de ses épaules, l'entraînait impétueusement à travers la salle, aveuglée par l'obscurité, assourdie par le vent hurlant, étouffée par la terrible frénésie de cette bouche, paralysée par la douleur de ses épaules prises dans l'étau de fer. Mais elle pouvait sentir vaguement que des murs se refermaient de nouveau sur elle, de plus en plus étroitement, comme les parois d'une tombe. Et comme l'autre fois, elle avait conscience d'une force démesurée qui l'assaillait de tous côtés, une violence plus grande que toutes ses manifestations sur son corps ; car la bouche, la main crispée, le bras qui l'entraînait n'étaient que des éléments de ce tourbillon.

Et c'était vraiment un tourbillon — qui tournoyait et se rétrécissait comme si la force qui était Andred se concentrait en une tornade d'une puissance sauvage. Peut-être était-ce cette sensation qui faisait que des murs semblaient se refermer autour d'elle.

Férocement, elle tenta de taillader le bras qui la tenait par les épaules, la main dont les doigts de fer s'enfonçaient jusqu'à l'os dans sa chair, mais sa position était mal commode et elle était trop étourdie pour savoir si elle taillait dans le vif ou luttait simplement contre une force désincarnée. Et l'étreinte ne se desserrait pas ; la bouche brutale violait toujours la sienne dans un baiser si frénétique et si révoltant qu'elle en aurait pleuré de rage.

Les murs étaient proches... ses genoux fléchissants touchaient la pierre. Elle tâtonna confusément avec sa main libre et sentit des murs suintant d'humidité tout autour d'elle. Le mouvement qui l'entraînait avait cessé et la force qui était Andred, tourbillonnante, lui coupait la respiration et faisait tournoyer les ténèbres qui l'environnaient.

A travers son étourdissement, elle sut que là devait donc être le lieu qu'habitait Andred et dans lequel il l'avait traînée, un lieu de pierre, d'humidité et de ténèbres, quelque part *ailleurs*... car elle y était arrivée trop rapidement pour que ce fût un lieu réel... Et pourtant, il était tangible... Il y avait des murs de pierre froide sous ses mains et qu'étaient ces choses rondes et glissantes sous ses pieds ? Des choses qui craquaient un peu quand elle marchait... Des ossements ? Grand Dieu, les ossements d'autres chercheurs de trésor, qui avaient trouvé ce qu'ils cherchaient ! Car elle pensait que la cassette devait être là — si elle était quelque part, là, dans ces ténèbres inaccessibles, sauf à travers le cœur même de l'ouragan...

Ses sens l'abandonnaient, quelque part très loin, son corps flottait inconscient dans l'étreinte de ce bras dur comme le fer, pantelant sous le baiser. Il se débattait encore faiblement dans un lieu étroit à l'odeur de tombeau. Mais elle, Jirel, n'était plus dans son corps. Seulement une petite ombre qui ne tenait que par un fil ténu à ce corps défaillant. Une ombre tournoyant confusément dans les tourbillons de la tornade qui l'entraînait de plus en plus loin... Les ténèbres s'écartaient... les murs de pierre n'étaient plus une prison, car elle s'élevait le long de la spirale grandissante qui l'aspirait, toujours plus haut, toujours plus loin, en cercles de plus en plus larges dans une nuit sans limites où l'espace et le temps n'existaient pas...

Quelque part, infiniment loin, un pied qui n'était pas à elle trébucha sur quelque chose de petit et de carré ; un corps qui n'était pas à elle s'affaissa sur les genoux parmi des os humides et craquants, et un sein qui n'était pas à elle heurta le coin de cette chose carrée lorsque ce corps inhabité s'abattit parmi les ossements. Mais la petite ombre qui était Jirel se rebella dans son tournoiement. Elle devait retourner en arrière... elle devait se souvenir... il y avait quelque chose... quelque chose...

Pendant un instant, elle se retrouva dans son corps effondré sur les pierres, les bras serrés autour d'un petit objet carré qui était visqueux au toucher. Une cassette... une cassette de cuir humide, couverte de moisissure, cerclée de fer. La cassette d'Andred, que depuis deux cents ans des pillards avaient cherchée en vain. La cassette pour laquelle Andred était mort et pour laquelle elle mourrait aussi... pour laquelle elle mourait maintenant dans les ténèbres.

Vaguement, alors que ses sens l'abandonnaient pour la seconde fois, elle entendit un chien aboyer, frénétiquement, très loin au-dessus d'elle. Et un autre chien répondit, puis une voix d'homme proféra, dans une langue qu'elle ne connaissait pas, un cri inhumain, exultant, étranglé de triomphe. Mais après cela, le vertige du tourbillon qui l'arrachait de son corps brouilla tout... jusqu'à... jusqu'à ce que...

Bizarrement, ce fut une musique qui la ramena en arrière. Les cordes d'un luth chantant comme si la folie elle-même en tirait des accords sauvages. Le luth du bouffon nain résonnait d'une musique stridente qui la fit se réveiller, sortir du néant, se retrouver dans son propre corps écroulé dans l'humidité et les ténèbres où le coin dur de la cassette meurtrissait sa poitrine.

Et le tourbillon se... désenroula... d'autour d'elle. Les murs s'écartaient, elle n'avait plus l'impression d'être étroitement emprisonnée et l'odeur d'humidité et de pourriture se dissipa. En un éclair éblouissant de compréhension, elle serra la cassette poisseuse contre sa poitrine lorsque les murs s'évanouirent complètement et elle se redressa, les yeux papillotant dans le noir.

Le tourbillon faisait toujours rage autour d'elle, mais chose curieuse, il ne la touchait plus maintenant. Non, il y avait une chose extérieure... une force étrangère contre laquelle il luttait... une force qui... qui...

Elle se retrouva dans la grande salle obscure. Elle le savait confusément. Et la musique effrénée du luth résonnait, stridente, et d'une manière bizarre... elle voyait. Il faisait toujours noir... mais elle voyait. Car une sorte de luminescence naissait en cercle autour d'elle et à sa lueur spectrale, elle percevait... à peine par la vue... des visages qu'elle reconnaissait et qui tournaient autour d'elle en une large ronde. Une danse envoûtante qui tournait, tournait... Le visage flétri d'Alaric passa comme un éclair, reflétant l'exultation ; les yeux cerclés de blanc de Damara étincelèrent, aveugles dans le noir. Elle vit les deux garçons passer en tournoyant, leurs visages illuminés d'une lumière venue de l'enfer même. Il y eut un aboiement sauvage et l'un des lévriers passa en bondissant : ses yeux étincelaient d'une flamme d'outre-monde et sa langue pendait dans un rictus d'extase. Et la ronde folle tournait autour d'elle dans cette luminescence qui n'était guère qu'une lueur. Et toujours les cordes du luth faisaient entendre la musique la plus démente qui ait jamais résonné, et cette terrible joie sur tous ces visages — même chez les chiens — était plus effrayante encore que la menace d'Andred.

Andred... Andred... La puissance de sa force volcanique tourbillonnait au-dessus d'elle maintenant, avec une violence qui chassait ses cheveux roux contre ses joues et dans un mugissement d'orage où la musique du luth retentissait, stridente. Mais ce n'était plus le pouvoir démesuré qui l'avait engloutie. Car cette danse folle qui tournait, tournait dans le noir, accumulait une force croissante dont

Jirel avait plus ou moins nettement conscience, alors qu'elle était agenouillée là, la cassette visqueuse serrée dans ses bras. Elle avait la sensation que l'air lui-même vibrait d'une extrême tension. La ronde tournait en sens contraire de la puissance tourbillonnante d'Andred, et Andred faiblissait. Elle pouvait le sentir ralentir au-dessus d'elle dans les ténèbres. La musique retentissait toujours plus stridente par-dessus la tempête qui mollissait, et la joie effrayante des visages qui passaient en tournoyant devant elle lui disait pourquoi. D'une manière ou d'une autre, ils allaient vaincre. Quelque chose dans les accords démentiels du luth du nain, quelque chose dans le rythme de leur danse brisait la puissance d'Andred. Toujours blottie là, serrant la cassette sur sa poitrine à en avoir mal, Jirel la sentait faiblir.

Et pourtant... était-ce pour cette précieuse cassette qu'ils luttaient ? Aucun d'eux n'avait accordé un regard à la jeune femme accroupie, ni à ce qu'elle serrait si fort. Tous les visages étaient levés, tous les yeux étaient tournés, exultants, vers les ténèbres supérieures comme si la chose qui était Andred était visible et... et infiniment désirable. C'était de l'avidité qui mettait une joie si éclatante sur leurs visages.

Lorsque la danse se termina, elle en prit à peine conscience. Plongée dans une sorte d'hypnose par le tournoiement fou des danseurs, elle somnolait presque sur ses genoux ; elle sentait son cerveau tournoyer avec eux.... elle sentait ce mouvement ralentir autour d'elle, imperceptiblement.

Un grand souffle expirant vint alors des ténèbres, éteignant sa conscience des choses comme la flamme d'une chandelle.

Le jour qui se glissait à travers les meurtrières toucha les paupières closes de Jirel. Elle se réveilla péniblement et cligna des yeux dans la lumière. Tous les muscles, tous les os de son corps souple étaient endoloris, et les dalles froides étaient dures sous elle. Elle se redressa et chercha instinctivement à tâtons son poignard. Il gisait à peu de distance d'elle, taché de sang séché. Et la cassette... la cassette !...

La panique qui lui montait à la gorge se calma d'un coup lorsqu'elle vit le précieux objet, tout moisi, couché sur le côté près d'elle. Ce n'était qu'un petit coffret, aux ferrures rouillées, au cuir blanchâtre, rongé par deux siècles de moisissure, mais intact et qui n'avait pas été ouvert. Elle le ramassa, le secoua. Et elle entendit un très léger glissement à l'intérieur, un bruit et un poids comme ceux d'une poudre très fine se déplaçant doucement.

Un frémissement et un soupir lui firent relever la tête. Elle scruta autour d'elle les ombres de la salle. Les corps des danseurs de la nuit gisaient, étalés en un large cercle irrégulier. Morts ? Non, une lente respiration soulevait leurs poitrines et sur le visage le plus proche... c'était celui de Damara... se lisait une telle satiété que Jirel détourna les yeux de dégoût. Mais elle retrouva la même expression sur tous les visages. Elle avait des gaillards saouls après une nuit de ripaille et de boisson, mais ils ne portaient pas sur leurs visages la même satisfaction repue, presque obscène, que montraient maintenant les compagnons rassasiés d'Alaric.

Se souvenant du désir obscur qu'elle avait vu dans leurs yeux la nuit précédente, elle se demanda quel innommable appétit ils avaient assouvi dans le noir, après qu'elle eut perdu connaissance...

Des pas résonnèrent sur la pierre derrière elle. Elle se retourna en se soulevant sur un genou et en assurant plus fermement son poignard dans sa main. C'était Alaric, un peu vacillant sur ses pieds, qui la considérait d'un regard vague. Sa tunique écarlate était poussiéreuse et froissée comme s'il avait dormi toute la nuit sur les dalles. Il passa une main dans ses cheveux en désordre et la regarda de nouveau avec un effort visible pour concentrer son attention.

— Je vais vous faire amener votre cheval, dit-il. (Ses yeux se détournèrent d'elle avec indifférence tandis qu'il parlait.) Vous pouvez vous en aller maintenant.

Jirel resta ébahie, les lèvres entrouvertes d'étonnement sur ses dents blanches. Il ne la regardait plus, ses yeux s'étaient détournés et contemplaient fixement quelque délicieux souvenir intérieur qui effaçait jusqu'à l'existence de Jirel. Sur son visage, un air de satiété presque indécent détendait tous ses traits au point que même sa bouche en coup de sabre pendait mollement.

— M... mais... balbutia Jirel, en agrippant la cassette moisie pour laquelle elle avait risqué sa vie.

Avec impatience, il ramena un instant son regard sur elle pour dire négligemment :

— Oh... ça ! Emportez-la !

— Vous... vous savez ce que c'est ? Je croyais que vous vouliez...

Il haussa les épaules :

— Je n'aurais pas pu vous expliquer hier soir ce que je voulais... d'Andred. J'ai donc dit que c'était le trésor que nous cherchions... vous pouviez comprendre cela. Mais en ce qui concerne ce petit coffret pourri... je ne sais pas ce qu'il contient et cela m'est indifférent. J'ai eu... quelque chose de mieux..

Et ses yeux lourds de souvenirs glissèrent de nouveau pour échapper aux siens et se tourner avec béatitude vers le passé.

— Alors pourquoi m'avez-vous... sauvée ?

— Sauvée ? (Il éclata de rire :) Nous ne pensions nullement à vous ni à votre trésor en... faisant... ce que nous avons fait la nuit dernière. Vous avez rempli votre rôle... Vous pouvez vous en aller librement.

— Rempli quel rôle ?

Avec agacement, il sortit complètement de son rêve et dit :

— Vous avez fait ce pourquoi nous vous retenions...

Amener Andred en notre pouvoir. Ce fut une chance pour vous que les chiens aient senti ce qui se passait après que vous vous êtes échappée pour défier seule l'esprit d'Andred. Et une chance pour nous aussi. Je crois qu'Andred aurait pu ne pas revenir même pour s'emparer de vous, s'il avait senti notre présence. N'ayez aucun doute là-dessus... il avait peur de nous et pour de bonnes raisons.

Jirel le considéra un long moment, parcourue d'un frisson glacé, avant de dire d'une petite voix tremblante :

— Qui... êtes-vous ?

Et pendant un instant, elle espéra presque qu'il ne répondrait pas. Mais il sourit et la difformité s'accentua sur son visage.

— Un chasseur de l'outre-mort, dit-il doucement. Un buveur de cette force d'outre-mort quand je peux la trouver. Les miens et moi avons soif de cette force ténébreuse qu'engendrent les fantômes de ceux qui sont morts de mort violente, et nous voyageons parfois très loin entre... ces deux festins.

Ses yeux se détournèrent un instant de ceux de Jirel pour se repaître de visions du passé. La considérant toujours de ce regard vague, il murmura d'une voix qu'elle ne lui avait pas entendue auparavant :

— Je me demande si un homme qui ne l'a pas goûtée peut imaginer l'extase suprême de boire cette force d'outre-mort quand elle vient d'un fantôme puissant... d'un fantôme aussi puissant qu'Andred... Sentir cette puissance ténébreuse couler en vous à grandes gorgées quand vous l'aspirez... une soif qui vous donne de la force à mesure que vous buvez... sentir... les ténèbres... se répandre dans toutes vos veines, plus capiteuses qu'une liqueur, plus enivrantes... Etre ivre de cette force d'outre-mort... une joie presque insoutenable.

En le regardant, Jirel sentit un frémissement profond monter de sa poitrine et se répandre avec une force trépidante dans tous ses membres. Avec effort, elle détacha son regard de celui d'Alaric. Elle ne voulait plus voir, même en esprit et à travers les yeux et les paroles d'un autre, l'obscène extase sur laquelle s'appesantissait son regard intérieur. Elle se remit sur ses pieds, serra la cassette de cuir dans ses bras et détourna ses yeux des siens.

— Laissez-moi partir, alors, dit-elle d'une voix assourdie, obscurément gênée comme si elle avait regardé par inadvertance quelque chose d'innommable.

Alaric jeta un coup d'œil sur elle et sourit :

— Vous êtes libre de partir, dit-il, mais ne perdez pas votre temps à revenir avec vos hommes pour vous venger de ce que nous vous avons imposé. (Son sourire s'élargit au petit sursaut qu'elle ne put retenir car elle avait eu cette idée :) Rien ne nous retient plus maintenant à Hellsgarde. Nous en partirons aujourd'hui pour... une autre chasse. Encore une chose avant que vous ne vous en alliez : nous avons une dette envers vous pour avoir attiré Andred en notre pouvoir car je crois qu'il ne serait pas venu sans vous. Je vous donne un avertissement à emporter avec vous, Madame.

— Que voulez-vous dire ? (Le regard de Jirel effleura brièvement l'homme et se détourna de nouveau. Elle ne voulait plus le regarder dans les yeux si elle pouvait l'éviter :) Quel avertissement ?

— N'ouvrez pas la cassette que vous portez.

Et avant qu'elle eût pu reprendre son souffle, il lui avait souri et il s'éloigna en sifflant pour appeler ses hommes.

Autour d'elle, sur le sol, Jirel entendit un bruissement et des soupirs lorsque les dormeurs commencèrent à bouger. Elle resta immobile un moment encore et contempla d'un regard désorienté la petite cassette qu'elle tenait sous le bras, avant de suivre Alaric au grand air du dehors.

La nuit dernière était un souvenir et un cauchemar à oublier. Même les morts qui montaient toujours leur garde macabre devant la porte ne pouvaient plus troubler son triomphe.

Jirel repartit par la chaussée dans la lumière éclatante du matin, comme si elle chevauchait dans un mirage entre le bleu du ciel et celui des eaux. Derrière elle, le château de Hellsgarde n'était plus qu'une vision parmi les étangs miroitants du marais. Et tout en poursuivant sa route, elle se souvenait.

Le tourbillon de violence hors duquel elle avait arraché cette cassette la nuit dernière... la puissance épouvantable de la chose qui l'avait si longtemps gardée comme un trésor... Qu'y avait-il dedans ? Quelque chose qui avait un rapport avec... Andred ? Alaric pouvait ne pas le savoir, mais il l'avait deviné... Son avertissement résonnait encore à ses oreilles.

Elle continua un moment, le front plissé, mais bientôt un petit sourire mauvais rétrécit les lèvres rouges de la Dame suzeraine de Joiry. Eh bien... elle avait beaucoup souffert pour Guy de Garlot, mais elle pensait maintenant qu'elle ne casserait pas sa jolie figure trop souriante avec la poignée de son épée comme elle avait si voluptueusement rêvé de le faire. Non... elle aurait une meilleure vengeance...

Elle lui remettrait une petite cassette de cuir, cerclée de fer.

5

JIREL FACE A LA MAGIE

Sur le pont-levis de Guischard, la noble Dame guerrière de Joiry s'élança au galop, et brandissant son épée, elle cria d'une voix rauque sous son heaume. Le panache écarlate de son cimier ondulait au vent. Elle fonça droit sur les défenseurs massés devant la porte, et les bouscula, emportée par l'impétuosité même de sa charge ; le poids de son puissant destrier ouvrait une trouée pour ses hommes qui la suivaient de près. Pendant un instant, le tumulte fut indescriptible sous la voûte d'entrée, les hurlements des combattants, le cliquetis des armes contre les hauberts se mêlaient aux cris perçants des blessés. Jirel de Joiry était une machine de combat devant laquelle les hommes de Guischard reculaient dans un désordre sanglant. Elle virevoltait, frappait d'estoc et de taille, massacrait tout dans l'étroit passage de l'entrée et les sabots ferrés de son grand étalon étaient des armes aussi redoutables que son épée sifflante.

Dans son armure, elle était invincible pour les hommes à pied et le caparaçon de son cheval la protégeait de leurs piques vengeresses. A elle seule, elle aurait presque pu forcer l'entrée. Son impétuosité, son poids la jetèrent sur le groupe des défenseurs. Ils cédèrent devant le grand destrier et sa cavalière hurlante. L'épée sifflante de la guerrière et les sabots furieux de l'étalon frayèrent un chemin aux hommes de Jirel de Joiry. Enfin les hordes bardées de fer des vainqueurs se ruèrent dans la cour de Guischard.

Derrière la grille de son heaume, les yeux dorés de Jirel étincelaient d'une soif de sang et sa voix retentit, sauvage, sous la cage d'acier qui la retenait.

— Giraud ! Qu'on m'amène Giraud ! Une pièce d'or à l'homme qui m'amènera ce sorcier !

Elle attendit impatiemment dans la grande cour ; elle essayait de calmer son destrier surexcité en le faisant tourner à petits pas sur les dalles, incapable avec sa lourde armure de mettre seule pied à terre. Elle ne semblait pas se soucier des arbalétriers qui pouvaient se tapir derrière les meurtrières en haut des murs gris de Guischard. Un trait d'arbalète était la seule chose qu'elle eût à craindre sous sa cotte de mailles invulnérable.

Elle attendait avec une fébrilité croissante, figure formidable dans son armure sanglante, sa grande épée couchée en travers de sa selle. Sa voix pressante, âpre et irritée, retentissait sous son heaume.

— Giraud ! Dépêchez-vous, coquins ! Amenez-moi Giraud !

Il y avait tant d'impatience assoiffée de sang dans cette voix puissante et caverneuse que les hommes qui venaient de fouiller le château hésitaient en traversant la cour. Ils marchaient vers leur Dame, par deux ou trois, l'oreille basse, l'échec inscrit sur leur visage.

— Comment ! s'écria Jirel avec colère. Toi, Gilles ! M'as-tu amené Giraud ? Watkin ! Où est ce sorcier ? Répondez-moi, allons !

— Nous avons fouillé tout le château, Madame, dit l'un des hommes craintivement, lorsque la voix furieuse se tut. Le sorcier s'est enfui.

— Que Dieu me protège ! gémit la Dame de Joiry. Que Dieu vienne en aide à une pauvre femme servie par des imbéciles ! Avez-vous cherché parmi les cadavres ?

— Nous avons cherché partout, Dame Jirel. Giraud nous a échappé.

Jirel en appela de nouveau à Dieu d'une voix qui était en elle-même un blasphème.

— Aidez-moi donc à descendre de cheval, marauds d'enfer ! Je le trouverai moi-même. Il doit être ici !

Avec difficulté, ils la descendirent du cheval qui se dérobait. Il fallut deux hommes pour l'aider et un troisième pour maintenir le destrier. Tout le temps qu'ils bataillèrent avec les boucles et les courroies, elle les invectiva sourdement, tout en se libérant petit à petit de sa carapace d'acier. Elle jura avec la brutalité d'un soldat lorsque l'armure se détacha. Maintenant, elle se tenait droite, libre, sur les dalles ensanglantées : une jeune femme mince, élancée, fine comme une épée, la flamme de sa chevelure rousse rivalisant avec l'éclat de ses yeux dorés. Sous l'armure, elle portait une cotte de mailles venue de Terre sainte, presque aussi souple et légère que la soie, et une tunique de daim pour protéger la blancheur laiteuse de sa peau.

La noble Dame guerrière de Joiry était la créature la plus follement paradoxale, brûlante comme un charbon ardent et froide comme l'acier, corps de satin et âme de fer. Si le dessin de son menton était vigoureux, sa bouche trahissait une tendresse qu'elle n'aurait avouée à aucun prix. Mais pour le moment, elle était furieuse.

— Suivez-moi, à présent, idiots ! s'écria-t-elle. Je trouverai ce sorcier maudit de Dieu et je lui fendrai le crâne avec cette épée, même si je dois y consacrer ma vie ! Je le jure ! Je lui apprendrai ce que cela coûte de tendre une embuscade aux hommes de Joiry. Par le ciel, il paiera de sa vie mes dix compagnons tombés au Gué de Massy la semaine dernière. L'immonde jeteur de sorts ! Il saura ce que cela signifie de défier Joiry !

Avec des menaces et des jurons, elle traversa la cour à grands pas ; ses hommes marchaient à contrecœur sur ses talons et levaient des regards inquiets vers les tours grises de Guischard. Il avait toujours eu mauvaise réputation, le sombre château de Giraud le sorcier, c'était un endroit où se passaient des choses bizarres, où nul n'entrait sans invitation et d'où aucun prisonnier ne s'était jamais échappé. Des hurlements de torture avaient souvent traversé ses murs. Les hommes de Jirel l'auraient suivie sans murmurer à travers les flammes de l'enfer, mais ils avaient donné l'assaut à Guischard avec la peur au ventre et sans espoir de vaincre.

Elle seule semblait ne pas redouter l'inquiétant sorcier. Peut-être était-ce qu'elle avait connu des choses si épouvantables que les pires périls n'avaient plus prise sur elle. Des rumeurs couraient à Joiry sur sa Dame et sur les choses qui s'étaient déroulées, auxquelles nul homme n'osait penser. Mais lorsque Guischard tomba et que les défenseurs du sorcier s'enfuirent devant le puissant destrier de Jirel et la ruée des hommes de Joiry, ceux-ci reprirent courage, pensant que les bruits sinistres qui couraient sur Giraud n'étaient peut-être que racontars ; son château était tombé comme n'importe quel château d'un seigneur ordinaire. Cependant, maintenant... Il y eut de nouveau des chuchotements, des regards inquiets, et les hommes se tassèrent les uns contre les autres en entrant dans Guischard sur les pas pressés de leur Dame. Un château d'où un sorcier pouvait s'échapper comme s'il s'évaporait dans l'air, alors que toutes les issues étaient gardées, devait être un lieu hanté qu'il aurait mieux valu brûler et oublier. Ils suivaient Jirel avec réticence, un peu honteux mais apeurés.

Dans le cœur tumultueux de Jirel, il n'y avait nulle place pour la peur quand elle s'élança dans l'obscurité du passage voûté menant à la grande salle centrale de Guischard. Elle s'arrêta sur le seuil, ardente d'impatience ; d'un coup d'œil, elle parcourut la salle jonchée de cadavres, à la recherche de quelque indice qui expliquât comment sa proie avait disparu.

— Il ne peut pas s'être échappé, dit-elle avec confiance. Il n'y a aucune issue. Il doit être *ici*, quelque part.

Et elle entra dans la salle et retourna d'un pied insouciant les corps près desquels elle passait, pour s'assurer que la mort ne l'avait pas privée de sa vengeance.

Une heure plus tard, alors qu'ils fouillaient la dernière tour, elle se disait encore que le sorcier ne pouvait s'être enfui à son insu. Elle avait pris des précautions spéciales. Il y avait un passage secret vers la rivière, mais elle l'avait fait garder. Et une issue s'ouvrait sous l'eau, dans la douve ; mais il n'aurait pu s'en aller par ce chemin sans rencontrer ses hommes. Secrets ou non, elle avait découvert tous les passages et avait posté une garde à chacun d'entre eux. Giraud n'avait pu quitter le château par aucune porte qui donnât sur l'extérieur. Elle monta les marches de la dernière tour, découragée, sa confiance ébranlée.

Une porte de chêne, barrée de fer, fermait le haut de l'escalier. Jirel recula tandis que ses hommes soulevaient les lourdes traverses et l'ouvraient pour elle. La porte n'avait pas été barrée de l'intérieur, et Jirel entra dans une petite pièce ronde : son espoir s'évanouit complètement quand elle vit que celle-ci aussi était vide, à part le corps d'un page qui gisait sur le sol nu. Une mare de sang se coagulait autour de lui. Cependant, Jirel vit une chose qui réveilla son espoir défaillant. Des pieds avaient marché dans ce sang, non pas les pieds chaussés de fer d'un homme d'armes, mais des chaussons de tissu, tels que seul Giraud en aurait porté au moment où le château était assiégé et allait tomber, et où tous devaient combattre. Ces traces sanglantes menaient droit à travers la pièce vers le mur, et du mur... à une fenêtre.

Jirel ouvrit de grands yeux. Pour elle, une fenêtre était une fente étroite, profondément enfoncée dans la muraille épaisse, destinée à l'envoi de flèches, et toujours ouverte sauf par temps très froid. Mais cette fenêtre-ci était large et basse. Au lieu de la peau de bête habituelle servant de rideau, une tenture de velours pourpre avait été tirée, découvrant des volets sculptés dans une sorte d'ivoire (s'il avait existé un animal assez énorme pour fournir des plaques pures et blanches aussi grandes). Les volets étaient légèrement entrebâillés et Jirel y vit la trace de doigts ensanglantés.

Avec un cri de triomphe, elle bondit en avant. C'était donc là, la voie secrète par laquelle Giraud était parti. Elle ne pouvait imaginer ce qui se trouvait au delà de cette fenêtre. Peut-être un passage insoupçonné ou une pièce dérobée. Exultante, elle écarta largement les volets d'ivoire.

Derrière elle, ses hommes sursautèrent. Elle ne les entendit pas. Figée, elle regarda avec des yeux incrédules. Car ces portes d'ivoire ne s'étaient ouvertes ni sur une sombre cachette de pierre ni sur un souterrain secret. Elles ne montraient même pas le ciel de l'après-midi ni ne laissaient entendre les cris de ses hommes maîtrisant les derniers défenseurs, en bas, dans la cour. Au lieu de cela, Jirel contemplait un paysage de forêts verdoyantes sur lequel planait un jour mauve comme elle n'en avait jamais vu auparavant. Paralysée de stupéfaction, elle abaissa son regard et, au lieu des pavés sanglants de la cour loin au-dessous d'elle, elle vit un tapis de mousse. Et sur cette mouse elle distingua la marque de pieds souillés de sang. Cette fenêtre devait être magique, s'ouvrir sur des pays étranges, mais par ce chemin était parti l'homme qu'elle avait juré de tuer, et là où il s'était enfui, elle devait le suivre.

Elle leva les yeux et scruta de nouveau l'ombre sous les arbres. Le pays était plus ravissant que tout ce qu'elle avait vu, même dans ses rêves ; si ravissant qu'elle avait le cœur saisi par cet enchantement surnaturel... un pays boisé, verdoyant, songeur dans la quiétude du jour mauve. Il y avait là une promesse de paix et d'oubli, de repos. Soudain, le monde brutal qui s'agitait derrière elle, empli de clameurs et de bruits, sembla lointain et figé. Elle avança et posa sa main sur les volets d'ivoire, le regard fixe.

Le piétinement de ses hommes effrayés sortit Jirel de cet enchantement. Elle se retourna. La magie rêveuse du pays sylvestre relâcha son emprise lorsqu'elle fit de nouveau face à ses hommes, mais son souvenir persistait. Elle secoua un peu sa chevelure rousse, croisa leurs yeux apeurés. Elle fit un signe de tête vers la fenêtre ouverte.

— Giraud est sorti par là, dit-elle. Donne-moi ton poignard, Gilles. L'épée est trop lourde pour la porter au loin.

— Mais Madame... Dame Jirel... chère Dame... vous ne pouvez pas aller là-bas... Que saint Gildas nous protège ! Dame Jirel !

La voix tranchante de Jirel mit fin au brouhaha des protestations.

— Ton poignard, Gilles. J'ai juré de tuer Giraud et je le tuerai, en quelque pays qu'il se cache, Gilles !

Un homme d'armes avança, d'un pas traînant, le visage détourné, et lui remit son poignard. Elle lui donna l'épée qu'elle portait et passa le couteau à longue lame dans sa ceinture. Elle se tourna vers la fenêtre. Le pays boisé attendait, vert, frais, ravissant. En passant une jambe par-dessus l'appui de la fenêtre, elle pensa qu'elle aurait exploré cette sérénité mauve, même si son serment ne l'y avait poussée, car ce lieu avait un charme qui l'attirait irrésistiblement. Elle passa l'autre jambe et sauta avec légèreté. Le sol moussu la reçut sans heurt.

Pendant quelques instants, Jirel resta immobile à guetter et à écouter. Des oiseaux trillaient leurs chants par intermittence autour d'elle, et une brise remuait les feuilles. Lorsque le vent souffla, elle crut entendre au loin les échos d'une musique, et il y avait quelque chose de subtilement obsédant dans la simple mélodie qui semblait monter et descendre indéfiniment sur deux notes. Elle fut soulagée lorsque le vent se calma et que cette musique aiguë ne résonna plus à ses oreilles.

Il lui vint à l'esprit que, avant de s'aventurer plus loin, elle devait marquer la fenêtre par laquelle elle était passée et elle se retourna avec curiosité pour savoir ce qu'il y avait de l'autre côté. Ce qu'elle vit fit passer en elle un inexplicable frisson. Derrière elle se trouvait un amas de ruines couvertes de mousse, et tombant en poussière. Le feu avait noirci les pierres en des temps lointains. Cela avait dû être un château, car les formes originelles n'en étaient pas encore tout à fait effacées. Seul un mur bas restait debout, et là s'ouvrait la fenêtre par laquelle elle était passée. Il y avait quelque chose de familier, de troublant dans les formes de ces ruines croulantes, et elle s'en détourna avec un vague malaise sans bien comprendre pourquoi. Un petit sentier s'en allait en serpentant sous les arbres aux branches basses ; elle le suivit lentement, les yeux attentifs à toute trace du passage de Giraud. Le jour mauve était calme et doux autour d'elle.

Elle marchait depuis de longues minutes dans ce silence hanté d'oiseaux au chant bizarre lorsqu'elle décela le premier indice discordant dans cette ambiance de paix parfaite. Portée par une brise vagabonde, une odeur de bois brûlé parvenait à ses narines. Quand elle eut dépassé un tournant du sentier, elle vit d'où provenait cette odeur. Un arbre était couché en travers du chemin en un fouillis frémissant de branches et de feuilles.

Elle n'avait fait que quelques pas lorsqu'un bruit de sanglots parvint à ses oreilles. C'était le halètement d'une respiration étranglée. Elle avait trop souvent entendu de tels bruits pour ne pas savoir qu'elle approchait d'un agonisant. Elle posa la main sur la garde de son poignard, et avança doucement.

Le tronc de l'arbre avait été coupé comme par un jet de flamme, et il fumait encore. Plus loin, se déroulait une scène bizarre ; Jirel s'arrêta net et regarda à travers le feuillage.

Sur la mousse gisait une jeune fille nue, le visage enfoui dans les mains. On ne pouvait se tromper sur ce râle de mort, sur cette respiration défaillante, bien que le corps ne portât aucune blessure. Ses cheveux d'un étrange vert doré étaient répandus sur son corps blanc et nu ; à la fragilité et la minceur de celui-ci, Jirel comprit qu'elle n'était pas entièrement humaine.

Près de la jeune mourante se dressait une femme de haute taille. Et celle-ci attira comme un aimant le regard fasciné de Jirel. Elle avait des formes généreuses, des yeux somnolents. Sa chevelure noire et lisse enserrait sa tête, et sa peau ressemblait à un somptueux satin, mat et laiteux. Une robe violette l'enveloppait négligemment, découvrant une épaule ronde et les deux bras, et la ceinture était un serpent de verre pourpre. Il aurait pu être taillé dans quelque énorme pierre précieuse, n'eussent été sa taille et sa limpidité absolue. Les pieds de la femme étaient nus dans des sandales d'argent. Mais c'était son visage qui retint le regard doré de Jirel.

Les yeux somnolents sous les lourdes paupières étaient pourpres comme des escarboucles et la bouche cramoisie se courbait en un sourire si odieux que la fureur monta au cœur de Jirel. Ce nonchalant regard pourpre considérait, indifférent, la jeune fille agonisante sur la mousse. Et la femme parlait d'une voix de velours, trop riche, trop profonde :

— ... ni n'importe qui d'autre du peuple des dryades ne se permettra de pratiquer une magie interdite dans mes forêts avant un long, un très long temps. Ton sort sera un exemple terrible pour les tiens, Irsla. Tu as trop d'audace. Nul ne défie jamais Jarisme sans mourir. Ecoute-moi, Irsla !

La respiration hoquetante avait faibli tandis que la femme parlait, comme si la vie s'échappait rapidement de la dryade étendue sur la mousse. Le bras de Jarisme se leva et un trait de feu livide jaillit de sa main tendue et frappa le corps blanc gisant à ses pieds. La jeune Irsla sursauta comme rappelée à la vie sous le choc.

— Ecoute-moi jusqu'au bout, dryade ! Que ta fin soit un avertissement pour...

La respiration ranimée de la jeune fille ralentit de nouveau quand l'éclair blanc la quitta ; de nouveau la main de la femme se leva et de nouveau le trait de lumière frappa. Protégeant son visage de ses mains, la dryade supplia, pantelante.

— Pitié, oh, pitié, Jarisme ! Laisse-moi mourir !

— Quand j'aurai fini. Pas avant. A moi de décider de la vie et de la mort, et je n'en ai pas encore terminé avec toi. Cette magie volée...

Elle s'arrêta, car Irsla était retombée sur la mousse, respirant à peine. Quand la main de Jarisme se leva une troisième fois pour lancer un éclair, Jirel bondit en avant. C'était un peu par haine instinctive de la femme aux yeux lourds, un peu par révolte devant ce jeu du chat et de la souris avec une jeune mourante. Elle écarta les branches, le bras tendu devant elle, et lança de sa voix forte et claire :

— Assez, femme ! Laissez-la mourir en paix.

Lentement, les yeux pourpres de Jarisme se levèrent. Ils croisèrent le regard doré et brûlant de colère de Jirel. Il y eut un choc presque physique dans cette première rencontre de leurs regards et la haine jaillit entre elles instantanément, comme l'éclair de deux épées... La haine spontanée de deux ennemies nées, irréductiblement hostiles. Chacune se raidit comme font les chats avant le combat. Mais Jirel crut voir dans le regard pourpre, derrière cette fureur naissante, une crainte sourde, une inexprimable incertitude.

— Qui êtes-vous ? demanda Jarisme, d'une voix très douce, très menaçante.

— Jirel de Joiry. Je cherche le sorcier Giraud qui s'est enfui ici, devant moi. Cessez de tourmenter cette malheureuse fille, et dites-moi où le trouver. Je vous en récompenserai largement.

Sa voix était impérieuse, et en réponse, derrière les paupières lourdes de Jarisme, une lueur de colère s'alluma, effaçant presque cette vague inquiétude.

— Vous ne me connaissez pas, répondit-elle d'un ton doucereux. Je suis la sorcière Jarisme, et la souveraine de tout ce pays. Croyez-vous donc pouvoir m'acheter, femme de la Terre ?

Jirel lui adressa son sourire le plus suave, le plus empoisonné.

— Vous me pardonnerez, susurra-t-elle. Au premier regard, je n'avais pas pensé que votre prix pourrait être élevé...

Une malice sournoise avait inspiré ces paroles, et Jirel les regretta dès qu'elles quittèrent ses lèvres, car elle savait que le mépris flamboyant dans les yeux de Jarisme était justifié. La sorcière eut un geste dédaigneux pour la congédier.

— Je ne perdrai pas davantage mon temps ici, dit-elle. Retournez à vos petits domaines, Jirel de Joiry, et ne me provoquez pas davantage.

Son regard pourpre effleura la dryade immobile à ses pieds, puis croisa les yeux ardents de Jirel. Elle glissa une de ses mains derrière elle, d'un geste étrange, comme si elle cherchait le loquet d'une porte dans le vide. Puis une onde de chaleur fit danser l'air autour d'elle, et en un instant, elle disparut.

Jirel cligna des paupières. Ses oreilles l'avaient trompée tout autant que ses yeux, car lorsque la sorcière avait disparu, une porte s'était fermée doucement quelque part. Pourtant, si intensément qu'elle regardât, la verte clairière était vide, l'air, mauve et transparent. Pas de Jarisme et nulle porte. Jirel haussa les épaules après un moment de trouble. Elle avait déjà affronté la magie.

Il y eut un léger bruit du côté de la jeune fille qui respirait à peine. Jirel l'entendit et se mit à genoux sur la mousse près de la dryade mourante. Celle-ci ne portait aucune blessure, mais Jirel sentit que sa mort n'était plus qu'une question d'instants. Elle se souvint que, selon la légende, une nymphe des bois ne survivait pas à la mort de son arbre. Doucement, elle retourna la jeune fille, et se demanda si quelque secours pouvait encore lui être apporté.

Au contact de ces mains douces, les paupières de la dryade frémirent et s'ouvrirent. Des yeux marron et limpides se levèrent sur Jirel, des yeux aux reflets verts dans leurs profondeurs comme ceux des feuilles dans l'étang des forêts.

— Je vous remercie, balbutia la jeune fille dans un murmure à peine perceptible. Mais retournez maintenant chez vous — avant que la colère de Jarisme ne vous tue.

Jirel secoua sa tête rousse avec entêtement.

— Je dois d'abord retrouver Giraud et le tuer, comme j'en ai fait le serment. Mais je peux attendre. Puis-je faire quelque chose pour vous ?

Les yeux aux reflets verts scrutèrent les siens pendant un moment. La dryade dut y lire une ferme résolution, car elle hocha légèrement la tête.

— Je dois mourir — avec mon arbre. Mais si vous êtes décidée, écoutez-moi. J'ai envers vous... une dette. Un talisman est tressé dans mes cheveux. Quand je... serai morte... prenez-le. C'est la marque de Jarisme. Tous ses sujets la portent. Elle vous guidera vers elle... et vers Giraud. Il est toujours près d'elle. Je le sais. Je pense que c'est sa colère contre vous... qui lui a fait oublier de me la reprendre... après m'avoir frappée à mort. Mais pourquoi ne vous a-t-elle pas tuée ?... Je ne sais pas. Jarisme est prompte... à tuer. Qu'importe !... Ecoutez maintenant : si vous voulez tuer Giraud, vous devrez prendre un risque que nul ici... n'a jamais pris... Brisez ce talisman... aux pieds de Jarisme. Je ne sais pas ce qui se produira alors. Quelque chose de terrible. Cela libérera des forces — qu'elle-même ne peut maîtriser. Cela peut vous détruire vous aussi. Mais... c'est... une chance. Puissiez-vous en avoir... beaucoup...

La voix défaillante faiblit. Jirel baissa la tête, et n'entendit plus que des murmures insaisissables qui s'éteignirent bientôt. La tête à la chevelure d'or vert retomba soudain sur le bras qui la soutenait. A travers la forêt, tout autour d'elle, passa une longue plainte frissonnante, comme si une brise intangible faisait frémir les arbres. Pourtant les feuilles ne remuèrent pas.

Jirel se pencha et baisa le front de la dryade, puis la coucha très doucement sur la mousse. Ce faisant, sa main toucha quelque chose de pointu et de dur dans la masse des cheveux étrangement colorés. Elle se souvint du talisman. Il lui picota la main lorsqu'elle le retira : c'était un curieux petit cristal aux arêtes aiguës qui étincelait d'une vie étrange, née de la flamme qui brûlait en lui.

Elle se redressa, et laissa la dryade morte, allongée sur la mousse qui semblait pour son corps une couche parfaite ; l'éclat intérieur, qui jaillissait à travers le cristal en un faisceau triangulaire, dirigeait sa pointe en avant et vers la droite. Irsla avait dit qu'il la guiderait. Elle essaya de tourner la main vers la gauche. Oui, la lumière vibrante se déplaçait dans le cristal, et pointait toujours vers la droite, en direction de Jarisme.

Après un dernier regard à la dryade, elle reprit le sentier, tandis que le petit objet magique vibrait dans sa main. Tout en marchant, elle se posait des questions. La haine violente qui avait éclaté instinctivement entre elle et la sorcière était assez puissante pour chasser toute trace de crainte de son esprit, et elle se souvenait de cette nuance d'hésitation dans le regard pourpre et haineux. Pourquoi ? Pourquoi n'avait-elle pas été tuée comme Irsla pour avoir défié la souveraine de cet étrange pays ?

Un instant, elle avança d'un pas régulier et sans inquiétude sous les arbres. Puis brusquement la forêt s'interrompit et une large prairie s'étendit devant elle, verte dans le jour mauve et transparent. Au delà de la prairie, s'élevait la forme élancée d'une tour d'une blancheur éblouissante, et c'était vers elle que pointait fermement le talisman magique.

Très loin, lorsque le vent souffla, elle crut encore entendre les échos monotones d'une mélodie si stridente qu'elle lui perçait les tympans.

Elle avança à travers la prairie. Dans le lointain, elle pouvait distinguer des montagnes pourpres, comme des nuages bas sur l'horizon, et çà et là, plus ou moins éloignés, des bouquets d'arbres qui se dressaient au milieu des prairies. Elle avançait plus rapidement maintenant, car elle était sûre que Jarisme était dans la tour blanche et, avec elle, Giraud. Elle devait marcher plus vite qu'elle ne croyait car la tour éblouissante se rapprochait à une allure quasi magique.

Elle pouvait voir l'arceau de la porte d'un violet bleuâtre à l'intérieur. Le haut de la tour était crénelé, et elle aperçut des taches de couleur entre les dentelures de pierre, comme si des fleurs étaient massées là et débordaient sur la blancheur de la tour. La musique monotone revint, plus forte et beaucoup plus proche. Le cœur de Jirel se serra un peu tandis qu'elle avançait ; elle se demandait quelle genre de sorcière était Jarisme, quels dangers la guettaient sur le chemin de l'accomplissement de son serment. Maintenant la tour blanche se dressait au-dessus d'elle, et tandis qu'elle franchissait le petit espace qui la séparait de la porte, elle scruta l'intérieur d'un regard incertain. Tout n'était qu'obscurité et brume violette.

Elle posa la main sur son poignard, prit une profonde respiration et entra hardiment sous la voûte. A l'instant où ses pieds quittèrent la terre ferme, elle vit que cette brume violette emplissait l'intérieur de la tour et qu'il n'y avait pas de plancher. Le vide l'engouffra et toute réalité cessa.

Elle tombait à travers des nuages de néant violet mais elle n'eut pas su dire en quelle direction. Vers le haut, le bas ou en oblique dans l'espace ? Elle eut un moment de vertige et de mouvement impétueux ; puis le vide étourdissant se dissipa d'un coup et elle se retrouva debout, suffoquée de surprise, sur la terrasse de la tour de Jarisme.

Elle sut où elle était grâce aux créneaux blancs qui l'entouraient, bordés d'étranges fleurs aux couleurs sourdes. Au centre de la terrasse dallée de marbre, une couche basse, garnie de coussins d'un jaune éclatant, se dressait au milieu d'un amoncellement de fourrures. Deux personnages y étaient assis côte à côte. L'un était Giraud. En robe noire, le visage sombre, il fixait Jirel avec une lueur d'inquiétude dans ses petits yeux sans éclat. Il garda le silence.

Jirel détourna son regard, à peine consciente de sa présence. Car Jarisme tenait dans ses mains une longue flûte d'argent. Jirel comprit que l'étrange et obsédante musique était sortie de cet instrument, car elle ne résonnait plus à ses oreilles. Jarisme, sa flûte à demi levée, contemplait Jirel d'un regard pourpre à la fois songeur et un peu anxieux, mais aussi plein de colère.

— Ainsi, dit-elle de sa voix lente et profonde, vous me défiez pour la seconde fois.

A ces mots, Giraud tourna brusquement la tête et scruta le profil impassible de la sorcière. Elle ne lui rendit pas son regard et au bout d'un instant, il se retourna vivement vers Jirel et, dans ses yeux aussi, elle vit une sorte d'appréhension, de respect effaré. Cela la déconcerta et elle n'aimait pas être déconcertée.

— Oui, si vous voulez, dit-elle, le souffle un peu court. Livrez-moi cet apothicaire qui se tient à vos côtés et renvoyez-moi hors de cette tour truquée. Je suis venue ici pour tuer votre jeteur de sorts favori. Je dois le punir des scélératesses qu'il a commises dans mon propre monde avant de fuir lâchement.

Ses paroles impétueuses retentirent dans l'air comme les échos d'un gong. Pendant un moment, personne ne parla. Jarisme sourit plus subtilement encore, un sourire lent, insolent, qui donna envie à Jirel d'enfoncer son poignard dans la gorge pleine et blanche de la sorcière. Enfin, elle parla, d'une voix de velours, chaude et profonde.

— Voilà un langage violent, guerrière ! Imaginez-vous vraiment que vos petites querelles terrestres importent à Jarisme ?

— Ce qui importe à Jarisme m'importe peu à moi ! répliqua Jirel dédaigneusement. Tout ce que je veux, c'est ce pleutre-là que j'ai juré de tuer.

Le sourire lent de Jarisme était exaspérant.

— Vous exigez cela de moi... Jarisme ? demanda-t-elle un peu incrédule. Seuls les fous m'offensent, femme, et ils ne le font qu'une fois. Nul ne me donne des ordres. Il vous faudra apprendre cela.

Jirel eut un mince sourire.

— A quel prix, alors, estimez-vous votre cher roquet ?

Giraud se redressa à demi. A cette dernière insulte, son visage tourmenté s'assombrit encore de colère. Jarisme le repoussa d'une main nonchalante.

— Laissez, c'est une affaire entre votre... amie... et moi, dit-elle. Je ne crois pas, soldate — ce mot était la plus mortelle des insultes — qu'aucun prix ne m'intéresserait.

— Et pourtant, peu de chose suffit à vous intéresser !

Jirel lança un coup d'œil méprisant sur Giraud, qui tressaillait nerveusement sous la main de la femme qui le retenait. Le teint blanc et nacré de Jarisme s'empourpra. Sa voix se fit plus âpre :

— Ne me provoquez pas trop, terrienne.

Les yeux dorés de Jirel la défièrent.

— Je n'ai pas peur.

Le regard pourpre de la sorcière s'attarda sur elle. Lorsque Jarisme parla de nouveau, une nuance d'admiration atténuait malgré elle le dédain de sa voix.

— Non... vous n'avez pas peur. Et vous êtes folle de ne pas avoir peur. Les fous m'ennuient, Jirel de Joiry.

Elle posa la flûte sur ses genoux et leva nonchalamment une main dépourvue de bijou. La colère luisait maintenant dans ses yeux et effaçait toute trace de crainte. Mais Giraud saisit la main qui se levait, se pencha, et chuchota à son oreille. Jirel saisit une partie de ce qu'il disait : « ... ce qui arrive à ceux qui jouent avec leur propre destin... » Elle vit la colère disparaître du visage de la sorcière, faisant place à l'inquiétude. Jarisme lança à Jirel un regard dur et leva ses superbes épaules.

— Oui, dit-elle très bas. Oui, Giraud. C'est plus sage. (Et à Jirel :) Vis donc, terrienne. Retrouve ton chemin vers ton pays si tu peux, mais je t'avertis, ne m'importune pas de nouveau. Je ne retiendrai pas ma main si jamais nos chemins se croisent encore.

Elle frappa sèchement l'une contre l'autre ses paumes douces et blanches. A ce bruit, la terrasse, le ciel mauve et les fleurs qui bordaient les parapets tournoyèrent autour de Jirel dans une étourdissante confusion. Dans le lointain, elle entendit encore le claquement de mains péremptoire, mais il lui sembla que les grandes fleurs aux couleurs sourdes subissaient une inexplicable transformation. Elles frissonnaient, s'étalaient, et s'élançaient des bords de la tour, pour former une voûte au-dessus de sa tête. Ses pieds foulaient un sol moussu, avec le doux parfum terrestre d'un jardin de roses autour d'elle. Les paupières battantes, elle regarda les alentours tandis que le monde, lentement, se stabilisait.

Elle n'était plus sur la terrasse. Aussi loin qu'elle pût voir entre leurs tiges entremêlées, de grandes plantes fleuries se dressaient dans le crépuscule d'une forêt enchantée. Elle était tout enveloppée par la verdure, comme si elle était sous l'eau, car la lumière mauve qui filtrait à travers les feuilles se diffusait et se fondait en un clair-obscur aquatique. D'un pas incertain, elle se fraya un chemin à tâtons, et regardait autour d'elle pour voir quelle sorte de prodige l'avait enserrée.

C'était un berceau de verdure dans un pays féerique. Elle était arrivée dans un jardin tropical planté de grandes fleurs aux couleurs sourdes. Il y régnait un silence de jungle. Dans la lumière diffuse, les fleurs dodelinaient et somnolaient parmi leurs feuilles. Leur parfum était accablant. Jirel continuait d'avancer lentement, sur la mousse, sans faire de bruit. Comme dans un songe, elle poursuivait son chemin parmi les fleurs. Au milieu de cette étrange transe embaumée, elle ne sut jamais si elle avait réellement vu ce mouvement parmi les feuilles ; mais en regardant de plus près, elle distingua un énorme, un incroyable serpent d'une transparence violette, une réplique géante du serpent qui ceignait la taille de Jarisme. Celui-ci était miraculeusement souple et onduleux. Sans bruit il se frayait un chemin parmi les fleurs et fixait Jirel de ses yeux pourpres et impassibles.

Tandis qu'il rampait à côté d'elle, elle eut d'autres visions étranges. Elle ne put jamais se souvenir au juste de ce qu'elles étaient, ni pourquoi elle trouvait des traits connus aux petits visages moqueurs qui la lorgnaient avec curiosité dans les fleurs ; ni pourquoi elle croyait à moitié les choses folles, invraisemblables qu'ils lui chuchotaient, frôlant de leurs lèvres rieuses ses oreilles par-dessus les fleurs.

Les branches commençaient enfin à s'éclaircir quand elle approcha de la forêt enchantée. A peine consciente du grand serpent transparent, semblable à un joyau vivant, qui rampait silencieusement près d'elle, elle marchait lentement, l'esprit vaguement troublé par ces petites voix joyeuses. Lorsqu'elle arriva à l'orée de la jungle ombreuse et sortit dans la clarté du jour, elle s'arrêta, comme éblouie.

Elle retrouva enfin une plus claire conscience des choses. Elle secoua sa tête rousse encore étourdie et jeta un coup d'œil autour d'elle, s'attendant presque, en dépit de sa lucidité retrouvée, à voir le grand serpent ramper dans l'herbe. Mais il n'y avait rien. Bien entendu, elle avait rêvé. Bien entendu, ces petites voix rieuses ne lui avaient pas dit que... que... elle essayait de rattraper les bribes de souvenir qui s'enfuyaient, mais ne retrouva rien. Avec un petit rire de regret, elle en chassa les restes épars et regarda autour d'elle pour voir où elle était.

Elle se trouvait sur la crête d'une petite hauteur. Au-dessous d'elle, la jungle embaumée de fleurs ondulait, petit massif de verdure enchantée qui couvrait les flancs de la colline. Au delà, les prairies vertes s'étendaient jusqu'à la ligne lointaine d'une forêt qui était sans doute celle où elle avait rencontré Jarisme pour la première fois. Mais la tour blanche avait disparu. A la place, l'herbe verte s'étalait sans discontinuité sous la clarté mauve du ciel.

Tandis qu'elle promenait un regard désorienté autour d'elle, elle sentit un léger picotement sur sa paume. Elle baissa les yeux, et se souvint du talisman qu'elle serrait dans sa main. Le rayon tremblant jaillissait en une longue pointe dirigée derrière elle. Elle se retourna. Elle était au pied des montagnes pourpres qu'elle avait aperçues de la lisière des bois et qui se dressaient au-dessus d'elle, hautes et chatoyantes. A peine distincte dans les ondes de chaleur qui dansaient sur les hauteurs, apparut la tour.

Jirel étouffa un gémissement. Ces cimes étaient escarpées et rocheuses. Il n'y avait rien à faire. Elle devait monter. Elle marmonna un juron de soldat et se dirigea d'un pas lent vers les pentes abruptes. Elles étaient rocailleuses et coupées de profondes ravines. Une chaleur violette s'élevait des rochers miroitants, et de minuscules créatures aux couleurs vives s'enfuyaient avant elle : lézards orangés, scorpions rouge corail et petits serpents semblables à des joyaux bleus étincelants.

Il lui sembla, tandis qu'elle se hissait en trébuchant parmi les pierrailles, que la tour montait aussi. Maintes et maintes fois, elle s'en approchait, et maintes et maintes fois, lorsqu'elle levait les yeux après une épuisante escalade dans les ravins profonds, sa blancheur papillotante et moqueuse scintillait plus haut encore, inaccessible sur quelque pic éloigné. Cette vision avait le flou de l'irréalité, et si le talisman qui guidait Jirel n'avait pointé fermement vers le haut, elle aurait cru à une illusion destinée à l'égarer.

Après ce qui lui parut des heures de lutte, arriva le moment où, en levant son regard, elle vit la tour se dresser sur le plus haut pic, blanche comme neige dans le ciel clair et mauve. Elle ne bougeait plus. Jirel reprit alors courage : elle semblait enfin approcher. Chaque pas, laborieusement, la portait plus près de cette tour éclatante de blancheur, perchée sur la plus haute cime de la montagne.

Elle s'arrêta au bout d'un moment, leva les yeux

et essuya sur son front la sueur qui collait ses boucles rousses. Elle se tenait immobile lorsque quelque chose remua entre les pierres et, surgissant de derrière un rocher, une longue créature féline sortit furtivement. Elle ne ressemblait à aucune bête que Jirel eût jamais vue. Sa robe luisante était fabuleusement dorée, marquée de dessins étranges d'un or plus sombre, et sur ses lourdes mâchoires se recourbaient deux crocs plus blancs que l'ivoire. Avec une grâce extraordinairement fluide, l'animal descendit lentement le ravin vers la visiteuse.

Le cœur de Jirel se serra. Elle se trouva le poignard à la main, sans savoir comment, et sans aucun souvenir de l'avoir tiré de sa gaine. Le regard fixé sur le magnifique et terrible félin, elle essayait de comprendre ce que ses yeux avaient de familier. Ils étaient pourpres et luisaient comme des joyaux. Peu à peu elle comprit. Elle avait déjà rencontré ce regard pourpre, insolent sous les paupières lourdes. Les yeux de Jarisme. Oui, le serpent de son rêve l'avait épiée du même regard pourpre. Jarisme ?

Elle serra étroitement le cristal dans sa main. Elle savait qu'elle devait cacher à la sorcière sa seule arme puissante, en attendant que vienne le moment de la retourner contre celle qui l'avait créée. Elle toucha son poignard de façon que la lumière étincelle sur la lame. Pendant un moment, toutes deux restèrent complètement immobiles, la femme aux yeux dorés et la bête féline et fabuleuse aux yeux pourpres se fixant avec une hostilité éloquente. Jirel étreignit plus fort son poignard, tout en surveillant prudemment les pattes aux griffes acérées sur lesquelles la bête dorée avançait si doucement. Elles étaient capables de la mettre en pièces avant que sa lame ne frappe.

Elle vit une expression singulière passer dans le sombre regard pourpre qui croisait le sien, et le bel animal se ramassa un peu sur lui-même, la queue en mouvement, les babines retroussées sur les crocs étincelants. Il allait sauter. Pendant un instant interminable, Jirel attendit tendue, rigide, le poignard serré dans sa main, que la mort s'abatte sur elle sous la forme de cette bête dorée...

L'animal bondit. Jirel se laissa tomber sur un genou dans la fraction de seconde où la bête sauta, en dissimulant instinctivement le cristal ; mais elle brandit son arme pour se défendre. Le grand animal passa, indifférent, par-dessus sa tête, comme une flèche. Tandis qu'un éclat de rire moqueur résonnait dans ses oreilles, Jirel entendit nettement le bruit d'une porte claquer. Elle se releva et se retourna d'un seul mouvement, le poignard prêt. Le ravin était vide dans le jour mauve. Il n'y avait de porte nulle part, Jarisme avait disparu.

Un peu ébranlée, Jirel rengaina son poignard. Elle n'avait pas peur. La colère avait chassé toute crainte au souvenir de ce rire méprisant. Elle reprit sa route vers la tour, pâle et résolue, sans regarder en arrière.

La tour se rapprochait peu à peu. Jarisme ne manifestait plus sa présence, mais Jirel sentait des yeux sur elle, des yeux pourpres, dédaigneux et indolents. Elle pouvait voir la tour nettement, juste au-dessus d'elle, au sommet du plus haut pic. Une longue suite de marches montait en pente raide. Elles étaient anciennes, ces marches, et si usées que certaines d'entre elles n'étaient plus que des inégalités dans la pierre. Jirel se demanda quels pieds les avaient ainsi usées, à quelle porte elles avaient originellement conduit.

Elle était essoufflée quand elle atteignit le sommet et jeta un coup d'œil scrutateur sous l'arceau de la porte. Elle fut surprise de se trouver au seuil d'un vaste hall semi-circulaire, entouré d'innombrables portes. Se souvenant du néant violet dans lequel elle avait plongé la dernière fois qu'elle avait franchi le seuil de la tour, elle se demanda, tout en avançant un pied prudent, si ce hall était une illusion, et si elle allait tomber encore une fois dans un abîme nébuleux. Mais le sol était ferme.

Elle entra, s'arrêta et regarda autour d'elle. Désorientée, elle se demandait où aller. Elle flairait le danger dans l'air et pouvait presque sentir une odeur de magie planer comme un nuage sur ce lieu enchanté. De petits frissons d'inquiétude lui parcoururent le dos tandis qu'elle avançait très doucement. Elle ouvrit l'une de ces innombrables portes. Derrière elle, une galerie s'étendait sur des lieues. Il flottait une brume légère. Le grand couloir allait tout droit ; les arceaux du plafond formaient un alignement sans fin qui se perdait dans le lointain violet. Et tandis que Jirel était là à contempler cette perspective brumeuse, quelque chose comme une bouffée de fumée obscurcit un instant sa vision — une fumée qui tourbillonna, ondoya et s'effaça, dévoilant la forme de ce félin doré qui avait disparu sans laisser de traces dans le ravin de la montagne.

Il avançait lentement dans la galerie, vers elle ; gracieux, splendide, ses muscles ondulant sous sa robe dorée aux marques singulières, ses yeux pourpres fixaient sur elle un regard dédaigneux. La main de Jirel saisit le poignard à sa ceinture ; la haine lui étreignit la gorge quand elle croisa le regard pourpre. Mais dans la galerie une voix résonna doucement, la voix de Jarisme, qui disait :

— C'est donc la guerre entre nous, Jirel de Joiry. Car vous avez mis ma clémence au défi et vous devez être punie. Pour votre punition, j'ai choisi... la plus simple, la plus subtile et la plus terrible de toutes les punitions, la pire qui puisse tomber sur une créature humaine. Vous devinez ? Non ? Essayez donc de deviner car je ne suis pas encore décidée... ou bien, vais-je vous tuer maintenant ? Vais-je le faire ?

Cette curieuse question se fondit en un grondement ronronnant, les babines du grand félin se retroussèrent, une lueur meurtrière flamboya dans ses yeux pourpres. Il s'était rapproché pendant que résonnait la voix légère. Son rugissement éclata en un tonnerre retentissant qui se répercuta sur les murs, et les muscles d'acier de son corps doré se bandèrent pour sauter droit à la gorge de Jirel. A une douzaine de pas seulement, elle vit la merveilleuse bête dorée se ramasser, tendue, prête à s'élancer, elle vit le corps puissant frémir, se raidir... et bondir. Par une réaction instinctive, Jirel fit un saut en arrière et claqua la porte sur elle.

Un rire ironique s'éleva. Une bouffée de fumée légère jaillit en tourbillonnant autour de la porte et lui fouetta le visage avec l'insolence d'une gifle. Puis l'air redevint clair. Un brouillard rouge de violence meurtrière flotta devant les yeux de Jirel. Aveuglée par la colère, la respiration étranglée dans sa gorge, elle poussa de nouveau la porte et arracha le poignard de sa ceinture. A travers sa rage, elle lança un regard furieux dans la galerie. Elle était vide. Jirel ferma de nouveau la porte et s'y appuya, frémissante, jusqu'à ce que ses idées s'éclaircissent et qu'elle pût suffisamment contrôler sa main tremblante pour remettre son poignard dans sa gaine.

Lorsqu'elle fut un peu calmée, elle se retourna pour examiner le hall, et décider ce qu'elle allait faire. Et elle vit qu'il n'y avait plus de recul possible, même si elle l'avait voulu, car la porte par laquelle elle était entrée, avait disparu. Autour d'elle s'était refermé le mur aux portes énigmatiques, qui l'emprisonnait. Leur présence même était une insulte : Jarisme craignait donc qu'elle ne s'enfuie par la porte restée ouverte. Jirel se contraignit de nouveau au calme. Elle n'avait pas peur, mais elle se savait en danger mortel.

Elle retournait dans sa tête la menace de la sorcière tout en cherchant un signe qui pût la guider. La plus simple, la plus subtile et la plus terrible des punitions — que pouvait-elle être ? Jirel connaissait beaucoup de moyens de torture... ses cachots étaient tout aussi ensanglantés que ceux de ses voisins... mais elle savait aussi que Jarisme n'avait pas seulement voulu parler d'une souffrance de la chair. Ses mots contenaient une menace plus perfide. Ce serait une vengeance féminine et plus terrible que tout ce que pouvaient infliger le fer et le feu. Elle le savait. Elle savait qu'aucune porte ne la conduirait plus vers la liberté et elle ne pouvait pas rester là tranquillement à attendre. Elle jeta un regard sur la rangée de panneaux sombres, indentiques. Tout l'arsenal de la magie pouvait être tapi derrière ces portes. Bravant un péril pire que la mort, elle ne put résister à la tentation d'ouvrir la plus proche et d'y risquer un coup d'œil.

Un coup de vent lui souffla au visage et repoussa la porte. Il était glacial et chargé de poussière. A travers une grille de fer barrant l'ouverture, elle eut le temps de voir une blancheur éblouissante comme le soleil sur la neige. L'incident avait excité sa curiosité. Elle avança le long du mur et ouvrit une autre porte.

Cette fois, elle regardait à travers une autre grille dans une opaque fumée grise traversée de flammes. Une odeur de brûlé emplit ses narines, et elle entendit faiblement comme de très, très loin, un bruit de gémissements et l'écho de cris affreux. Elle referma la porte en frissonnant.

Lorsqu'elle ouvrit la suivante, la respiration lui manqua et elle écarquilla les yeux. Devant elle, un épais panneau de cristal la séparait d'un vide sans fond. Elle pressa son visage contre le cristal glacé et regarda. Elle ne vit rien que le néant. L'obscurité et le silence. Il faisait jour hors de la tour, mais elle contemplait une nuit insondable. Et tandis qu'elle regardait, un long trait de lumière fendit les ténèbres et s'éteignit. Ce n'était pas une étoile filante. Elle avait distingué comme une mince traînée d'argent qui jaillissait à travers la pénombre et dont la queue flamboyante disparaissait peu à peu derrière elle dans le ciel. Cette vue lui donna un soudain vertige. Un vide sans fond tournoya autour d'elle et elle recula dans le hall et claqua la porte sur cette vision terrifiante d'un néant étoilé.

Il lui fallut plusieurs minutes avant qu'elle pût se décider à ouvrir la porte suivante. Lorsqu'elle s'y résigna, pleine d'appréhension, un parfum familier de fleurs en sortit et elle découvrit, à travers les barreaux d'une grille, la jungle somnolente de fleurs, de senteurs et de silence qu'elle avait traversée au pied de la montagne. Une vague de souvenirs passa sur elle. Un instant elle put entendre de nouveau les petites voix rieuses, et elle sentit la présence du grand serpent près d'elle, et les secrets fous, emplis d'allégresse, des petites voix résonnèrent dans ses oreilles. Puis elle se ressaisit, et ces souvenirs s'effacèrent comme le font les rêves, ne laissant dans son esprit que des bribes de secrets oubliés. Elle savait, en regardant, que si la grille s'ouvrait, elle pourrait entrer dans cette féerique forêt fleurie. Mais aucune évasion n'était possible de cette tour magique, quel que fût le nombre de portes ouvertes d'où elle pouvait contempler des pays lointains ou proches.

Elle commençait à comprendre la signification de ce hall. Ce devait être d'ici que Jarisme, par son savoir magique, partait vers d'autres pays, d'autres temps et d'autres mondes en passant par les portes qui séparaient son domaine de ces lieux étranges et insolites. Peut-être y avait-elle des amis sorciers, allait-elle les voir et en ramenait-elle davantage de savoir, passant de monde en monde, de siècle en siècle, à travers les portes enchantées. Jirel fut certaine que l'une des ouvertures énigmatiques donnait sur le défilé dans la montagne où le félin doré aux yeux pourpres avait bondi sur elle puis disparu, et éclaté de rire lorsque la porte s'était refermée derrière lui ; et une autre porte conduisait sans aucun doute à la clairière dans la forêt où était morte la dryade. Elle savait aussi que ces passages lui étaient interdits.

Elle continua ses explorations. Une porte s'ouvrait sur une forêt humide de fougères géantes, d'où s'élevaient des odeurs musquées, reptiliennes, et le bruit lointain de bêtes mugissant sourdement. Et une autre, sur un désert gris qui s'étendit sans vie jusqu'à l'horizon blafard sous la lumière d'un pâle soleil rouge.

Elle parvint cependant enfin à une porte qui s'ouvrait non sur une contrée étrange, mais sur un escalier tournant qui s'enfonçait dans la roche vive, et dont les parois portaient la trace des outils qui les avaient taillées. Aucun bruit ne montait et une lumière grisâtre régnait dans ses profondeurs silencieuses. Jirel chercha en vain un indice de ce qui se trouvait au bas de l'escalier. Mais à la fin, parce que l'inactivité lui pesait et que toutes les voies étaient sans espoir d'évasion, elle franchit la porte et descendit lentement les marches. Il lui vint à l'idée qu'elle trouverait peut-être Jarisme en bas, occupée à quelque obscure magie dans les régions inférieures ; elle était impatiente d'en venir aux mains avec son ennemie.

La lumière s'assombrit à mesure qu'elle descendait, jusqu'à ce qu'elle dût tâtonner dans l'obscurité, tournant sans fin dans l'escalier en spirale. Lorsque les marches se terminèrent, à une profondeur qu'elle ne pouvait estimer, elle se rendit compte qu'elle avait débouché dans un couloir bas de plafond. Elle le sut en tâtant des mains les parois et le plafond, car l'obscurité la plus épaisse cachait toutes choses. Elle reprit son lent cheminement le long de cette galerie de pierre, qui tournait et bifurquait selon des angles si inattendus qu'elle perdit tout sens de la direction. Mais elle savait qu'elle avait fait beaucoup de chemin lorsqu'elle commença à apercevoir un faible rayon de lumière devant elle.

Bientôt elle put percevoir le son lointain d'une musique familière... la petite mélodie monotone sur deux notes de la flûte de Jarisme. Et elle fut certaine que son intuition ne l'avait pas trompée, que la sorcière était maintenant proche. Elle tira son poignard dans le noir et avança plus prudemment encore.

Une ouverture voûtée terminait le passage. Sous son arceau se déversait un torrent de dansante luminosité blanche. Jirel s'arrêta, cligna des yeux pour tenter de voir en quel endroit étrange elle pénétrait.

La salle qui s'ouvrait devant elle était emplie de l'étincellement, du miroitement, du mirage déconcertant de surfaces réfléchissantes, si bien qu'elle ne pouvait dire ce qui était réel et ce qui était reflet ou lumière dansante. Leur éclat l'éblouissait en plein visage puis s'éteignait presque pour flamboyer encore quand les miroirs se déplaçaient. De petites traînées obscures tremblaient dans ce chaos et s'illuminaient de nouveau dans un étincellement de blancheur. La musique monotone lui parvenait à travers les lumières et les reflets papillotants, tantôt forte, tantôt faible dans le lointain.

Le lieu tout entier n'était que flamboiement et confusion. Jirel ne pouvait dire s'il était grand ou petit, caverne ou salle de palais. Les reflets bizarres dansaient dans un éblouissement. Elle pouvait voir son image renvoyée par une douzaine, une vingtaine, une centaine de surfaces mouvantes qui la déformaient grotesquement puis vacillaient, lançaient un éclair de lumière, puis s'éteignaient dans la multitude tournoyante des miroirs.

Elle vit alors Jarisme dans sa robe violette, qui l'observait d'une centaine de semblables divans dorés, reflétés par une centaine de surfaces miroitantes. La sorcière tenait une flûte à ses lèvres, et la musique en sortait au rythme exact de la palpitation de sa gorge blanche et ronde. Décontenancée, Jirel considéra la myriade de Jarisme qui, toutes, jouaient sur leur flûte l'interminable mélopée. Cent visages sensuels, songeurs, se tournèrent vers elle. Cent bras blancs s'abaissèrent quand la flûte quitta cent bouches rouges pour que Jarisme puisse esquisser un ironique sourire de bienvenue cent fois plus méprisant dans sa multiplicité.

Lorsque la musique cessa, tout l'étincelant éblouissement s'éteignit en même temps. Jirel cligna des paupières tandis que le chaos se résolvait en une clarté ordonnée ; les cent Jarisme se fondirent en une femme aux yeux lourds nonchalamment étendue sur son divan doré dans une grande pièce aux murs de cristal, qui semblait constituer la moitié d'une vaste salle ronde surmontée d'un dôme. Derrière le divan, un voile de brume violette tombait comme un rideau, divisant en deux la salle circulaire.

— Entrez, dit la sorcière avec la condescendance de celle qui se sait complètement maîtresse de la situation. Je pensais bien que vous trouveriez le chemin jusqu'ici. Je prépare une cérémonie qui vous concernera tout particulièrement. Peut-être aimeriez-vous y assister ? Ce sera une expérience et un grand honneur pour vous. L'assemblée que je réunis pour assister à votre châtiment est plus distinguée que tout ce que vous pouvez concevoir. Venez ici, à l'intérieur du cercle.

Jirel avança, le poignard toujours serré dans une main, l'autre crispée sur le talisman. Elle découvrit que le divan se trouvait au centre d'un anneau gravé dans le sol et orné de curieux symboles cabalistiques. Au delà, le nébuleux rideau violet ondoyait et tourbillonnait, tel un grand mur de brume mouvante. Avec hésitation, elle franchit le cercle et considéra Jarisme, son regard doré chargé d'une fièvre durement contenue. Jarisme sourit et porta de nouveau la flûte à ses lèvres.

Lorsque les deux notes exaspérantes entamèrent leur mélodie ascendante et descendante, Jirel vit quelque chose de stupéfiant. Elle fut alors certaine que la flûte était magique et la musique aussi. Les notes prirent une forme qui dépassait les limites de l'ouïe et atteignait d'une inexplicable façon tous les autres sens. Elle pouvait les toucher, les goûter, les sentir, les voir. Elles étaient visibles d'une manière bizarre, sortant deux par deux de la flûte et jaillissant comme de petits traits de lumière. Les murs les réfléchissaient, et ces reflets devinrent plus rapides, plus brillants, de plus en plus nombreux jusqu'à ce que l'air fût empli des traits d'une lumière mouvante et argentée, jusqu'à ce que des chatoiements se mettent à danser, et que l'étourdissant chatoiement des surfaces miroitantes recommence. De nouveau les reflets s'entrecroisèrent, éblouirent et se multiplièrent dans l'air lumineux tandis que la flûte lançait ses doubles notes étincelantes.

Jirel oublia la sorcière qui était près d'elle, la musique qui déchirait ses oreilles, et même le danger qu'elle courait, et contempla les images qui chatoyaient et s'effaçaient sur les surfaces miroitantes. Elle eut de brèves visions de scènes qu'elle avait aperçues par les portes du hall de la tour de Jarisme. Elle vit des lieux encore plus étranges, passant par éclairs rapides parmi les reflets argentés. Elle vit de noires montagnes déchiquetées derrière lesquelles montaient des aubes pourpres, ou des constellations inconnues dans des cieux obscurs ; elle vit des mers grises, plates et immobiles sous des nuages gris ; elle vit des plaines qui se déroulaient jusqu'à l'horizon sous la lumière crue de soleils doubles. Et bien d'autres images suscitées par la magie de la flûte et qui s'effaçaient pour faire place à d'autres encore.

Jirel eut l'étrange sentiment, alors que la flûte continuait, que la musique s'entendait en ces pays dont les brèves images apparaissaient et disparaissaient sur le fond des notes visibles. Elle semblait franchir d'incommensurables distances, retentir sur les mers couvertes de nuages, se répercuter sous les soleils doubles, lancer son appel insistant en d'étranges lieux, en de lointaines contrées inconnues, par-dessus des déserts et des montagnes que le pied humain n'avait jamais foulés, atteindre d'autres mondes et d'autres temps, et envoyer sa mélopée sur deux notes à travers les ténèbres de l'espace interstellaire. Jirel n'avait de tout cela qu'une vague idée. Cela ne signifiait rien pour elle dont le monde était une surface plane sous la voûte des cieux. De la magie, se dit-elle, et elle renonça à comprendre.

Pendant que Jirel regardait, une porte apparut. Elle retint son souffle. Lentement, la porte s'ouvrit sur le désert gris, sous un soleil rouge qu'elle avait vu avant de refermer vivement le panneau sur lui. Et comme elle le contemplait une autre porte en s'ouvrant détourna son attention.

Cette fois, la forêt humide de fougères géantes apparut quand le panneau s'écarta. Mais sur le seuil s'étalait quelque chose de si épouvantable que la main libre de Jirel se porta à sa hanche et qu'un cri monta dans sa gorge. La chose était noire... informe, noire et visqueuse. Et elle était vivante. Comme un monceau de gelée putride et luisante, elle franchit le seuil et se mit à couler sur le pavement, centimètre par centimètre, à la manière aveugle d'une immense amibe. Mais Jirel comprit d'elle-même que la chose était horriblement intelligente, horriblement vieille. Et derrière elle, sur le sol, elle laissait une immonde trace noire et luisante.

Jirel frissonna et détourna le regard. Une troisième porte s'ouvrait. Elle découvrit un lieu qu'elle n'avait pas vu auparavant, une contrée de rochers épars, nus et rouges, déchiquetés sous un ciel d'un bleu si sombre qu'il avait l'air noir, avec des étoiles qui scintillaient plus que celles de la Terre. A travers ce désert rouge et rocailleux venait à grands pas une silhouette qu'elle savait ne pouvoir être qu'une illusion magique, si haute était sa taille, si squelettique sa maigreur, si grotesquement humaine sa forme en dépit de sa grosse tête et de sa vaste poitrine. Jirel ne pouvait pas la voir nettement car la créature serrait autour d'elle comme un vêtement, un voile de lumière aveuglante. Sur des pattes incroyablement longues et minces, elle franchit le seuil de la porte, resserra plus étroitement son éblouissant vêtement et avança à grandes enjambées. Comme elle approchait, la lumière devint tellement éclatante que Jirel ne put la regarder. Ses yeux furent attirés par l'ouverture d'une quatrième porte.

Cette fois, elle revit le ravin fleuri, flou dans l'illusion de sa lumière sous-marine. Et parmi les fleurs surgit un grand serpent, non pas transparent comme du cristal, mais couvert d'écailles iridescentes. Ce n'était pas entièrement un serpent car son cou gonflé portait une tête qui paraissait presque humaine. Cette créature se dressa aussi orgueilleusement qu'un cobra, lorsqu'elle passa sur le seuil en rampant ; son œil unique aux multiples facettes rencontra les yeux de Jirel. L'œil fulgura vertigineusement et Jirel recula sous le choc révoltant, la violence de ce regard embrasant ses veines comme du feu. Lorsqu'elle reprit ses sens, beaucoup d'autres portes étaient ouvertes. Durant son étourdissement, d'autres habitants de ces mondes insolites devaient être entrés à l'appel de la flûte magique.

Elle revint à elle juste à temps pour voir une chose absolument indescriptible voleter dans le hall, venue d'un autre monde, et qui outragea tellement sa vue qu'elle porta vivement sa main à ses yeux. La voix amusée de Jarisme dit doucement :

— Contemplez votre auditoire, Jirel de Joiry.

Elle se rendit compte que la musique avait cessé et qu'un vaste silence régnait. Puis elle regarda et le souffle lui manqua. Elle était maintenant au delà de la surprise ou du sursaut et elle considéra le spectacle avec l'incrédulité médusée de quelqu'un qui se sait dans un cauchemar.

Hors du cercle qui entourait les deux femmes, s'alignait ce qui était certainement la plus étrange compagnie jamais rassemblée. Elle était groupée selon une bizarre irrégularité qui, même si elle n'avait aucun sens pour Jirel, donnait cependant l'impression d'une intention et d'un but précis. Elle avait une symétrie si fortement marquée que, bien que celle-ci dépassât sa compréhension, Jirel en ressentit la perfection.

L'habitant du désert rouge, à la robe de lumière, était assis là, et la grosse masse noire de gelée informe tremblotait doucement sur le sol de cristal. Elle en vit d'autres qu'elle avait regardé entrer, beaucoup d'autres encore. L'un d'entre eux était une créature féminine dont la robe, irisée comme le plumage d'un paon, tombait de ses épaules à la manière de grandes ailes repliées. A côté d'elle se trouvait une sorte de limace grise d'une grosseur monstrueuse, qui palpitait continuellement. Dans la foule, un être ressemblait à un grand lys blanc au bout d'une tige argentée, mais de son calice jaillissait une lumière d'une teinte si maléfique que Jirel frissonna et détourna les yeux.

Jarisme s'était levée de son divan. Royale dans sa robe violette, elle se dressa de toute sa taille. Elle se détachait sur l'arrière-plan de brume qui voilait l'autre moitié de la salle. Quand elle leva les bras, l'incroyable assistance se tourna vers elle dans une attente impatiente. Jirel en frémit d'horreur. Puis la flûte de Jarisme murmura doucement. C'était une musique toute différente de l'appel claironnant qui les avait rassemblés, différente aussi de la mélodie majestueuse qui les avait accueillis lorsque les portes s'étaient ouvertes.

Pendant quelques instants, rien ne se passa. Puis un mouvement derrière Jarisme attira l'œil de Jirel. Le rideau de brume violette oscillait. La musique l'assaillait et il se balançait à son rythme. Un tremblement l'agita, il pâlit et s'éclaircit. Puis, sur une dernière note grave, il se dissipa entièrement et Jirel vit apparaître un énorme globe de lumière vibrante sous la coupole prodigieuse.

Lorsque les dernières nuées s'évanouirent, elle vit devant elle une gigantesque sphère de cristal, que soutenaient les enroulements translucides d'une base pourpre, en forme de serpent. Et au cœur du globe brûlait une flamme droite, animée, douée d'une vie si étrangère que Jirel la contempla, complètement abasourdie. Elle savait que cette chose était vivante... pourtant elle savait qu'elle *ne* pouvait *pas* être vivante. Mais elle reconnaissait, même dans sa stupeur et son incompréhension, la relation entre cette flamme et le minuscule fragment de cristal qu'elle étreignait dans sa main. Dans celui-ci aussi brûlait la flamme placide. Il picotait sa main pour lui rappeler qu'elle, Jirel, possédait une arme capable de détruire Jarisme, mais aussi celle qui la maniait. Cette pensée lui donna une sorte de courage désespéré.

Jarisme pour le moment ne s'occupait par d'elle. Elle s'était tournée, les bras levés, vers le grand globe, sa tête resplendissante rejetée en arrière. Et de la flûte portée à ses lèvres montait une musique d'une douceur pénétrante, qui tenait du bourdonnement et du sifflement.

Dans l'air frémissant, un autre son s'éleva, strident. Du coin de l'œil, Jirel aperçut une silhouette sombre qui s'était avancée dans le cercle et était tombée à genoux au côté de la sorcière. Elle la reconnut : c'était Giraud.

Comme deux épées, les deux notes vibraient dans le silence absolu qui planait sur l'assistance et dans le globe, une lueur rouge grandissait.

Une à une, d'autres voix s'élevèrent en chœur. Certaines avaient des sonorités bizarres, d'une étrangeté inquiétante, issues de gorges qui n'étaient pas faites pour la parole. Il n'y en avait pas deux qui s'accordaient. C'était un ensemble de sons isolés, sans lien entre eux. Et à mesure que chaque voix frappait le globe, la flamme brûlait d'un rouge plus sombre, jusqu'à ce que sa pâleur tranquille eût entièrement viré au cramoisi. Très haut, dominant ces sonorités, s'élançait la musique, aiguë comme une épée, de la flûte de Jarisme. Elle leva les bras plus haut et les voix lui répondirent. Elle les baissa et la mélodie perçante retomba en un arc presque visible jusqu'à un ton plus grave. Jirel avait l'impression qu'elle pouvait presque voir les notes jaillir de chaque chanteur dans l'énorme sphère dont la taille les écrasait tous. Il n'y avait aucune mélodie d'ensemble mais un thème aussi étrange et aussi marqué que la symétrie de leur disposition dans la salle. Et lorsque les bras de Jarisme se levaient, entraînant les voix plus haut, la flamme brûlait d'un rouge plus profond et elle pâlissait de nouveau lorsque les voix retombaient.

Trois fois, la silhouette majestueuse en robe violette leva les bras ; trois fois, la flamme vivante rougit plus intensément et pâlit. Puis la voix de Jarisme lança un cri aigu de triomphe et elle se retourna, les bras étendus, vers l'assistance. Dans le même souffle, toutes les voix se turent. Le silence tomba sur l'assemblée comme un choc. Jarisme n'était plus une prêtresse mais une déesse lorsqu'elle leur fit face dans ce silence de mort, avec un visage exultant et des yeux éclatants. Et, d'un seul mouvement, ils se courbèrent devant elle comme les blés se courbent sous le vent. Ces créatures étrangères, monstres informes, êtres sans visages, sans yeux, incroyables, venus de dimensions inconnaissables, se prosternèrent jusqu'au plancher de cristal devant la splendeur de la lumière dans les yeux de Jarisme. Pendant un moment de silence absolu, nul ne bougea. Puis les bras de la sorcière s'abaissèrent.

Avec des flottements, l'assistance se releva. Au delà de Jarisme l'éclat de l'énorme globe avait de nouveau faibli et sa flamme calme était redevenue d'une pâleur dorée. Immense, songeur, vivant, il planait haut au-dessus d'eux. Dans le silence lourd, la voix grave de Jarisme résonna. Elle parlait dans la langue natale de Jirel et chaque mot qui sortait de ses lèvres produisait une onde étrange dans l'air épais.

— Adorateurs de la Lumière, disait Jarisme d'une voix douce, soyez les bienvenus de vos lointaines demeures en la présence de la Flamme. Nous qui la servons, nous vous avons rassemblés pour l'honorer, mais avant que vous vous en retourniez, une autre cérémonie va avoir lieu qui, pensons-nous, vous intéressera tous. Cette cérémonie nous l'avons appelée, en toute vérité, la plus simple, la plus subtile et la plus terrible de toutes les punitions pour une créature humaine.

» Nous nous proposons de tenter un retournement de la personnalité physique et mentale de cette femme, de telle façon que son corps devienne rigidement immobile, alors que son esprit — son âme — restera éternellement tourné en arrière vers le chemin qu'il a parcouru. Vous qui êtes humains ou avez connu la condition humaine, vous comprendrez quelle suprême torture cela peut être. Car nulle créature humaine, de par les lois qui la gouvernent, ne peut avoir vécu une existence dont l'examen approfondi soit autre chose qu'un supplice. Etre figé en d'éternelles réflexions, occupé à revoir toute la futilité et tout le tourment de la vie, toute la souffrance que des actes irréfléchis ou intentionnels ont causée à d'autres, toutes les conséquences de chaque acte... cela, pour un être humain, est la plus épouvantable de toutes les tortures.

Dans le silence qui tomba lorsque sa voix se tut, Giraud posa une main sur le bras de Jarisme. Jirel vit de la terreur dans ses yeux.

— Souvenez-vous, dit-il, souvenez-vous qu'à ceux qui jouent avec le destin peut advenir quelque chose de plus terrible que...

Jarisme repoussa impatiemment la main qui cherchait à la retenir. Elle se tourna vers Jirel.

— Sachez, habitante de la Terre, dit-elle d'une voix curieusement forcée, que, dans les livres de l'avenir, il est écrit ceci : Jarisme la sorcière doit mourir de la main de la seule créature humaine qui l'aura défiée trois fois... et cette créature humaine sera une femme. Par deux fois, j'ai été faible et je vous ai épargnée. Une fois dans la forêt, une fois sur la terrasse de la tour, vous m'avez lancé votre dérisoire défi à la figure, et j'ai retenu ma main par crainte de ce qui est écrit. Mais la troisième fois ne viendra pas. Bien que vous soyez celle qui doit me tuer, vous ne me tuerez pas. Par ma magie, je romps, maintenant, l'enchaînement du Destin, et nous verrons !

Dans le flamboiement de ses yeux pourpres, Jirel vit que l'instant était venu. Elle raidit sa volonté, ses doigts se serrèrent autour du fragment de cristal, incertaine, encore hésitante, se demandant si c'était le moment de briser le talisman aux pieds de la sorcière. Elle hésita trop longtemps, bien que son attente n'ait duré qu'une fraction de seconde. Car la magie de Jarisme était plus suprêmement simple que Jirel n'aurait pu l'imaginer. La sorcière tourna un flamboyant regard pourpre sur elle et claqua brusquement ses doigts potelés au visage de la femme de la Terre.

A ce bruit, tout l'univers de Jirel se retourna sens dessus dessous autour d'elle. Ce fut la pire des tortures physiques. Tout disparut lorsque le terrible changement se produisit. Elle sentit son corps virevolter inexplicablement dans un renversement qui ne ressemblait à rien de ce qu'une créature vivante ait jamais éprouvé auparavant. C'était un retournement dans une direction qui ne pouvait avoir eu aucune existence jusqu'à cet instant. Elle en ressentit la nouveauté juste avant que la vue lui revienne... un *présent* en suspens, silencieux, neuf, dont elle était la première habitante créée simultanément avec ce nouveau plan d'existence. Puis elle reprit brusquement conscience.

Ce qui s'étalait devant elle était si prodigieux qu'elle aurait hurlé si elle avait possédé un corps animé. Toute une vie s'offrait à ses yeux. Cette vision était démesurée, et elle ne put la saisir entièrement — trop vaste qu'elle était pour que sa conscience humaine pût la regarder autrement que par brefs coups d'œil, sans relation ni signification. Le mouvement et l'immobilité y existaient simultanément, une activité incessante et sans fin... et pourtant tout ce vaste panorama était figé dans un calme immuable où se dessinait un puissant enchaînement dont l'immensité même était suffisante pour frapper son âme de terreur. Tissé dans cette trame, tout le chemin de sa vie s'étirait à rebours. Tandis qu'elle le considérait, un tel flot d'émotions contradictoires la submergeait qu'elle ne pouvait rien voir nettement, et avec acharnement elle affirmait à sa conscience intérieure qu'elle ne regarderait pas, *absolument pas*, en arrière, qu'elle n'osait pas, qu'elle ne pouvait pas — mais pendant ce temps ses yeux parcouraient des jours et des semaines sur le chemin qui menait inexorablement vers la seule et unique scène à laquelle elle ne pouvait supporter de penser.

Vaguement, tandis que sa vision consciente retraçait ce chemin, elle entrevoyait des plans d'existence. Des formes autres qu'humaines, des scènes qui n'avaient pas de sens pour elle s'agitaient, se déplaçaient, bouillonnaient d'une vie changeante... et pourtant demeuraient immobiles dans leur puissant enchaînement. Elle y prêtait à peine attention. Pour elle, dans toute cette impossible perspective, une seule scène avait une signification — la seule et unique scène vers laquelle son regard courait maintenant, quoi qu'elle fît pour l'arrêter, la seule scène qu'elle savait ne jamais supporter de revoir.

Cependant, lorsque ses yeux l'atteignirent, la souffrance ne vint pas immédiatement. Elle considéra presque calmement ce petit espace d'obscurité et de lumière flamboyante, l'éclat cru des torches brillant sur la tête rousse et courbée d'une jeune fille et sur le grand corps d'un homme étendu, immobile sur des dalles. Dans le plus profond silence, elle regardait, les yeux fixes. Elle ne ressentait nul désir de remonter plus loin, par-delà cette scène dans le passé. C'était le sommet, le centre de toute sa vie... cet instant à la lueur des torches sur les dalles. Elle se retrouvait intensément dans le passé, sentait la dureté des dalles froides sous ses genoux et l'accablement de son cœur alors qu'elle avait le regard fixé sur le visage d'un mort. Sans aucune notion de temps, elle s'arrêta sur ce déchirement poignant d'autrefois et, en elle, quelque chose monta insupportablement.

Ce quelque chose était une émotion trop grande pour avoir un nom, mêlant la souffrance et le chagrin, la haine et l'amour — et la révolte ; si forte que tout le reste fut effacé dans l'orage grandissant qui bouillonnait au fond d'elle-même. Elle n'avait conscience de rien d'autre que de cette émotion irrésistible. Et la tempête éclata en une énorme explosion de violence où la rage primait tout. Rage contre la vie pour avoir permis qu'une telle douleur existât, rage contre Jarisme pour l'avoir forcée à s'en souvenir. Une telle rage que tout tremblait devant elle, et se fondait et s'entrechoquait dans une flambée de révolte et... quelque chose se brisa. Le panorama tournoya, trembla et s'effondra dans la nuit d'un quasi néant.

A travers les brumes de sa demi-conscience, le choc du changement la frappa. Ne comprenant qu'à moitié, elle l'accueillit presque avec joie, bien que la douleur aiguë de ce retournement fût si forte qu'elle l'arracha à son étourdissement... L'exultation grandissait en elle, car elle savait que sa propre violence avait détruit l'enchantement sous lequel la tenait Jarisme. Elle savait ce qu'elle devrait faire lorsqu'elle se dresserait de nouveau libre, et un sentiment enivrant de puissance l'envahissait.

Elle ouvrit les yeux. Elle était debout, raide, devant le grand globe agité par la flamme. La stupéfiante assemblée était groupée autour d'elle, attentive, et Jarisme, qui lui faisait face, s'était avancée d'un pas, incrédule lorsqu'elle avait vu son sortilège se briser. Les yeux dorés de Jirel se fixèrent sur ce tableau ; elle eut un rire de triomphe et leva le bras. Une lumière violette étincela sur le cristal.

A cet instant, Jarisme vit ce que sa prisonnière allait faire et une terreur convulsive effaça toute autre expression de son visage. Un cri inarticulé, indistinct, jaillit comme un grondement de tonnerre de la foule pétrifiée. Giraud avança les mains frénétiquement tendues.

— Non, non ! hurla Jarisme. Attendez !

C'était trop tard. Le cristal jaillit de la main de Jirel. Avec un fracas retentissant, il frappa le sol aux pieds chaussés de sandales de la sorcière et il vola en éclats étincelants.

Durant un instant, rien ne se produisit. Jirel attendait, retenant son souffle. Giraud s'était jeté à plat ventre sur le sol luisant, s'efforçant d'atteindre le cristal dans un dernier geste désespéré. Jarisme tremblait, incapable de bouger, les bras serrés autour de sa tête. La foule bigarrée des assistants était figée dans une immobilité résignée. Dans le silence écrasant, ils attendaient.

Alors, dans le grand globe au-dessus d'eux, la flamme pâle vacilla. Jarisme eut un râle étranglé qui résonna dans le calme absolu. De nouveau, la flamme trembla. Et de nouveau encore. Puis, brusquement, s'éteignit. L'obscurité les frappa un instant de stupeur, ensuite un sourd rugissement grossit dans le silence, de plus en plus fort, de plus en plus puissant jusqu'à retentir intolérablement dans les oreilles de Jirel. Sa tête ne fut plus bientôt qu'une vague douloureuse de bruit. Par-dessus ce rugissement, dans un craquement brutal, les murs de cristal de la pièce tremblèrent et se fendirent de longues fissures zigzagantes par où le jour mauve se déversa en minces rayons de lumière. Là-haut grondait le fracas des murs qui s'effondraient. La tour magique de Jarisme s'écroulait autour d'eux.

Dans cette lumière, Jirel aperçut un mouvement parmi la foule. Jarisme s'était dressée de toute sa taille. Jirel vit sa tête à la noire chevelure se tendre dans une étrange attitude de défi et, par-dessus le tumulte assourdissant, elle entendit la voix de la sorcière crier :

— *Urda ! Urda-sla !*

Après le fracas des murs qui s'écroulaient, pendant un bref instant, un silence de mort tomba. Et hors de ce silence, comme en réponse au cri dc la sorcière, vint un bruit, un son indescriptible, intolérable comme un monstrueux roulement de tonnerre. Soudain dans le ciel, visible à travers les murs de cristal tombant en ruine, une longue ouverture triangulaire apparut. C'était comme un coin de la nuit la plus obscure qui éventrait le jour mauve, une nuit où des étoiles luisaient insupportablement proches, insupportablement brillantes.

Jirel leva un regard de surprise muette vers cette trouée de ténèbres étoilées dans le ciel clair. Jarisme se tenait raide, les bras tendus, et affrontait avec défi le menaçant triangle de ténèbres qui se rapprochait de plus en plus, tombant du ciel comme un énorme fer de lance. Elle ne broncha pas lorsqu'il se dirigea vers la tour. Jirel le vit fondre en avant, rapide comme une ombre. Puis les ténèbres furent sur eux. La terre trembla sous leurs pieds, et dans le lointain, elle entendit Jarisme hurler.

Lorsque la conscience lui revint, elle se redressa péniblement et regarda autour d'elle. Elle était couchée sur l'herbe verte. Elle était meurtrie et endolorie, mais indemne. Le jour mauve était de nouveau serein et limpide. Les montagnes pourpres avaient disparu. La prairie verte où elle avait vu pour la première fois la tour de Jarisme s'étendait autour d'elle. Non loin, elle vit un amas de blocs de marbre qui dessinaient grossièrement un cercle. C'est là que la tour blanche s'était dressée. Mais les blocs étaient désagrégés et fendillés comme les vieilles pierres d'une ruine antique.

Un peu plus loin, Giraud était étendu dans les lambeaux emmêlés de sa robe noire. Il n'y avait plus trace de Jarisme. Avec peine, elle se leva et marcha en chancelant jusqu'au sorcier, qu'elle retourna d'un pied dédaigneux. Il ouvrit les yeux et la fixa d'un regard flou ; peu à peu, il la reconnut et reprit conscience de la réalité.

— Etes-vous blessé ? demanda-t-elle.

Il se souleva pour s'asseoir. Finalement, il secoua la tête et se mit lentement sur ses pieds. Les yeux de Jirel se portèrent sur l'épée qu'il portait à la ceinture.

— Maintenant, je vais vous tuer, dit-elle calmement. En garde, sorcier !

Les petits yeux troubles se levèrent. Il la contempla. Ce qu'il vit dans son regard doré dut le convaincre qu'elle pensait bien ce qu'elle disait, mais il ne tira pas son épée et ne recula pas: Un petit sourire mince tordit ses lèvres et il leva ses bras vêtus de noir. Jirel suivit son geste automatiquement du regard. Les bras se levèrent plus haut, encore plus. Alors — ce qui était des plus bizarres —, elle perdit tout contrôle de ses yeux qui suivirent une invisible ligne les conduisant de plus en plus haut vers le ciel ; jusqu'à ce qu'elle regardât fixement un point invisible là où les lignes des bras de Giraud se seraient croisées si elles s'étaient prolongées sur une incommensurable distance. D'une façon ou d'une autre, elle voyait réellement ce point et ne pouvait s'en détourner. Prise dans l'envoûtement de ces bras levés, elle restait rigide, sans même comprendre ce qui était arrivé, incapable de réfléchir, immobilisée par la magie de Giraud.

Un petit ricanement moqueur lui parvint d'une immense distance.

— Me tuer ? dit-il avec un rire gras. Me tuer, moi, Giraud ? Voyons, c'est vous qui m'avez sauvé, Jirel de Joiry ! Je me suis accroché à vous. Car je savais que lorsque la Lumière mourrait, le seul être qui pourrait espérer vivre serait celui qui l'aurait tuée. Quoique ce ne fût pas une certitude, j'ai pris le risque et j'ai bien fait ; sans cela je serais maintenant avec Jarisme dans les ténèbres extérieures. Je l'avais avertie de ce qui arriverait si elle jouait avec le Destin. Et je préférais — oui, de beaucoup — être ici dans cet aimable monde mauve sur lequel je régnerai seul, désormais. Grâce à vous, Jirel de Joiry ! Me tuer, vraiment ? Je ne pense pas !

Ce ricanement moqueur lui parvint comme de très loin. Il pénétra son cerveau paralysé par la magie et y résonna longuement avant qu'elle en comprenne le sens. Cependant, elle se souvint enfin, son esprit émergea un peu de son inertie, et une telle colère s'empara d'elle que sa violence fut une véritable souffrance. Giraud, le sorcier fuyard, riait de Jirel de Joiry ! La tenait captive par sa magie ! Se moquait d'elle ! En aveugle, elle lutta contre les liens du sortilège, pour tenter de s'en dégager. Elle ne pouvait voir que ce point inexistant où les bras levés se seraient rencontrés à une infinie distance, mais elle sentit la garde du poignard dans sa main ; elle frappa devant elle dans l'invisible et ne sut même pas où la lame plongea. La vue lui revint dans un étourdissement. Elle frotta ses yeux éblouis, se secoua et jeta un coup d'œil autour d'elle sur la prairie verte dans le jour mauve, sans bien comprendre, car son esprit n'était pas encore tout à fait réveillé. Ce ne fut que lorsqu'elle abaissa les yeux qu'elle se souvint. Giraud gisait là. Les pans de sa robe noire étaient repliés comme des ailes sur son corps immobile, mais une flaque rouge s'élargissait dans l'herbe, et dans le désordre de son vêtement se dressait la garde du poignard. Jirel le contempla, impassible. Elle ne pouvait même pas se sentir triomphante. Elle retira automatiquement son poignard et l'essuya sur la robe noire. Puis elle s'assit près du corps et se prit la tête entre les mains pour se forcer à s'éveiller.

Au bout d'un long moment, elle releva les yeux. Ils recouvraient leur ardent éclat d'antan, le sang remontait à son visage. Chassant les derniers vestiges du sortilège, elle se remit sur pied et rengaina son poignard.

Autour d'elle, les prairies voilées de mauve étaient silencieuses. Aucune créature vivante ne remuait, aussi loin qu'elle pût voir. Les arbres étaient immobiles dans l'air calme. Et au delà des ruines de la tour de marbre, elle vit la trouée du sentier par lequel elle était venue, il y avait très longtemps.

Jirel redressa les épaules, tourna le dos à sa vengeance accomplie et sans un regard en arrière, marcha à travers la prairie vers les ruines cachées dans les arbres, où s'ouvrait la porte du retour.

6

LA QUETE DE LA PIERRE-ETOILE

par Catherine L. Moore
et Henry Kuttner

Jirel de Joiry va chevauchant et vingt hommes
La suivent car nul n'est à l'abri de sa meute,
Même au bout du monde ; les coffres des sorciers,
Fermés par des clés d'or, sont pleins à déborder
Et Jirel proclame : « S'ils ont tant de richesses,
Alors il leur faudra partager avec moi ! »
Et les feux brûlent haut dans l'antre des sorciers
Où la magie s'active et le nom de Jirel
Monte sept fois maudit dans les sombres fumées.
Mais le maléfice se heurte au sortilège
Plus puissant que manient les hommes de Joiry ;
La lame d'une épée qui fracasse les os.
Et le sang qui jaillit des lèvres d'un sorcier
Etouffe la formule à demi prononcée
Pourtant venue tout droit du tréfonds de l'Enfer !

La porte de chêne cloutée de fer s'ouvrit, enfoncée sous les coups des manches de pique dont les échos se répercutaient sur les murs. Une petite salle de pierre apparut au delà des panneaux éventrés. Jirel, la Dame guerrière de Joiry, bondit en avant, chassant ses cheveux roux de ses yeux, le visage contracté de violence, son épée à deux tranchants à la main. Mais elle s'arrêta sur le seuil de la porte défoncée. Les hommes d'armes qui la suivaient sur ses talons, se ruèrent derrière elle comme une vague d'un bleu étincelant d'acier, et eux aussi s'arrêtèrent, les yeux écarquillés.

Car Franga le sorcier était agenouillé dans sa chapelle, et voir Franga à genoux, c'était comme si l'on voyait le Diable réciter le Notre Père. Mais ce n'était pas un saint autel devant lequel le sorcier se prosternait. Sa pierre noire se dressait énorme dans la petite salle nue qui résonnait encore du tumulte de la bataille ; dans la fraction de seconde entre la chute de la porte et l'entrée fracassante de Jirel, Franga s'était jeté à terre dans un dernier effort désespéré pour... quoi ?

Ses épaules osseuses sous sa somptueuse robe noire étaient agitées de mouvements frénétiques tandis qu'il manipulait les petites saillies d'un noir de jais qui entouraient le bloc de l'autel. Un pan sur le côté s'abattit brusquement, tandis que le sorcier, s'apercevant que son ennemie était presque à portée d'épée, faisait volte-face et se ramassait comme une bête fauve acculée. Une lumière éblouissante, froide et surnaturelle, jaillit de l'ouverture dans l'autel.

— Ainsi, c'est donc là que tu l'as cachée ! dit Jirel avec une douceur féroce.

Par-dessus son épaule, Franga lui répondit d'un grondement, ses lèvres pâles retroussées sur ses dents décolorées. Physiquement, il était terrifié par elle et sa terreur le paralysait. Elle le vit hésiter entre son désir de protéger l'autel et sa peur panique de cette épée sanglante qui le menaçait.

Jirel mit fin à son indécision.

— Sombre démon ! explosa-t-elle en frappant comme l'éclair.

Et la lame sanglante siffla en fendant l'air.

Franga poussa un cri rauque et se jeta de côté pour esquiver l'épée. Celle-ci heurta l'autel avec une vibration qui engourdit soudain le bras de Jirel. Elle ne put retenir un gémissement à la fois de douleur et de fureur. Il s'enfuit comme un rat dans un coin. S'étant ressaisie, Jirel avança sur lui en frottant son bras endolori. Elle étreignait d'une main ferme la grande épée ensanglantée, tandis que des reflets de meurtre embrasaient toujours ses yeux dorés.

Le sorcier s'aplatit contre le mur, ses bras maigres en avant.

— *Werhi-yu-io !* clama-t-il désespérément, *werhi ! werhi-yu !*

— Quel diabolique langage parles-tu, chien ? s'exclama Jirel avec colère. Je...

Elle se tut brusquement, ses lèvres rouges encore entrouvertes, son regard fixé sur le mur derrière le sorcier, et une crainte mystérieuse chassa la soif de sang dans ses yeux. Car sur le coin où Franga était tapi, une ombre avait été tirée comme un rideau.

— *Werhi !* clama de nouveau le sorcier d'une voix fêlée, étranglée et...

Comment n'avait-elle pas vu cette porte contre laquelle il s'appuyait ? Il la poussa derrière lui d'une main, et l'ouvrit sur les ténèbres qui étaient au delà. C'était de la magie noire, l'œuvre du démon.

Incertaine, Jirel resta les yeux fixes et laissa son épée s'abaisser. Sans s'en rendre compte, de sa main libre, elle traça le signe de croix sur sa poitrine pour se protéger du mal. La porte grinça un peu, puis s'ouvrit toute grande. La noirceur, à l'intérieur, était insoutenable, comme l'est l'excès de lumière... c'était une obscurité absolue qui lui fit cligner les yeux et dont elle se détourna. Elle eut une dernière vision du visage de Franga, blême, décharné, grimaçant, tordu de haine. La porte grinça et se referma.

L'espèce d'hypnose qui avait saisi Jirel se rompit à ce bruit. La fureur revint en elle, remplaçant la crainte. Etouffant des jurons de soldat, elle s'élança sur la porte et la frappa de son épée tenue à deux mains ; elle criait de fureur frustrée et se raidissait contre le choc de la lourde lame sur ces panneaux de chêne mystérieusement masqués par l'ombre qui s'accrochait dans ce coin.

La lame s'abattit avec un bruit retentissant sur la pierre. Pour la seconde fois, le choc cuisant de l'acier sur la pierre nue ébranla la lame et tortura les épaules de Jirel. La porte avait totalement disparu. Elle laissa tomber l'épée de ses mains défaillantes et recula, chancelante, hoquetante de colère et de douleur.

— Lâche ! lança-t-elle à la pierre muette. Cache-toi donc dans ton trou, fuyard enfanté par le démon, et regarde-moi m'emparer de la Pierre-étoile !

Et elle se retourna vers l'autel.

Ses hommes avaient reflué en groupe confus au delà de la porte fracassée, et leurs yeux terrifiés la suivaient avec une appréhension fascinée.

— Bande de femmelettes ! leur lança-t-elle par-dessus l'épaule tandis qu'elle s'agenouillait à l'endroit où le sorcier s'était prosterné. Que dis-je, femmelettes ? Vous ne méritez même pas cette comparaison flatteuse ! Dois-je aller seule jusqu'au bout ? Alors, regardez... elle est là !

Elle plongea les mains dans l'ouverture de l'autel d'où jaillissait la pâle lumière surnaturelle, involontairement un peu haletante, et elle en retira ce qui ressemblait à un bloc de flamme vivante.

Toujours agenouillée, elle le tint dans sa main nue, et durant plusieurs minutes, personne ne bougea. Elle était pâle, cette Pierre-étoile, froide et d'un éclat surnaturel ; taillée à facettes, elle ne scintillait pas. Jirel pensa à un crépuscule sur l'océan, lorsque la terre s'obscurcit et que l'eau lisse rassemble à sa surface tous les reflets du ciel et de la terre. C'était ainsi que cette Pierre-étoile luisait et reflétait la faible lumière de la chapelle sur sa surface pâle, la réfléchissant indéfiniment jusqu'à la transmuer en un éclat froid qui, par contraste, rendait obscure la petite salle.

Elle scruta les profondeurs translucides proches de son visage. Elle pouvait voir ses doigts qui serraient la gemme, déformés comme si elle les regardait à travers l'eau... et pourtant, incompréhensiblement, quelque chose bougeait entre sa main et la face supérieure du joyau. C'était comme si elle regardait au fond de l'eau une ombre remuer, une ombre vivante, une forme sans cesse mouvante, se heurtant contre les parois qui l'emprisonnaient, et envoyant comme une étincelle à travers l'éclat blanc bleuté de la lumière froide. C'était...

Non, c'était la Pierre-étoile, rien de plus. Mais posséder la Pierre-étoile ! La tenir là dans ses mains, enfin, après des semaines de siège, des semaines de bataille désespérée ! C'était la victoire elle-même qu'elle serrait dans sa paume. Sa gorge s'étrangla en un soudain rire d'extase, tandis qu'elle bondissait sur ses pieds, en brandissant la grosse gemme vers ce coin vide où le sorcier s'était éclipsé.

— Ha, ha ! Regarde-la ! cria-t-elle au mur impassible. Enfant du démon, regarde-la ! La chance de la Pierre-étoile est à moi maintenant, je te l'ai arrachée ! Avoue que Jirel de Joiry est plus forte que toi, charlatan du diable ! Ose donc te montrer ! Ose-le.

Dans le coin vide, l'ombre s'abattit de nouveau, redoutable, venue de nulle part. Dans l'obscurité soudaine, les gonds d'une porte grincèrent et la voix du sorcier retentit, étouffée de fureur :

— Que Belzébuth te maudisse, Jirel de Joiry ! Ne crois jamais que tu as triomphé de moi ! Je la reprendrai si je... si je...

— Si tu... quoi ? Crois-tu que j'ai peur de toi, sorcier d'enfer ! Si tu... quoi ?

— De moi, tu peux ne pas avoir peur, Jirel de Joiry, reprit le sorcier d'une voix tremblante de colère, mais par Seth et par Bubastis, je trouverai quelqu'un qui te matera, même si je dois aller jusqu'au fin fond de l'espace pour le trouver... ou s'il le faut, jusqu'au fin fond du temps. Et alors... prends garde à toi !

— Envoie ton champion ! lança Jirel avec un rire plein de mépris. Fouille l'enfer et sors-en le pire démon ! Je lui ferai voler la tête des épaules, d'un seul coup d'épée, comme j'aurais fait de la tienne si tu n'avais pris la fuite.

Mais elle n'eut pas d'autre réponse que le grincement d'une porte qui se fermait dans les profondeurs de l'ombre. Et de nouveau celle-ci s'évanouit, et elle se retrouva en face des pierres énigmatiques.

Serrant dans sa main la Pierre-étoile qui — disait la légende — assurait un bonheur et des richesses au delà de l'imaginable à qui la possédait, elle haussa les épaules et se retourna vers ses hommes d'armes.

— Eh bien, qu'est-ce que vous regardez de cet air ahuri ? s'écria-t-elle. Par le ciel, je suis le seul homme ici ! Dehors ! Dehors ! A sac le château... il y a un riche butin chez ce suppôt du démon ! Qu'attendez-vous ?

Et à coups de plat de son épée, elle les chassa de la chapelle.

— Par Pharol, Smith, aurais-tu perdu ton goût pour le *segir ?* Je croirais plus volontiers que les jambes du vieux Marnak ont repoussé !

Le visage de chérubin de Yarol paraissait déconcerté tandis qu'il regardait le serveur s'agiter autour du réduit d'acier poli, au fond de la taverne martienne, et s'affairer à placer de nouvelles boissons devant les deux hommes. Il trottinait en dépit de ses jambes artificielles... Il avait perdu les vraies, disaient certains, au cours d'une illicite visite amoureuse aux lieux interdits où gîtaient les femmes-araignées.

Northwest Smith prit un air renfrogné et repoussa

son verre. Son visage tanné, balafré, éclairé par la pâleur de ses yeux couleur d'acier, était morose. Il aspira une profonde bouffée de la cigarette martienne qui se consumait entre ses doigts.

— Je me rouille, Yarol, dit-il. J'en ai assez de tout cela. Pourquoi ne se présente-t-il pas quelque chose qui en vaille vraiment la peine ? La contrebande... même la contrebande des armes... j'en ai assez, je te dis ! Même le *segir* n'a plus le même goût.

— C'est la vieillesse qui te gagne doucement, dit Yarol d'un ton de profonde sagesse, penché au-dessus de son verre. Je vais te dire ce qu'il te faut, Northwest : un bon coup de liqueur verte Mingo que ce vieux Marnak garde sur sa plus haute étagère. Elle est faite à partir des baies de *pani* et une gorgée te fera gambader comme un jeune chien. Attends une minute, je vais voir ce que je peux faire.

Smith se tassa sur ses bras croisés et fixa le mur d'acier luisant derrière le siège que venait de quitter Yarol. Des heures comme celle-là étaient la rançon de l'exilé et du hors-la-loi. Même le plus endurci de tous connaissait des moments où la planète natale l'appelait presque intolérablement par-dessus les immensités vides des longues routes de l'espace, et où tous les autres lieux semblaient ternes et monotones. Il n'aurait jamais avoué cette nostalgie à qui que ce fût de vivant, mais assis là, seul, à contempler son vague reflet sur le mur d'acier, il se retrouva fredonner en sourdine cette douce et vieille chanson de tous les exilés de la Terre : *Les Vertes Collines de la Terre.*

Par-delà les mers de ténèbres
Brille la bonne vieille Terre...
O astre qui fut ma patrie,
Lance un rayon sur moi ce soir.

Les mots et la musique étaient banals, mais sans qu'on sût pourquoi, un tel halo de souvenance s'était amassé autour d'eux que les voix qui les chantaient se faisaient plus douces, plus tendres en s'attardant sur des paroles connues par cœur, sur des scènes jamais oubliées. La voix de baryton étonnamment juste de Smith prit un accent de douceur nostalgique, qu'à aucun prix il n'aurait voulu avouer :

Tout mon cœur soupire après toi
A travers les vides immenses
Car il sait qu'au bout de ce long chemin
Vertes sont les collines de la Terre...

Que ne donnerait-il maintenant pour être libre de retourner là-bas ? Là-bas, sur Terre, sans que sa tête soit mise à prix, et libre de courir les mers bleues, les continents chauds et luxuriants de la plus belle des planètes du Soleil ! Il fredonna très bas, pour lui-même :

... *Et qu'importe donc ce qu'on laisse*
Pour retrouver au delà des ténèbres,
Si vertes les collines de la Terre...

Et il laissa les paroles mourir sur ses lèvres sans y prêter attention tandis qu'il rétrécissait ses yeux couleur d'acier pour mieux considérer le mur poli sur lequel, un moment auparavant, son reflet vague lui avait fait face. Il s'obscurcissait à présent ; une ombre envahissait, tremblante, les surfaces luisantes, épaississait, brouillait les images. Et le mur... était-ce du métal ou... ou de la pierre ? L'ombre était trop épaisse pour le dire et, inconsciemment, il se dressa sur ses pieds, penché au-dessus de la table, et une main se plissa en arrière vers le pistolet thermique pendu contre sa cuisse. Une porte grinça dans l'ombre... une lourde porte, à demi visible, qui s'ouvrait sur des ténèbres trop noires pour les contempler... des ténèbres et un visage.

— Vos services sont-ils à louer, étranger ? chevrota une voix fêlée dans un langage qui, en dépit de lui-même, fit battre ses veines plus fort. Du français, du français de la Terre, archaïque et à peine intelligible, mais indiscutablement une voix de là-bas.

— Cela dépend du prix, admit-il, tandis que ses doigts se refermaient sur son pistolet. Qui êtes-vous et pourquoi demandez-vous cela ? Et comment au nom de...

— Vous aurez avantage à ne pas poser de questions, dit la voix fêlée. Je cherche un homme sachant se battre, ayant la trempe et l'esprit de décision qui répondent à mon dessein et je pense que vous êtes cet homme. Ecoutez, est-ce que cela vous tente ?

Une main pareille à une serre d'oiseau de proie se tendit hors de l'ombre et, laissa pendre un double rang de perles d'un orient tel que Smith n'en avait jamais rêvé.

— Elles valent une rançon de roi, croassa la voix. Et vous n'avez qu'à les prendre. Voulez-vous venir avec moi ?

— Où ?

— Sur la planète Terre — au pays de France — en l'an 900 (1).

Smith agrippa le bord de la table d'une main fébrile, se demandant si le *segir* qu'il avait bu pouvait l'avoir envoyé dans des rêves délirants. Il était tout à fait inimaginable qu'il pût réellement être là, dans ce réduit au fond d'une taverne martienne, alors que, d'une porte qui s'ouvrait sur des ténèbres, une voix fêlée l'invitait à venir dans le passé. Il rêvait, bien sûr, et dans un rêve, pourquoi ne pas repousser sa chaise, tourner autour de la table, s'approcher de cette incroyable porte emplie d'ombres épaisses, et saisir cette main tendue qui portait au poignet ces perles éblouissantes...

Le réduit vacilla et roula dans les ténèbres. Quelque part très loin, il entendit la voix de Yarol qui criait frénétiquement :

— Northwest ! Attends ! Northwest, où vas-tu ?...

Puis une nuit trop obscure pour la contempler

(1) Le texte original indiquait l'an 1500, ce qui dénote une connaissance pour le moins douteuse, de la part des auteurs, du Moyen Age européen (*N.d.E.*).

aveugla ses yeux éblouis de noirceur, un froid inimaginable fulgura à travers son cerveau, et...

Il était debout au sommet d'une colline verte qui descendait en pente douce vers une prairie où serpentait un ruisseau murmurant. De l'autre côté, sur un haut rocher escarpé, se dressait un grand château fort gris. Le ciel était d'un bleu serein, l'air sentait bon la verdure. Et tout autour de lui s'étalaient, onduleuses, de hautes terres herbeuses. Il prit une profonde, très profonde respiration :

— Les Vertes Collines de la Terre !

— Northwest, qu'est-ce que... par Pharol, je... mais par tous les feux de l'enfer, mon vieux, qu'est-il arrivé ?

Le bredouillement effaré de Yarol l'arracha à sa contemplation.

Smith se retourna. Le petit Vénusien était près de lui, debout sur l'herbe douce, un verre plein d'un liquide vert pâle dans chaque main et une expression d'ahurissement presque stupide sur son visage de chérubin.

— Je reviens à notre table avec le jus de *pani*, marmotta-t-il, et je te vois passer par une porte qui n'était pas là quand je t'avais laissé ! Et quand j'essaie de te retenir, je... je... voyons, *qu'est-il arrivé ?*

— Vous êtes passé par la Porte... sans y avoir été invité, dit sinistrement une voix fêlée, derrière eux.

Les deux hommes se retournèrent, la main tendue vers leur pistolet. Pendant un moment d'éblouissement, Smith avait oublié la voix qui l'avait attiré dans le passé. Maintenant, pour la première fois, il voyait son hôte... un petit homme ratatiné, sombre, voûté sous sa robe d'épais velours noir, comme si la malignité que reflétait son visage sillonné de rides était trop lourde pour ne pas fléchir sous son poids. Une ténébreuse sagesse étincelait dans les yeux qui considéraient Yarol avec hostilité.

— Que dit-il, Northwest ? demanda le petit Vénusien.

— C'est du français... il parle français, dit Smith d'un ton distrait, le regard fixé sur le mauvais visage ridé de leur hôte. (Puis, s'adressant au sorcier :) *Qui êtes-vous, monsieur ? Pourquoi...*

— Je suis Franga, interrompit le vieil homme avec impatience. Franga, le sorcier. Et je suis en colère contre cet étranger qui a passé la Porte derrière nous. Son langage est aussi barbare que ses manières. N'était ma magie, je ne pourrais deviner ce qu'il veut dire. N'a-t-il jamais appris une langue civilisée ? Bah... cela n'a pas d'importance... pas d'importance.

« Maintenant, écoutez-moi. Je vous ai amené ici pour me venger de la défaite que m'a infligée la Dame de Joiry dont vous voyez le château sur cette hauteur, là-bas. Elle m'a volé mon joyau magique, la Pierre-étoile, et j'ai juré de trouver un homme qui pourrait la mater, même s'il me fallait aller le chercher hors de mon monde et de mon temps. Je suis moi-même trop vieux, trop faible à présent. Il fut un temps, alors que j'étais aussi jeune et vigoureux que vous, où j'ai conquis ce joyau sur un rival comme il doit être conquis, c'est-à-dire dans une bataille sanglante, faute de quoi sa magie eût été perdue pour son possesseur. Il peut aussi être librement donné et garder ainsi son pouvoir. Mais ni par l'une de ces méthodes ni par l'autre, je ne peux le reprendre à Jirel de Joiry. Il faut donc que vous montiez au château et que vous le reconquériez à votre manière.

« Je peux vous aider... un peu. Voilà ce que je peux faire... Je peux vous mettre à l'abri des piques et des épées des hommes d'armes de Joiry.

Smith leva un sourcil et posa légèrement la main sur son pistolet, dont le terrible éclair thermique aurait abattu une armée en pleine charge comme les blés mûrs sous une faux.

— Je suis armé, dit-il simplement.

Franga lui lança un regard réprobateur.

— Vos armes ne vous serviraient à rien contre un coup de poignard dans le dos. Non, vous devez faire ce que je vous dis. J'ai mes raisons. Vous devez passer... par la Porte.

Les yeux pâles et froids de Smith croisèrent, un instant, le regard voilé du sorcier, puis il hocha la tête.

— Cela n'a pas d'importance... l'éclair de mon pistolet frappe toujours aussi droit n'importe où. Quel est votre plan ?

— Vous devez attirer la Dame de Joiry par la Porte... la même Porte par laquelle vous êtes venu ici. Mais cela vous fera passer dans un autre pays — où... où... existent des... puissances... favorables pour moi et, par conséquent, pour vous aussi. Cependant, ne vous y trompez pas : ce ne sera pas facile d'arracher la Pierre-étoile à Jirel de Joiry. Elle en sait beaucoup sur la magie noire.

— Comment ouvrirons-nous la Porte ?

La main gauche de Franga se leva et fit un geste rapide, étrangement archaïque.

— Par ce signe... Retenez-le bien... comme cela et comme cela.

La main brune de Smith, durcie par les armes, imita le bizarre mouvement :

— Comme cela ?

— Oui... et il faut aussi apprendre la formule magique.

Franga débita quelque chose d'abracadabrant et d'embrouillé. Smith le répéta en se tordant la langue car les mots étaient les plus baroques qu'il eût jamais prononcés.

— Bien.

Le sorcier hocha la tête, et de nouveau les incompréhensibles syllabes sortirent incohérentes de ses lèvres minces, de nouveau sa main bougea, dans un geste curieusement cadencé.

— Lorsque vous prononcerez de nouveau la formule magique, la Porte s'ouvrira pour vous... comme elle s'ouvre maintenant pour moi.

Silencieusement, une ombre descendit sur eux, obscurcissant le sommet ensoleillé de la colline. Au milieu, un rectangle plus sombre apparut, une porte grinça faiblement comme si le bruit venait de distances énormes...

— Faites passer Jirel de Joiry par la Porte, chuchota le sorcier, une lueur haineuse traversant ses yeux froids, et suivez-la. Alors vous pourrez vous emparer de la Pierre-étoile, car les puissances qui existent dans ce... cet autre pays... combattront avec vous. Mais pas ici, pas dans Joiry. Quant à ce petit homme qui est maladroitement passé par ma porte ténébreuse...

— C'est mon ami, dit Smith hâtivement. Il m'aidera.

— Ah... bien, que sa vie soit donc garante de votre réussite. Reconquérez la Pierre pour moi, et j'oublierai sa stupide intrusion, mais souvenez-vous... la puissance de ma magie est suspendue sur vos têtes...

Une ombre trembla sur la forme vêtue de noir du sorcier. Son image ondoya comme un reflet dans une eau troublée et brusquement l'ombre et l'homme disparurent.

— Par le grand Pharol, articula Yarol syllabe par syllabe, veux-tu me dire de quoi il s'agit ? Bois ça... tu as l'air d'en avoir besoin. (Il mit l'un des petits verres dans la main de Smith et vida le sien d'un trait :) Quant à moi, si tout cela est un rêve, j'espère qu'on n'y manquera pas de liqueurs fortes. Veux-tu avoir la bonté de m'expliquer...

Smith rejeta la tête en arrière et avala l'alcool de *pani* avec reconnaissance. En quelques phrases saccadées, il exposa en gros la situation, mais si ses mots étaient rapides, son regard s'attardait comme une caresse sur les collines riantes et parfumées de sa patrie.

— Hum-m ! fit Yarol quand il eut fini. Eh bien, qu'attendons-nous ? Qui sait ? Il pourrait y avoir une bonne cave dans ce joli château là-bas. (Il se lécha les lèvres à cette pensée, y retrouvant un dernier goût de la liqueur verte :) Allons-y. Plus tôt nous rencontrerons cette dame, plus tôt elle nous offrira un verre.

Ils descendirent la longue pente de la colline, l'herbe verte de la Terre, élastique sous leurs bottes d'hommes de l'espace, les brises chaudes du mois de juin en France caressant leurs visages tannés par le climat de mars.

Les hautes tours grises de Joiry se dressèrent audessus d'eux avant que le moindre signe de vie fût apparu dans le silence de midi de ce siècle perdu. Alors, là-haut, sur les remparts, un homme cria, et bientôt, dans un martèlement de sabots et un cliquetis de métal, deux cavaliers se précipitèrent au galop par le pont-levis baissé. La main de Yarol s'abaissa sur son pistolet thermique et un sourire ineffable d'innocence plana sur son visage. Le Vénusien ne ressemblait jamais tant à un chérubin de Raphaël que lorsque la mort tremblait sous la pression de la gâchette. Mais Smith le retint d'un geste.

— Pas encore !

Les cavaliers fonçaient sur eux, visières baissées. Un moment, Smith crut qu'ils allaient les écraser sous les sabots de leurs chevaux et sa main tâta doucement son pistolet, mais les hommes arrêtèrent leurs montures auprès d'eux. L'un d'eux, le regard courroucé derrière les fentes de son casque, hurla une question d'un ton menaçant.

— Nous sommes des étrangers, dit Smith en cherchant d'abord ses mots, puis, plus facilement à mesure que le français depuis longtemps oublié lui revenait à la mémoire. Nous arrivons d'un autre pays. Nous venons en paix.

— Rares sont ceux qui viennent en paix à Joiry, jeta l'homme sèchement, ses doigts caressant la garde de son épée, et nous n'aimons pas les étrangers ici. Mais peut-être avez-vous de l'or ? (Une lueur de convoitise étincela dans les yeux à demi cachés par la visière). Ou des pierres précieuses ?

— Votre Dame pourra juger de cela, mon garçon. (La voix de Smith était aussi froide que ses yeux gris acier qui croisèrent ceux du cavalier avec une soudaine férocité :) Menez-nous à elle.

L'homme hésita un instant et une expression d'incertitude passa dans ses yeux derrière la visière. Un étranger était là, poussiéreux, à pied, sans épée, sans armes, un vagabond que les hommes de Joiry auraient écrasé sur la grand-route sans même se retourner. Mais ses yeux étaient les yeux d'un... d'un... jamais il n'avait vu des yeux pareils. Et l'autorité retentissait dans sa voix glacée, brève. Le cavalier haussa les épaules sous sa cotte de mailles et jeta à travers les fentes de sa visière :

— Il y a toujours de la place dans les cachots de Joiry pour une canaille de plus, si vous déplaisez à notre Dame, dit-il avec philosophie. Suivez-moi donc.

Yarol, tout en traversant d'un pas pesant le pont-levis, murmura :

— Parlait-il un langage humain, Northwest... Ou hurlait-il simplement comme un loup ?

— Tais-toi, grommela Smith. J'essaie de réfléchir. Il faut que nous ayons une histoire qui tienne debout à raconter à cette... cette Amazone.

— Une maritorne avec une figure comme un bifteck cru, murmura Yarol.

Ils entrèrent dans Joiry par le pont-levis, passèrent sous la herse et gagnèrent la grande salle aux hautes voûtes noircies de fumée où Jirel prenait son repas de midi. Les yeux clignotant dans le clair-obscur, Smith leva son regard vers le haut bout de la table en T où la Dame de Joiry était assise. Ses lèvres vermeilles luisaient de graisse car elle rongeait un os de gigot, et sa chevelure rousse retombait flamboyante sur ses épaules.

Elle regarda les yeux de Smith.

Ils étaient clairs, pâles et froids, et les yeux dorés de Jirel de Joiry les croisèrent dans un éclair semblable à celui du choc de deux épées. Pendant un long moment, le silence régna entre eux et une curieuse violence flamboya dans leurs regards muets. Un grand dogue bondit sur Smith les crocs en avant, un grondement roulant sourdement dans sa gorge. Sans un cillement, la main de Smith s'abaissa vers la tête du chien, celui-ci la flaira un moment et se laissa flatter. Alors Jirel rompit le silence.

— *Tigre... ici !* dit-elle d'une voxi forte dont le timbre se fit soudain plus profond, comme si elle ne voulait pas reconnaître les émotions qui l'agitaient intérieurement.

Le dogue revint près d'elle, se coucha et reprit le gros os qu'il rongeait. Mais les yeux de Jirel étaient toujours fixés sur Smith, et un rose léger montait aux joues.

— Pierre, Voisin, demanda-t-elle à ses hommes, qui est cet étranger ?

— Je viens vous parler de trésor, dit Smith avant qu'ils puissent répondre. Je m'appelle Smith et j'arrive d'... d'un pays lointain.

— Smice..., murmura-t-elle. Smice... Eh bien, parlons de ce trésor !

— Je voudrais n'en parler qu'à vous seule, dit-il avec réserve. Il s'agit de joyaux et d'or gardés par des voleurs, mais dont il serait facile de s'emparer. Et je crois que Jirel de Joiry sait bien faire cela...

— *C'est vrai.* Avec la Pierre-étoile comme porte-chance... (Elle hésita, s'essuya la bouche du dos de sa main fine :) Mais ne mentirais-tu pas ? Toi qui arrives si curieusement vêtu, qui parles notre langue avec un si étrange accent... j'ai toujours su lire le mensonge dans les yeux de ceux qui mentent. Mais toi...

Avec une rapidité si soudaine que Smith en cligna des yeux involontairement, elle s'était élancée sur la table et s'y appuyait d'un genou, tandis que la lame de son poignard étincelait dans l'air. Elle posa la pointe de son arme sur la gorge nue de Smith, juste à l'endroit où le sang palpitait puissamment sous la chair bronzée. Il la regarda sans le moindre changement d'expression, sans que se crispât un seul de ses muscles.

— Je ne peux pas lire dans tes yeux, Smice... Smice... Mais si tu mens... (La pointe de la lame suivit la courbe de sa gorge :) Si tu mens, j'arracherai la peau de ta carcasse dans les cachots de Joiry. Sache-le bien !

Elle abaissa son poignard. Quelque chose d'humide et de poisseux coula le long du cou de Smith sous son col de cuir. La lame était si effilée qu'il n'en avait pas senti la griffure.

— Pourquoi vous mentirais-je ? dit-il froidement. Je ne peux pas m'emparer seul du trésor... Vous pouvez m'y aider. Je suis venu vous demander appui.

Sans un sourire, elle se pencha vers lui par-dessus la table en rengainant son poignard. Son corps aux douces rondeurs était une harmonie de grâce souple et de force fluide, ainsi à demi agenouillé sur cette table, parmi les débris de viande. Ses yeux dorés étaient embrumés par le doute.

— Je crois qu'il y a autre chose, dit-elle doucement, quelque chose que tu ne m'as pas dit. Et j'ai maintenant souvenance d'un sorcier qui s'est enfui devant mon épée en hurlant certaines... menaces...

Ses yeux dorés étaient aussi glacés que les mers polaires. Elle haussa finalement les épaules et se redressa ; son regard parcourut la longue table où des hommes et des femmes continuaient de festoyer tout en contemplant la scène.

— Conduisez-le à mon appartement, dit-elle à ceux qui avaient amené Smith. Je veux en savoir davantage sur ce... trésor.

— Faudra-t-il que nous restions pour le surveiller ?

Les coins des lèvres de Jirel se retroussèrent de dédain.

— Y a-t-il un homme ici qui puisse me vaincre à l'épée... ou de n'importe quelle autre manière ? demanda-t-elle. Prenez plutôt garde à vous, poltrons ! Si vous l'avez amené ici sans recevoir un coup de poignard dans le ventre, je peux parler avec lui en toute sécurité, au cœur du donjon de Joiry. Eh bien, ne restez pas là, la bouche ouverte... allez !

Smith chassa d'un mouvement brusque la lourde main posée sur son épaule.

— Attendez ! dit-il d'un ton tranchant. Cet homme m'accompagne.

Les yeux de Jirel se tournèrent sur Yarol et le considérèrent d'un regard de velours mais chargé de menaces. Celui de Yarol le croisa obliquement, noir et éloquent.

— Une maritorne, ai-je dit ? murmura-t-il dans son haut-vénusien aux accents harmonieux. Les belles filles Minga n'étaient pas plus délicieuses. Je baiserai votre jolie bouche avant de retourner dans mon propre temps, Madame ! Je...

— Que dit-il ?... Il roucoule comme un pigeon ! interrompit Jirel impatiente. Il est ton ami ?... Alors, conduis-les tous les deux, Voisin.

La chambre de Jirel était dans la plus haute tour de Joiry, au sommet d'un escalier en colimaçon. Elevée de plafond, tendue de riches tapisseries, jonchée de fourrures, cette pièce parut à Smith étrange et cependant empreinte d'une curieuse intimité, chaude et attirante. La poussière des siècles séparait ce décor de sa propre époque, et pourtant il appartenait à la Terre, il avait été créé sur la Terre, il se dressait parmi les vertes collines de sa planète natale.

— Ce dont j'aurais besoin, dit avec circonspection Yarol, c'est d'un peu de liqueur Minga. As-tu vu comment cette tigresse m'a examiné ? Par le noir Pharol, je ne sais pas si je préférerais l'embrasser ou la tuer ! Quoi ? Cette damnée sorcière me passerait son épée à travers le gosier juste par caprice... par pur plaisir diabolique ?

Smith eut un petit rire étouffé.

— Elle est dangereuse. Elle...

La voix de Jirel dit tranquillement derrière lui :

— Attends derrière la porte, Voisin. Ces deux étrangers pourraient bien faire connaissance avec nos cachots après tout. Ce petit-là... comment t'appelles-tu ?

— Il s'appelle Yarol, dit Smith sèchement.

— Ah oui, Yarol. Bon, on pourrait trouver un moyen de te rendre plus grand, Yarol. Tu aimerais cela, n'est-ce pas ? Nous avons un petit dispositif ingénieux... un chevalet que j'ai acquis du comte de Görz quand il est venu me voir l'été dernier... et le comte s'y connaît en ces choses.

— Yarol ne parle pas votre langue, l'interrompit Smith.

— Non ? ce n'est pas étonnant... il a l'air de venir d'un pays très lointain. Je n'ai jamais vu un homme comme lui.

Elle paraissait troublée. Elle leur tourna le dos, jouant avec une épée posée sur une table près d'elle.

— Bien, dit-elle sans lever le regard, raconte-moi ton histoire maintenant. Allons-y. Et... Oui, je vais te donner encore une chance de vivre... Si tu mens, allez-vous-en tous les deux dès maintenant. Personne ne vous arrêtera. Vous êtes des étrangers. Vous ne connaissez pas Jirel de Joiry... ni ne savez comment se venge Jirel de Joiry...

Par-dessus son épaule, elle lança un regard à

Smith, qui le brûla comme le choc d'un éclair. Les feux de l'enfer y étincelaient et, malgré lui, Smith sentit un soudain malaise le gagner. Yarol, bien qu'il ne comprît pas les paroles, siffla entre ses dents. Le temps d'un battement de cœur, personne ne parla. Alors, très doucement, une voix murmura à l'oreille de Smith :

— Elle a la Pierre-étoile. Dis la formule magique qui ouvre la Porte !

Il sursauta et regarda autour de lui. Jirel ne bougea pas. Ses yeux dorés de panthère le considéraient toujours d'un regard où le feu couvait. Yarol la fixait avec fascination. Et Smith comprit soudain que lui seul avait entendu l'ordre, oui, la voix fêlée de Franga ! Franga, le sorcier, qui chuchotait par quelque porte à demi ouverte sur l'infini. Sans un coup d'œil à Yarol, il dit dans le gazouillis du haut-vénusien.

— Prépare-toi... Surveille la Porte, et ne la laisse pas échapper.

Le visage de Jirel changea. Elle se retourna, les sourcils froncés, menaçants.

— Que marmottes-tu ? Que complotez-vous de diabolique ?

Smith ne lui répondit pas. Presque involontairement, sa main gauche dessina, rapide, le geste bizarre de la formule magique. Des phrases en ce langage inhumain que Franga lui avait appris sortaient de sa bouche avec toute l'aisance de sa langue natale. La magie l'enveloppait de toutes parts, guidant ses lèvres et ses mains. L'alarme apparut dans les yeux dorés de Jirel. Un juron lui brûla les lèvres tandis qu'elle s'élançait et l'épée avec laquelle elle avait joué étincelait à son poing. Yarol eut un sourire épanoui. Le pistolet thermique dansa dans sa main et un éclair bleu-blanc traça un arc de feu sur le tapis aux pieds de Jirel. Elle referma ses lèvres rouges sur un mot à peine commencé et, d'un coup de reins, elle se rejeta en arrière, prise soudain de terreur devant ce jet de flamme infernal. Derrière elle, la porte s'ouvrit brutalement et des hommes d'armes se précipitèrent à grand bruit dans la chambre en criant et en brandissant leurs épées.

Alors... l'ombre s'abattit sur la pièce en tumulte. Noire comme le battement d'ailes de l'ange de la mort, elle obscurcit l'air ensoleillé, et le rayon du pistolet de Yarol flamboya dans les ténèbres d'une splendeur éblouissante. Comme dans les profondeurs nébuleuses d'un miroir, Smith vit les hommes refluer vers la porte, bouches béantes et lâchant leurs épées. Il leur prêta à peine attention, car dans le mur du fond où un moment auparavant une fenêtre haute et étroite donnait sur le soleil et les vertes collines de la Terre... se découpait une porte. Lentement, doucement, elle s'ouvrait, et au delà de son seuil, régnait le noir absolu de l'infini.

— *Hai... s'lelei...* Smith !

Le cri d'avertissement de Yarol retentit dans l'obscurité, et Smith sauta d'un bond en arrière alors qu'il sentait sur son épaule la lame d'une épée. Jirel lâcha un juron furieux et se lança en avant, l'épée et le bras tendus. Dans l'ombre, la main de Yarol qui tenait son pistolet bougea légèrement, et un mince jet incandescent brilla. Avec un sifflement, l'épée de Jirel rougit, aveuglante dans l'air, et des gouttes de métal fondu, porté au blanc, tombèrent sur le sol. Son élan l'emporta et elle vint heurter la large poitrine de Smith ; elle le frappa de toutes ses forces avec le tronçon de la lame tordue qu'elle tenait encore à la main.

Il l'emprisonna dans ses bras. Elle se débattait comme une tigresse furieuse en poussant des jurons sauvages. Il sourit et la serra plus fort — jusqu'à ce qu'elle en eût la respiration coupée et qu'il sentît ses côtes céder un peu.

A ce moment, un étourdissement le saisit. Vaguement, il se rendit compte que les bras de la jeune femme l'avaient saisi par le cou dans une étreinte frénétique, alors que la chambre balançait, basculait vertigineusement comme si elle tournait autour d'un axe géant... ou comme si les profondeurs ténébreuses de la Porte s'ouvraient sous lui... Il ne pouvait dire, ni même ne devait jamais comprendre exactement ce qui lui était arrivé en cet instant fantastique où les lois de la nature se trouvèrent complètement bouleversées par une étrange magie. Le sol n'était plus sous ses pieds. Il vit Yarol pirouetter avec la souplesse d'un chat alors qu'il trébuchait et tombait... tombait dans le néant en brandissant son pistolet. Lui aussi tombait, plongeait dans des abîmes de ténèbres en serrant contre lui une jeune femme épouvantée dont les cheveux roux flottaient follement dans le vent de leur chute.

Des étoiles tourbillonnaient autour d'eux. Ils tombaient lentement au milieu d'elles, tandis que l'air dansait et scintillait. Smith eut le temps de reprendre son souffle et de fléchir les muscles de sa cuisse pour s'assurer qu'il y sentait toujours le poids réconfortant de son pistolet ; puis un sol spongieux les reçut mollement. Ils s'affaissèrent sans heurt sur la surface étrange et obscure du pays qui était au delà de la Porte.

Yarol retomba sur ses pieds en vrai chat qu'il était, le pistolet toujours au poing, ses yeux noirs et vifs clignotant dans la nuit étoilée. Smith, embarrassé par Jirel elle-même terrifiée, s'écroula avec une lenteur de cauchemar sur le sol élastique où il rebondit un peu. La secousse fit tomber le tronçon d'épée de la main de la jeune femme ; Smith le lança au loin dans le scintillement aveuglant de l'obscurité criblée d'étoiles avant de l'aider à se remettre sur ses pieds.

Pour une fois, Jirel était complètement domptée. Le choc d'avoir vu son épée fondre dans sa main sous un diabolique éclair de feu, la succession étourdissante de violence, de vertige, de chute dans l'infini avaient temporairement chassé d'elle toute fureur. Elle pouvait à peine respirer et regardait avec de grands yeux ces incroyables ténèbres étoilées, ses lèvres vermeilles béantes d'étonnement.

Elle gronda quand, soudain, la silhouette vêtue de noir de Franga se fraya un chemin à travers les étoiles, les rejetant derrière lui dans les plis de sa robe ; ses traits desséchés grimacèrent dans un sourire épanoui quand il les vit tous trois.

— Ah !... Vous l'avez ! dit-il d'une voix rauque. Eh bien, qu'est-ce que vous attendez ? Prenez la Pierre ! Elle la porte sur elle.

Les yeux pâles de Smith croisèrent ceux du sorcier dans le scintillement des étoiles et ses lèvres énergiques se serrèrent. Quelque chose était bizarre. Il le sentait sans erreur possible... un danger flottait dans l'air. Pourquoi Franga les auraient-ils amenés ici, si le problème n'était pas plus compliqué que d'arracher un joyau à une femme ? Non... Franga devait avoir une autre raison pour les avoir plongés en cette obscurité étoilée. A quoi avait-il fait allusion en parlant des puissances qui lui étaient favorables ? Quelque sombre dieu sans nom habitait-il parmi ces étoiles ?

Les yeux du sorcier lancèrent à Jirel un éclair meurtrier et soudain Smith comprit une partie du mystère. Elle devait donc mourir, dès que le joyau ne la protégerait plus. A ce moment-là, Franga pourrait assouvir sa vengeance sans risque, une fois la Pierre-étoile entre ses mains. Ici Jirel était seule et désarmée... et la flamme de haine dans les yeux du sorcier ne pourrait être éteinte que par le flot rouge de sa mort sanglante.

Smith jeta derrière lui un regard sur Jirel. Elle était pâle et encore ébranlée par sa terreur récente, mais elle grondait sourdement à l'adresse du sorcier avec une invisible férocité qui lui serra le cœur plus que de la faiblesse ne l'aurait fait. Et brusquement, il comprit qu'il ne pouvait la livrer au ressentiment de Franga. Le changement de décor avait aussi modifié leurs relations de telle façon que les trois êtres humains — il ne pouvait penser au sorcier comme à un humain — se trouvaient unis contre Franga, sa malignité et sa magie. Non, il ne pouvait pas abandonner Jirel.

D'un coup d'œil, il lança à Yarol un message éclair, plus éloquent qu'un cri d'avertissement. Un frémissement joyeux passa dans le corps du petit Vénusien et les deux hommes laissèrent leur main tomber le long de leur cuisse avec une même indifférence apparente.

— Renvoyez-nous à Joiry et je m'emparerai de la Pierre pour vous. Mais pas... ici.

Le noir regard meurtrier passa de Jirel à Smith, l'enveloppant de haine.

— Prenez-la-lui maintenant... ou mourrez !

Un bruit étouffé comme le grognement d'une bête furieuse arrêta le réflexe instinctif de Smith pour saisir son pistolet. Jirel se jeta en avant ; ses cheveux roux flottant dans les étoiles, ses doigts crispés comme des griffes, elle bondit les mains nues sur le sorcier. La rage avait noyé sa terreur d'un moment et des jurons de soldat jaillissaient de ses lèvres.

Franga recula ; sa main fit un geste compliqué et, entre lui et la furie déchaînée, le scintillement étoilé s'épaissit et se solidifia en une lourde plaque de verre. Jirel se rua sur elle et fut rejetée comme par un mur. Le brouillard argenté de la barrière se dissipa tandis qu'elle trébuchait en étouffant de rage. Franga eut un petit ricanement.

— Je suis chez moi maintenant, bête enragée ! dit-il. Je n'ai peur ni de toi ni d'aucun homme ici. Me désobéir, c'est la mort... une mort sanglante. Donne-moi la Pierre.

— Je te déchirerai en lambeaux de mes propres ongles ! hoqueta Jirel de Joiry. Je t'arracherai les yeux de la tête, démon ! Même ici tu as encore peur de moi ! Sors de derrière ton rempart et viens que je te tue !

— Donne-moi la Pierre, répéta le sorcier d'une voix calme.

— Renvoyez-nous tous à Joiry et je crois qu'elle promettra de vous la donner.

Smith jeta un regard significatif à Jirel dont les yeux dorés flamboyaient. Elle repoussa le conseil implicite d'un furieux haussement d'épaules.

— Jamais ! Yah... attendez !

Elle bondit près de Yarol et, tandis qu'il s'écartait nerveusement, les yeux regardant avec méfiance ses ongles pointus, elle arracha le petit poignard qu'il portait à la ceinture. Elle en mit la pointe contre sa propre gorge et éclata de rire à la figure de Franga.

— Maintenant... tue-moi si tu peux, le défia-t-elle. Fais un mouvement pour me tuer... et je me tue ! Et la Pierre-étoile sera à jamais perdue pour toi !

Franga se mordit la lèvre et la regarda à travers le brouillard d'étoiles, des éclairs de fureur dans les yeux. Elle n'hésiterait pas et il le savait. Elle ferait ce dont elle le menaçait et...

— La Pierre est sans pouvoir si elle n'est prise par la violence ou donnée librement, dit-il. Prise sur le cadavre d'une suicidée, elle perdrait toute valeur pour qui que ce soit. Je ferai donc un marché avec toi, Jirel de Joiry.

— Ah non ! Ou bien tu me renvoies ou tu perdras la Pierre pour toujours.

Franga tourna des yeux irrités sur Smith.

— D'une manière ou de l'autre, je la perds, car une fois dans son propre pays, Jirel de Joiry préférera mourir plutôt que de l'abandonner, comme elle le ferait ici. Vous ! Remplissez votre marché... Prenez-lui la Pierre-étoile et donnez-la-moi !

Smith haussa les épaules :

— Vos manigances ont tout gâché maintenant. Il n'y a pas grand-chose que je puisse faire.

Les yeux noirs exaspérés le contemplèrent un long

moment, avec de la malignité dans leurs profondeurs. Ils passèrent à Yarol. Les deux hommes étaient debout sur le sol spongieux, les pieds solidement ancrés, le corps en équilibre avec cette aisance qui caractérise ceux qui sont entraînés à l'usage des armes, la main posée sur le pistolet, les yeux implacables, le regard mortel. C'étaient des hommes beaucoup trop dangereux et Smith sentit que Franga ne prendrait pas de risques face à leurs armes inconnues. Derrière eux, Jirel grondait comme une panthère en colère, ses poings se crispant involontairement. Et tout d'un coup, le sorcier haussa les épaules.

— Eh bien, restez donc là et pourrissez-y ! jeta-t-il, faisant virevolter son manteau tandis que les étoiles tournoyaient autour de lui en une pluie éblouissante. Restez là et crevez de faim et de soif jusqu'à ce que vous capituliez. Je ne marchanderai pas avec vous plus longtemps.

Ils clignèrent des yeux au soudain remous du brouillard étoilé et, lorsque leur vision s'éclaircit, la forme noire et voûtée avait disparu. Ils se regardèrent, déconcertés, à travers les étoiles voltigeantes.

— Et maintenant ? dit Yarol. *Shar*, je boirais bien quelque chose ! Pourquoi a-t-il fallu qu'il parle de soif ?

Smith regardait autour de lui dans le tourbillon scintillant. Pour une fois, il ne savait absolument pas quoi faire. Le sorcier avait tous les avantages sur eux dans cet étrange pays d'obscurité éblouissante où son dieu régnait en maître.

— Bah, qu'est-ce que nous avons à perdre ? dit-il enfin en haussant les épaules. Il n'en a pas terminé avec nous et nous ne pouvons rien y faire. Je suis partisan d'explorer un peu le pays.

Les yeux de Yarol fouillèrent les ténèbres étoilées d'un regard embarrassé.

— Cela ne pourra pas aggraver notre situation, répondit-il.

— *Comment ?* questionna Jirel, son regard soupçonneux passant de l'un à l'autre.

— Nous allons explorer le pays, dit Smith d'un ton bref. Franga nous réserve un mauvais tour et nous serions bien bêtes de rester ici à attendre qu'il revienne. Nous... Oh, attendez !

Il fit machinalement claquer ses doigts et se retourna, comme surpris, vers ses deux compagnons. La Porte ! Il connaissait la formule magique qui l'ouvrait... Franga la lui avait apprise. Pourquoi ne pas s'en servir et voir ce qui arriverait ? Il prit son souffle, ouvrit la bouche pour la prononcer... et se mit à balbutier mais les mots qu'il croyait savoir lui manquèrent soudain. Ses doigts esquissèrent gauchement les gestes compliqués qui accompagnaient la formule magique. Inutile. Son esprit ne se souvenait pas plus de cette formule que si elle n'avait jamais existé. La magie de Franga était vraiment efficace.

— Tu deviens fou ? demanda Yarol en regardant son ami avec des yeux éberlués.

Smith eut un sourire lugubre :

— Je croyais avoir une idée, admit-il. Mais elle ne vaut rien. Allons-y.

Marcher sur ce terrain mou était affreux. Ce fut Jirel qui aperçut la première une chose brune toute ratatinée. En fait, elle buta presque dessus. C'était un cadavre momifié, recroquevillé sur le côté de telle façon que les genoux osseux touchaient presque le front décharné. Smith se retourna à son cri étranglé ; il vit la chose et s'arrêta pour l'examiner.

Ce n'était pas un spectacle agréable. La peau étroitement tendue sur la charpente osseuse était d'un brun parcheminé, d'une texture affreusement rugueuse, comme si la peau d'un grand lézard avait été tendue sur le squelette d'un homme. Le visage était caché mais les mains étaient effilées, griffues, blanches là où la peau grenue avait été arrachée. Des mèches de cheveux comme de la paille tenaient encore au cuir fripé du crâne.

— Allons, viens ! dit Yarol impatient. *Il* ne peut certainement pas nous aider ni d'ailleurs nous faire du mal.

Acquiesçant en silence, Smith pivota sur ses talons. Mais un instinct... le petit picotement avertisseur de danger qui court derrière la nuque d'un homme de l'espace... le fit se retourner. La position de la chose avait changé. La tête s'était soulevée et les yeux gonflés, vitreux, le fixaient.

Pourtant cette chose aurait dû être morte. Cela, Smith le savait avec une affreuse certitude. Le visage n'était qu'un masque de crâne, à l'aspect vaguement canin, et le nez saillant, bien que rongé par endroits, évoquait d'une façon choquante le museau d'un animal.

Les membres de cette chose horrible tressaillirent et bougèrent lentement. Le corps squelettique, délabré, se leva. Il avança et se traîna dans la poussière d'étoiles tourbillonnantes ; instinctivement, Smith recula. La chose avait un aspect si indiciblement lugubre, en dépit de l'attitude affamée qui lui faisait tendre la tête, que Smith avait presque envie de vomir en la regardant. Jirel poussa un cri sourd de dégoût, vite étouffé.

— Nous ferions mieux de nous en aller d'ici, dit Smith, la voix rauque.

Yarol ne parla pas pendant un moment. Puis il murmura :

— En voilà d'autres, Northwest. Tu les vois ?

Cachées par les brumes étoilées traînant à ras du sol, les horribles choses devaient s'être rapprochées avec une hideuse lenteur depuis quelques minutes. Elles avançaient, par vingtaines, dissimulées dans les étoiles, se déplaçant avec une épouvantable détermination, et aucune d'elles ne se tenait debout. La plupart rampaient sur leurs mains et leurs genoux, leurs masques brunâtres et leurs yeux bulbeux fixés en aveugles sur les trois intrus. Car il semblait à Smith que ces êtres étaient aveugles ; leurs yeux gonflés étaient blanchâtres et sans pupilles. Rien en eux n'évoquait une impression de chair vivante, qu'ils caricaturaient pourtant horriblement. Rien, si ce n'est cette faim terrible dans leur attitude, que ces mâchoires putrides et ces ventres desséchés comme du parchemin ne pourraient jamais satisfaire par des moyens normaux.

Les museaux difformes de certains d'entre eux remuaient par saccades et Smith comprit soudain quel instinct les avait conduits. Ils chassaient, apparemment, à l'odorat. Et leur cercle se rétrécissait, de telle façon que tous trois, en reculant devant le bruissement sec de leur approche rampante, étaient maintenant serrés l'un contre l'autre, épaule contre épaule. Smith sentit la jeune femme frémir contre lui, mais elle lui lança un regard de côté, furieuse d'avoir donné un signe de faiblesse, même en un pareil moment.

Avec quelque hésitation, il prit son pistolet thermique. Il y avait quelque chose d'un peu incongru dans cette idée de tirer sur des choses déjà mortes. Mais elles se rapprochaient et la perspective d'un contact avec ces cadavres brunis, en décomposition, était si répugnante que son doigt appuya sur la détente presque malgré lui.

L'une des choses qui s'approchaient s'écroula ; son bras gauche se détacha, complètement carbonisé, de son corps. Puis elle reprit son équilibre et avança en rampant de côté comme un crabe ; le bras coupé était resté derrière elle, bien que les doigts squelettiques aient continué de s'agiter et de se crisper convulsivement. La créature n'émit pas un son et pas une goutte de sang ne coula de sa blessure.

— *Shar !* souffla Yarol. Ne peuvent-ils donc pas mourir ?

Son pistolet cracha et sauta dans sa main. La tête de la chose la plus proche ne fut plus qu'un débris noirci, calciné, mais la créature ne montra aucune douleur. Elle continua de ramper lentement, la nuée d'étoiles tourbillonnantes formant un magnifique halo autour des restes brûlés de sa tête.

— Yarol ! dit brusquement Smith. Double puissance... Nous allons nous ouvrir un chemin à travers eux. Suivez-nous, Jirel.

Sans attendre de réponse, il poussa un bouton sur le canon de son pistolet et un rayon en jaillit dans le noir.

Les étoiles dansèrent plus vite, désorientées, Smith sentit une menace rapide, intangible dans leur mouvement accéléré. C'était comme si quelque chose d'assoupi et de rêveur s'était soudain éveillé pour se dresser contre des intrus. Et pourtant rien ne se produisit, les étoiles fuyaient devant le rayon du pistolet, mais les monstres rampants n'y prêtaient aucune attention. Leurs hordes desséchées, bruissantes, avançaient tout droit sous le feu du pistolet thermique, et ils tombaient en morceaux calcinés qui craquaient sous les pieds de leurs ennemis, en continuant de se tortiller avec une apparence de vie, inextinguible, trop hideuse pour avoir un nom.

Yarol, Smith et Jirel poursuivaient leur chemin parmi ces petites choses noires et cassantes qui bougeaient, se brisaient, rampaient sous leurs pas. Les deux pistolets thermiques chuintaient doucement et leur ouvraient la voie. Les yeux de Jirel contemplaient pensivement le large dos de Smith et elle toucha une fois le poignard de Yarol pendu à son côté. Mais elle ne fit aucun geste hostile.

Ils finirent par se dégager de ces créatures brunes et desséchées. Cependant, jusqu'à ce que l'épaisseur du brouillard étoilé les dissimule, Smith continua à voir leur horde de cauchemar ramper derrière eux, lentement, inexorablement. Et toujours les étoiles dansaient et tournaient dans leur ronde bizarre, comme si elles les guettaient avec un amusement détaché et sardonique, tandis qu'ils continuaient de marcher.

La terre spongieuse devint plus ferme à mesure qu'ils avançaient, et ils marchaient sur de la rocaille noire lorsqu'ils atteignirent un plateau. Là s'élevait dans l'air brumeux une sorte de montagne voilée d'étoiles. Là, les étoiles s'épaissirent de nouveau autour d'eux, au point qu'ils ne pouvaient plus rien voir. Ils grimpèrent la pente raide en aveugles, en trébuchant et en s'accrochant aux rochers déchiquetés de leurs doigts glissants, tandis qu'ils se hissaient de corniche en corniche.

Tout en grimpant ainsi avec difficulté, Smith sentit grandir en lui une fièvre d'exploration si forte que leur péril passa à l'arrière-plan dans son esprit. Qu'y avait-il là-haut ? Quelles inimaginables hauteurs perdues dans les étoiles ? Quelles contrées se trouvaient au delà de la montagne ? Il ne devait jamais le savoir.

La pente était devenue plus abrupte et plus rude à chaque pas. Ils ne pouvaient plus progresser que péniblement. Et maintenant, le dos appuyé à une saillie rocheuse, Smith, de toute sa hauteur, poussait les bottes de Yarol qui, un instant auparavant, avaient quitté ses épaules. Soudain ses bras rencontrèrent une résistance curieuse, solide, dans le brouillard étoilé au-dessus de lui. Désireux de savoir ce qu'il y avait plus haut, tout entier acharné à aider Yarol à trouver une prise, il y prit à peine garde, mais cette résistance durcit au point qu'il ne pouvait presque plus remuer les mains.

Alors un souvenir le réveilla brutalement : il se rappela le mur de brouillard qui s'était solidifié entre Franga et Jirel. D'un mouvement rapide comme l'éclair, il voulut abaisser ses bras, mais trop tard.

En épaississant, le brouillard était devenu dur comme de l'acier autour de ses poignets, et après avoir lutté de toutes ses forces contre son emprise, les veines du front gonflées, le sang martelant ses oreilles, il se détendit contre le rocher, douloureusement étiré de toute sa taille, presque suspendu par ses poignets emprisonnés ; les yeux papillotants, il scruta l'air obscur et scintillant autour de lui, à la recherche de Franga.

Il devinait maintenant — et s'en désolait — que Franga devait les avoir suivis de tout près, invisible, attendant patiemment que les mains des deux hommes fussent le plus loin possible de leurs pistolets de façon à pouvoir les immobiliser avant qu'ils aient le temps de saisir leurs armes. Eh bien, il les tenait à présent.

D'en haut, la voix de Yarol, étouffée par le brouillard étoilé, jurait avec fureur en invoquant dieux et démons. Smith entendit le raclement des bottes contre le rocher, et il se dit que le petit Vénusien devait se débattre dans des liens semblables aux siens. Quant à lui, il était le dos à la montagne, le visage tourné vers le vide étoilé, les bottes calées sur une longue pente rocheuse.

Il voyait le dos de Jirel restée sur une corniche audessous d'eux ; elle attendait leur appel de la corniche suivante.

— Jirel, dit-il calmement et il répondit d'un petit sourire lugubre à son regard.

— Eh bien... quoi ?

Elle fut près de lui avant que la question soit sortie de sa bouche ; une lueur étincela dans ses yeux dorés lorsqu'elle vit ce qui était arrivé.

— Bon ! dit-elle rageusement. Voilà ce que c'est que de comploter avec des sorciers ! Puisses-tu rester pendu là jusqu'à ce que tu en pourrisses !

— Hé hé ! fit un ricanement sec derrière elle. C'est ce qui lui arrivera s'il n'obéit pas à mes ordres !

Franga arrivait sur la pente d'un pas traînant ; il surgissait des étoiles comme d'un épais brouillard, et ses yeux brillants de malignité se repaissaient du spectacle des deux captifs. Là-haut, la voix de Yarol déversait d'effroyables imprécations sur la tête du sorcier indifférent.

Jirel se joignit au petit Vénusien et, avec un virulent juron français, elle se retourna vers Franga. Il sourit, la bouche de travers, et recula, tandis que ses mains dessinaient des gestes dans l'air entre eux. Une fois de plus, la barrière nébuleuse s'épaissit dans l'obscurité. A travers elle, d'une voix triomphante, Franga cria à Smith :

— Maintenant, voulez-vous exécuter votre marché et arracher le joyau à Jirel ?

Smith appuya la tête en arrière contre le rocher et dit d'un ton las :

— Pas avant que vous ne nous ayez ramenés à Joiry.

Les yeux du sorcier étaient braqués sur les siens et dans leur éclat de fureur frustrée, Smith crut soudain lire la raison pour laquelle ils avaient été conduits ici. Franga n'avait aucune intention de payer ce à quoi il s'était engagé ni de laisser aucun d'eux s'en aller vivant. Une fois la Pierre-étoile livrée, ils mourraient là de quelque inimaginable manière, et leurs os blanchiraient jusqu'au Jugement dernier dans les ténèbres, au pied de la montagne. Leur seul espoir de salut était de marchander avec Franga pour la Pierre-étoile. Il réprima donc un refus et bougea les épaules pour soulager ses bras déjà douloureux. Le poids du pistolet sur sa cuisse était un supplice de Tantale presque insupportable, si près et pourtant si désespérément hors de portée de ses mains prisonnières.

— Je crois que je peux vous faire changer d'avis, dit Franga.

Ses mains derrière la barrière firent un geste énigmatique, un remous se produisit parmi les étoiles qui dansaient entre lui et Smith. Elles se groupèrent comme un essaim de lucioles, s'élancèrent vers Smith et tourbillonnèrent, vertigineuses, aveuglantes, autour de lui, au point que l'œil renonçait à suivre leur mouvement. Elles devinrent des traits de flammes et bientôt la plus proche lui frôla la joue.

A ce contact, il sursauta involontairement et écarta son visage de la flamme. Car il émanait de l'étoile une chaleur qui infligeait à sa chair une douleur plus pénétrante que la brûlure d'un rayon thermique. Audessus de lui, il entendit Yarol suffoquer brusquement et comprit que lui aussi subissait la même brûlure. Il serra les dents et, à travers le tourbillon, fixa le sorcier de ses yeux pâles et terribles. Les flammes tournoyantes se rapprochèrent et le frôlèrent de centaines de petites langues de feu. A chaque contact, une torture cuisante le traversait et il lui sembla que tout son corps était embrasé d'une souffrance qui l'atteignait jusqu'au plus profond de lui-même.

A travers cette aveuglante douleur et ce scintillement éblouissant, la voix de Franga grinça :

— Ferez-vous ce que je vous ai demandé ?

Avec obstination, Smith secoua la tête ; il s'accrochait, sous le supplice cruel des flammes, à l'espoir impossible qui était tout ce qui leur restait... Tant que Franga n'aurait pas la Pierre-étoile, il n'oserait pas les tuer ! Smith avait déjà connu la souffrance, il pouvait l'endurer maintenant assez longtemps pour amener Franga à accepter ses conditions. Et Yarol devrait l'endurer un moment avec lui. Le Vénusien avait une sorte de courage sans prétention contre la douleur physique pour la simple raison qu'il ne pouvait la supporter ; il s'évanouissait tranquillement et ainsi lui échappait, s'il devait la subir trop longtemps. Smith espérait qu'il en arriverait bientôt là.

— Non, dit-il entre ses dents serrées.

Et il appuya plus fort la tête contre le rocher,

tandis que la sueur coulait sur son front et que les traits de flamme lui infligeaient à chaque contact un atroce tourment.

Jirel avait regardé avec des sentiments mitigés les étoiles tournoyer autour de son ennemi. Un certain triomphe dominait à ce moment ses pensées, mêlé de ressentiment et de colère. Elle qui avait assisté bien des fois sans frémir à des tortures, sentit pourtant une étrange faiblesse monter en elle quand les étoiles devinrent des flammes brûlantes et qu'elle vit la sueur perler sur le front de Smith, et ses poings se crisper contre le rocher.

Puis la voix odieuse de Franga avait demandé à Smith de lui prendre de force son joyau, et elle s'était involontairement raidie, prête à résister ; puis elle avait entendu le « Non » torturé mais déterminé de Smith. Elle le regarda stupéfaite, l'esprit éperdu d'étonnement. Et une légère admiration atténua malgré elle son ressentiment. Jirel s'y connaissait en tortures, et elle ne se souvenait pas d'un homme qui l'ait endurée aussi résolument que Smith. Pas un son ne venait non plus de Yarol, à demi caché dans le brouillard étoilé, quoique celui-ci fût douché lui aussi par les petites flammes.

Elle vit le corps supplicié de Smith se détendre lorsque ses longues jambes ployèrent sous lui et qu'il s'affaissa le long de la paroi rocheuse, suspendu par ses poignets liés. Un élan subit de compassion et de vive émotion s'empara d'elle, une brusque sympathie pour la souffrance de cet homme. Sans bien comprendre comment cela lui était arrivé, elle se retrouva en train de frapper des poings sur la barrière qui la séparait de Franga et entendit sa voix qui criait :

— Arrête cela ! Arrête ! Laisse-le tranquille... je te donne la Pierre-étoile !

Dans les profondeurs de son néant flamboyant de torture, Smith entendit ce cri aigu, passionné. Ce qu'il signifiait lui ramena brusquement à la mémoire qu'un monde existait en dehors du cercle brûlant de son tourment. Avec un effort infini, il redressa la tête, retrouva un appui sur le rocher et reprit péniblement conscience. D'une voix aussi rauque que s'il avait hurlé à s'en écorcher la gorge, il s'écria :

— Jirel ! Jirel ! Vous êtes folle, ne faites pas cela ! Il nous tuera tous ! Jirel !

Si elle l'entendit, elle n'en tint pas compte. Elle tirait des deux mains sur sa tunique de daim lacée jusqu'à la gorge, et Franga, tandis que la barrière se dissolvait, se penchait avidement, ses mains griffues en avant.

— Ne faites pas cela... Jirel... pas cela ! hurla Smith désespéré à travers le scintillement de flammes.

Et brusquement, la Pierre-étoile brilla, aveuglante, dans les mains de Jirel.

Même sa torture fut un instant oubliée dans l'esprit de Smith lorsqu'il regarda. Franga se pencha en avant, retenant sa respiration, les yeux rivés sur l'immense éclat du joyau. Il y eut un silence absolu dans ce lieu étrange lorsque la Pierre-étoile resplendit, entre les doigts de Jirel, d'une pâleur froide et immuable, tel un bloc de flamme glacée.

Pendant un moment, il lui sembla que les facettes froides et polies qu'elle sentait contre ses mains enfermaient un espace aussi vaste que les cieux. Dans un vertige soudain, elle eut la sensation d'avoir plongé son regard dans un infini de silence dans lequel se mouvait quelque chose qui l'emplissait totalement. Etait-ce un monde qu'elle tenait là, aussi vaste dans ses propres dimensions que l'espace lui-même, bien qu'elle le serrât dans ses petites mains ? Et n'y avait-il pas un Habitant dans cette immensité... une ombre mouvante qui...

— Jirel !

La voix de Smith, rauque de souffrance, la fit sortir de sa transe. Elle leva la tête et alla vers lui, à demi visible dans le tourbillon de son supplice, et tenant le joyau comme une lampe.

— Ne faites pas cela !... pas cela ! l'implorait Smith qui s'accrochait de toutes ses forces à sa conscience défaillante, tandis que les flammes le transperçaient de douleur.

— Libère-le ! ordonna-t-elle à Franga.

Elle sentait sa gorge se serrer inexplicablement à la vue de la souffrance inscrite sur le visage de Smith.

— Tu me donnes la pierre de ton plein gré ?

Les yeux du sorcier dévoraient le joyau.

— Oui... oui, mais délivre-le !

Smith faillit étouffer de désespoir quand il la vit tendre le joyau. Il savait qu'il fallait à tout prix le garder hors des griffes de Franga et dans son cerveau hébété de douleur, il ne semblait y avoir qu'un moyen pour cela. Dans quelle mesure cela serait utile, il ne s'arrêta pas à y réfléchir, mais il tira de tout son poids sur ses poignets prisonniers, balança son grand corps à travers les étoiles brûlantes et d'un coup de pied fit sauter le joyau des mains tendues de Jirel.

Elle eut un sursaut de surprise ; Franga poussa un cri grêle, aigu, qui vibra de terreur lorsque la Pierre-étoile tomba des mains de Jirel contre les rochers déchiquetés de la montagne. Un craquement retentit avec un bruit de verre brisé et...

Et une splendeur pâle s'éleva devant eux comme si la lumière qu'avait renfermée le joyau s'échappait de sa prison fracassée. Les étoiles scintillantes furent englouties dans son éclat, l'air obscur s'illumina. Tout le flanc de la montagne fut baigné dans la lumière intense, froide et tranquille qui, un moment auparavant, resplendissait dans les profondeurs de la Pierre-étoile.

Franga marmottait frénétiquement, tordait ses mains dans des gestes magiques qui n'aboutissaient pas, et balbutiait d'une voix fêlée des incantations sans effet. C'était comme si tout son pouvoir avait disparu, comme les étoiles, comme l'obscurité, et qu'il restait sans protection dans le plein éclat de cette étrange lumière.

Mais Smith s'en souciait à peine. Car dès que l'immense et pâle splendeur se fut élevée autour de lui, le tourment fulgurant des étoiles cessa en même temps que leurs flammes disparaissaient. La béatitude absolue de la paix après la torture le laissait si pantelant de soulagement que, lorsque ses poignets ne furent plus immobilisés, il s'adossa chancelant au rocher tandis que des vagues de faiblesse passaient sur lui.

Un raclement bruyant se fit entendre au-dessus de lui et la forme mince de Yarol glissa mollement jusqu'au sol dans une inconscience totale. Le silence retomba pendant que Smith retrouvait son souffle et ses forces. Yarol commençait à reprendre ses sens. Franga et Jirel regardaient, autour d'eux, hébétés, dans la lumière grandissante de la Pierre-étoile.

Alors s'abattit sur le groupe une chose comme une ombre de lumière — une luminosité plus brillante dans la splendeur pâle qui les entourait. Smith se retrouva le regard fixé en plein cœur de cette lumière, sans être aveuglé bien qu'il ne pût rien distinguer d'autre que les contours vagues d'un être suspendu au-dessus d'eux, qui n'avait absolument rien d'humain, mais qui n'était ni terrible ni menaçant. Une présence aussi tangible qu'une flamme... et tout aussi intangible.

Et sans savoir comment, il sentit un regard calme et impersonnel, un regard distant et scrutateur qui semblait fouiller les profondeurs de son cerveau et de son âme. Il plissa les yeux pour mieux voir dans cette éblouissante blancheur et tenter de distinguer la nature de l'être qui l'examinait ainsi.

Franga criait d'une voix fêlée et rauque. Il s'était jeté à genoux et se cachait les yeux devant cette profonde splendeur. L'air vibrait, l'ombre de lumière vibrait et une pensée sans paroles vibrait aussi dans le cerveau de Smith, de Yarol et de Jirel au pied de la montagne.

— De cette libération, Nous sommes reconnaissant, disait une voix sans timbre, grave et tranquille, et d'une certaine façon aussi éclatante que la lumière qui la rendait manifeste. Nous, qu'une puissante magie emprisonna dans la Pierre-étoile depuis des temps lointains, sommes disposés à vous accorder une dernière faveur avant que Nous retournions dans l'Ailleurs qui est nôtre. Exprimez votre souhait.

— Oh, renvoyez-nous d'où nous sommes venus ! lança Jirel haletante, avant que Smith pût parler. Faites-nous sortir de ce terrible pays et renvoyez-nous chez nous !

Brusquement, presque instantanément, l'ombre de lumière les enveloppa, aveuglante, et les emporta tous. La montagne s'éloigna sous leurs pieds, l'air illuminé de splendeur bascula dans le néant. Ce fut comme si les murs de l'espace et du temps s'ouvraient autour d'eux.

Smith entendit le cri d'absolu désespoir de Franga... vit le visage de Jirel passer très vite près de lui avec un dernier message de regret brillant dans ses yeux dorés, sa chevelure rousse flottant comme une bannière dans le vent... puis l'éblouissante lumière autour de lui ne fut plus que le terne reflet de murs d'acier et il sentit une froide surface métallique polie contre sa joue.

Il souleva péniblement la tête et fixa en silence les yeux de Yarol de l'autre côté de la table, dans ce petit réduit, au fond d'une taverne martienne, qu'il avait quitté une éternité auparavant.

Alors Yarol s'agita et appela :

— Marnak ! Du *ségir*, vite !

Puis il regarda Smith et se mit à rire doucement, follement.

Smith prit à tâtons le verre de *ségir* qu'il avait repoussé lorsqu'il s'était levé de cette table, il y avait des temps indéfinis. Il renversa la tête en arrière et avec un geste raide avala l'alcool d'un trait ; ses yeux se fermèrent lorsqu'il sentit la brûlure descendre dans sa gorge. Derrière ses paupières closes, surgit le souvenir d'un mince visage pâle aux yeux dorés où brillait, sous une violente émotion, un message qu'il ne connaîtrait jamais... un visage dont la chevelure rousse flottait comme une bannière dans le vent. Le visage d'une jeune femme morte depuis deux mille ans dans le temps, à des millions de kilomètres dans l'espace, une jeune femme dont les cendres avaient été depuis longtemps dispersées par les vents légers de la Terre.

Smith haussa les épaules et vida son verre.

TABLE DES MATIERES

Science-Fiction et Fantastique

extrait du catalogue *Dos violets*

ALDISS Brian W.

L'autre île du Dr Moreau (1292★★)
Qui poursuit aujourd'hui les expériences du Dr Moreau ? Inédit.

ANDERSON Poul

La reine de l'Air et des Ténèbres (1268★★)
Ce n'est qu'une légende indigène, pourtant certains l'auraient aperçue. Inédit.

La patrouille du temps (1409★★★)
L'épopée des hommes chargés de garder l'Histoire.

ANDREVON Jean-Pierre

Cauchemar... cauchemars ! (1281★★)
Répétitive et différente, l'horrible réalité, pire que le plus terrifiant des cauchemars. Inédit.

Le travail du furet à l'intérieur du poulailler (1549★★★)
Les furets détruisent les malades. Inédit.

ASIMOV Isaac

Les cavernes d'acier (404★★★)
Dans les cités souterraines du futur, le meurtrier reste semblable à lui-même.

Les robots (453★★★)
D'abord esclaves, ils deviennent maîtres.

Face aux feux du soleil (468★★)
Sur Solaria, les hommes ne se rencontrent jamais ; pourtant un meurtre vient d'y être commis.

Tyrann (484★★★)
Les despotes de Tyrann veulent conquérir l'univers. Sur la Terre, une poignée d'hommes résiste encore.

Un défilé de robots (542★★★)
D'autres récits passionnants.

La voie martienne (870★★★)
Une expédition désespérée.

Les robots de l'aube (1602 ★★★ et 1603★★★)
Ce roman conclut à la fois Les robots *et* Les cavernes d'acier.

Le voyage fantastique (1635★★★)
Une équipe chirurgicale miniaturisée opère dans le corps humain.

BAKER Scott

L'idiot-roi (1221★★★)
Diminué sur la Terre, il veut s'épanouir sur une nouvelle planète. Inédit.

Kyborash (1532★★★★)
Dans un monde archaïque, une histoire épique de possession et de vengeance. Inédit.

BELFIORE Robert

Une fille de Caïn (1800★★★)
L'arrivée d'une femme sur cette planète isolée pouvait la transformer en paradis... ou en enfer.

BESTER Alfred

Les clowns de l'Eden (1269★★★)
Un groupe d'immortels s'oppose à un ordinateur qui veut redessiner l'espèce humaine.

BLATTY William Peter

L'exorciste (630★★★★)
A Washington, de nos jours, une petite fille vit sous l'emprise du démon.

BLOCH Robert

La quatrième dimension (1530★★)
Le domaine mystérieux de l'imaginaire où tout peut arriver.

BRUNNER John

Tous à Zanzibar (1104 ★★★★ et 1105★★★★)
Surpopulation, violence, pollution : craintes d'aujourd'hui, réalités de demain.

Le troupeau aveugle (1233 ★★★ et 1234★★★)
L'enfer quotidien de demain.

Sur l'onde de choc (1368★★★★)
Un homme seul peut-il venir à bout d'une société informatisée ?

A l'ouest du temps (1517★★★★)
Est-elle folle ou vient-elle d'une région de l'univers située à l'ouest du temps ?

CHAYEFSKY Paddy

Au delà du réel (1232★★★)
Une terrifiante plongée dans la mémoire génétique de l'humanité. Illustré.

CHERRYH C.J.

Les adieux du soleil (1354★★★)
L'agonie du soleil est le symbole du crépuscule de la civilisation sur Terre. Inédit.

Les seigneurs de l'Hydre (1420★★★)
Ils pourchassent les humains. Inédit.

Chanur (1475★★★★)
A bord d'un vaisseau extra-terrestre, une femme-chat découvre un humain. Inédit.

L'opéra de l'espace (1563★★★)
Chez les marginaux de l'espace, une aventure épique dont l'amour n'est pas absent. Inédit.

La pierre de rêve (1738★★★)
Qui la vole partage les rêves de qui la possédait. Inédit.

CLARKE Arthur C.

2001 – L'odyssée de l'espace (349★★)
Ce voyage fantastique aux confins du cosmos a suscité un film célèbre.

2010 – Odyssée 2 (1721★★★)
Enfin toutes les réponses.

L'étoile (966★★★)
Une nouvelle anthologie des meilleures nouvelles d'Arthur C. Clarke.

Rendez-vous avec Rama (1047★★★)
Pour la première fois dans l'histoire de l'humanité, un vaisseau spatial étranger pénètre dans le système solaire.

COMPTON D.G.

La mort en direct (1755★★★)
L'homme-caméra suit chaque phase de l'agonie de Katherine.

CURVAL Philippe

L'homme à rebours (1020★★★)
La réalité s'est dissoute autour de Giarre : sans le savoir, il a commencé un voyage analogique. Inédit.

Cette chère humanité (1258★★★★)
L'appel désespéré du dernier montreur de rêves.

DEMUTH Michel

Les Galaxiales (996★★★)
La première Histoire du Futur écrite par un auteur français.

Les années métalliques (1317★★★★)
Les meilleures nouvelles de l'auteur.

DICK Philip K.

Loterie solaire (547★)
Un monde régi par le hasard et les je :x.

Dr Bloodmoney (563★★★)
La vie quotidienne post-atomique.
Le Maître du Haut Château (567★★★★)
L'occupation des U.S.A. par le Japon et l'Allemagne après la victoire de l'Axe en 1947.
Simulacres (594★★★)
Le pouvoir est-il électronique ?
A rebrousse-temps (613★★★)
Les morts commencent à renaître.
Ubik (633★★★)
Le temps s'en allait en lambeaux. Une bouffée de 1939 dérivait en 1992.
Au bout du labyrinthe (774★★)
Est-ce la planète qui est folle ou la démence a-t-elle gagné tous les colons ?
Les clans de la lune alphane (879★★★)
Une colonie de malades mentaux.
L'œil dans le ciel (1209★★★)
Une réalité fissurée, un quotidien qui se craquelle : quel est ce monde délirant ?
L'homme doré (1291★★★)
L'essentiel de l'œuvre de nouvelliste.
Le dieu venu du Centaure (1379★★★)
Palmer Eldritch : on connaît ses yeux factices, son bras mécanique... qui est-il ?
Le message de Frolix 8 (1708★★★)
Le génie était la norme, les drogues légales, l'alcool tabou.
Blade Runner (1768★★★)
Rick Decard est un tueur d'androïdes mais certaines sont aussi belles que dangereuses.

DISCH Thomas

Génocides (1421★★)
Pour l'envahisseur, les hommes ne sont guère plus que des insectes.
Camp de concentration (1492★★)
Là une drogue provoque le génie, puis entraîne la mort.

DOUAY Dominique

L'échiquier de la création (708★★)
Les pions sont humains. Inédit.

FARMER Philip José

Les amants étrangers (537★★)
Un Terrien avec une femme non humaine.
Le soleil obscur (1257★★★★)
Sur la Terre condamnée, des voyageurs cherchent la vérité. Inédit.
Le Fleuve de l'éternité :
- Le monde du Fleuve (1575★★★)
- Le bateau fabuleux (1589★★★★)
Les morts ressuscitent le long des berges.

FORD John M.

Les fileurs d'anges (1393★★★★)
Un hors-la-loi de génie lutte contre un super réseau d'ordinateurs. Inédit.

FOSTER Alan Dean

Alien (1115★★★)
Avec la créature de l'Extérieur, c'est la mort qui pénètre dans l'astronef.

Le trou noir (1129★★★)
Un maelström d'énergie les entraînerait au delà de l'univers connu.
Le choc des Titans (1210★★★)
Un combat titanesque entre les dieux de l'Olympe. Inédit, illustré.
Outland... loin de la Terre (1220★★)
Sur l'asteroïde Io, les crises de folie meurtrière et les suicides sont quotidiens. Inédit, illustré.

FOX MAZER Norma

Supergirl (1720★★)
Les aventures cocasses et haletantes de la cousine de Superman.

GILLILAND Alexis A.

La révolution de Rossinante (1634★★★)
Un homme et un robot luttent pour sauver un monde de la faillite. Inédit.

Objectif : Rossinante (1826★★★)
Un ordinateur assume l'identité et le rôle de Susan Brown, l'héroïne de Rossinante. *(juin 85)*

HALDEMAN Joe

La guerre éternelle (1769★★★)
Une guerre absurde où les combattants vieillissent d'une centaine d'années à chaque saut dans le temps.

HAMILTON Edmond

Les rois des étoiles (432★★★)
John Gordon a échangé son esprit contre celui d'un prince des étoiles.

HARNESS Charles

L'anneau de Ritornel (785★★★)
C'est dans l'Aire Nodale, au cœur de l'univers, que James Andrek trouvera son destin.

HEINLEIN Robert A.

Etoiles, garde-à-vous ! (562★★★)
Dans la guerre galactique, l'infanterie, malgré ses armures électroniques, supporte les plus durs combats.

Vendredi (1782★★★★)
De retour d'une mission dans l'espace, Vendredi est capturée et violée.

HIGON Albert

Le jour des Voies (761★★)
Les Voies, annoncées par la nouvelle religion, conduisent-elles à un autre monde ?

HOWARD Joseph

Damien, la malédiction-2 (992★★★)
Damien devient parfois un autre, celui qu'annonce le Livre de l'Apocalypse.

HOWARD Robert E.

Conan (1754★★★)
Les premières aventures du géant barbare qui régna sur l'âge hyborien.

Conan le Cimmérien (1825★★★)
Bêlit a envoûté Conan mais que peut-elle contre la force brutale du barbare ? *(juin 85)*

Conan le Barbare (1449★★)
Voir SPRAGUE DE CAMP.

JORDAN Robert

Conan le destructeur (1689★★)
Que peut son courage contre les démons et les maléfices ?

KEYES Daniel

Des fleurs pour Algernon (427★★★)
Charlie est un simple d'esprit. Des savants vont le transformer en génie.

KING Stephen

Carrie (835★★★)
Ses pouvoirs supra-normaux lui font massacrer plus de 400 personnes.

Shining (1197★★★★)
La lutte hallucinante d'un enfant médium contre les forces maléfiques.

Danse macabre (1355★★★★)
Les meilleures nouvelles d'un des maîtres du fantastique moderne.

Cujo (1590★★★★)
Un monstre épouvantable les attend dans la chaleur du soleil.

KLEIN Gérard

Les seigneurs de la guerre (628★★)
Un homme seul face au Monstre, la plus terrible machine de guerre de notre temps.
La loi du talion (935★★★)
Elle seule régit ce monde où s'affrontent cinquante peuples stellaires.

KLOTZ et GOURMELIN

Les innommables (967★★★)
... ou la vie quotidienne de l'homme préhistorique. Illustrations de Gourmelin.

KOTZWINKLE William

E.T. l'extra-terrestre (1378★★★)
Egaré sur la Terre, un extra-terrestre est protégé par des enfants. Inédit.

LEE Tanith

La déesse voilée (1690★★★★)
Elle croit porter le malheur et la destruction avec elle. Inédit.

LEM Stanislas

Le congrès de futurologie (1739★★)
Un congrès fou qui débouche sur un monde hallucinant.

LÉOURIER Christian

Ti-Harnog (1722★★★)
Un homme confronté à une civilisation inconnue. Inédit.

LEVIN Ira

Un bébé pour Rosemary (342★★★)
Satan s'empare des âmes et des corps.
Un bonheur insoutenable (434★★★)
Programmés dès leur naissance, les hommes subissent un bonheur insoutenable à force d'uniformité.

LONGYEAR Barry B.

Le cirque de Baraboo (1316★★★)
Pour survivre, le dernier cirque terrien s'exile dans les étoiles. Inédit.

LOVECRAFT Howard P.

L'affaire Charles Dexter Ward (410★★)
Echappé de Salem, le sorcier Joseph Curwen vient mourir à Providence en 1771. Mais est-il bien mort ?
Dagon (459★★★★)
Le retour du dieu païen Dagon, et de nombreux autres récits de terreur.

MacDONALD John D.

Le bal du cosmos (1162★★)
Traqué sur Terre, il se voit projeté dans un autre monde.

McINTYRE Vonda N.

La colère de Khan (Star Trek II) (1396★★★)
Le plus grand défi lancé à l'U.S. Enterprise. Inédit.
Le serpent du rêve (1666★★★★)
Elle guérit au moyen d'un cobra, d'un crotale et d'un serpent du rêve. Inédit.

MARTIN George R.R.

Chanson pour Lya (1380★★★)
Trouver le bonheur dans la fusion totale avec un dieu extra-terrestre. Inédit.

MATHESON RICHARD

La maison des damnés (612★★★★)
Des explorateurs de l'inconnu face à une maison maudite.

MERRITT Abraham

Les habitants du mirage (557★★★)
La lutte d'un homme contre le dieu-Kraken.

La nef d'Ishtar (574★★)
Il aime Sharane, née il y a 6 000 ans à Babylone...

Le visage dans l'abîme (886★★★)
Dans une vallée secrète des Andes, une colonie atlante jouit de l'immortalité.

MONDOLONI Jacques

Je suis une herbe (1341★★★)
La flore, animée d'une intelligence collective, peut-elle détruire la civilisation humaine ? Inédit.

MOORE Catherine L.

Shambleau (415★★★)
Parmi les terribles légendes qui courent l'espace, l'une au moins est vraie.

Jirel de Joiry (533★★★)
De son château moyenâgeux, Jirel se transporte au delà du temps et de l'espace.

MORRIS Janet E.

L'ère des Fornicatrices :

- **La Grande Fornicatrice de Silistra** (1245★★★)
- **L'ère des Fornicatrices** (1328★★★★)
- **Le vent du chaos** (1448★★★★)
- **Le trône de chair** (1531★★★)

Estri vit toutes les aventures : un érotisme fantastique et des pouvoirs sans cesse menacés. Inédits.

OLIVER Chad

Les vents du temps (1116★★)
Ils étaient arrivés dans la préhistoire. Dans quelques millions d'années, ils pourraient retourner chez eux.

PELOT Pierre

Les barreaux de l'Eden (728★★)
Communiquer avec les morts est une consolation pour les travailleurs opprimés. Inédit.

Parabellum tango (1048★★★)
Un régime totalitaire peut-il être ébranlé par une chansonnette subversive ? Inédit.

Kid Jésus (1140★★★)
Il est toujours dangereux de prendre la tête d'une croisade. Inédit.

Nos armes sont de miel (1305★★★)
Après mille ans passés dans le non-temps, ils parviennent enfin au but. Inédit.

POHL Frederik

La Grande Porte (1691★★★★)
C'est la richesse ou un sort pire que la mort.

Les pilotes de la Grande Porte (1814★★★★)
La science des Hommes Morts permettra-t-elle de résoudre l'énigme des Heechees ? (mai 85)

PRIEST Christopher

Le monde inverti (725★★★★)
Arrivé à l'âge de 1 000 km, Helward entre dans la guilde des Topographes du Futur.

RAY Jean

Malpertuis (1677★★)
Les dieux de l'Olympe sont-ils encore parmi nous ? (mai 85)

SADOUL Jacques

Les meilleurs récits de :
« Astounding Stories » (532★★)
« Unknown » (713★★)
« Famous Fantastic Mysteries » (731★★)

« Startling Stories » (784★★)
« Thrilling Wonder Stories » (822★★)
« Fantastic Adventures » (880★★)
« Weird Tales-3 » (923★★)
Ces anthologies présentent la quintessence des revues de S-F qui, de 1910 à 1955, ont permis le succès de ce genre aux Etats-Unis.

SILVERBERG Robert

L'homme dans le labyrinthe (495★★★)
Depuis 9 ans, Muller vivait au cœur d'un labyrinthe parsemé de pièges mortels.
Les ailes de la nuit (585★★)
L'humanité conquise se découvre des pouvoirs psychologiques nouveaux.
L'oreille interne (1193★★★)
Télépathe, il sent son pouvoir décliner.
Les chants de l'été (1392★★★)
Silverberg est un maître de la nouvelle.
Les chemins de l'espace (1434★★★)
La superstition religieuse ouvre-t-elle la route des étoiles ? Inédit.

SIMAK Clifford D.

Demain les chiens (373★★★)
Les hommes ont-ils réellement existé ? se demandent les chiens le soir à la veillée.
Dans le torrent des siècles (500★★★)
Comment tuer un homme qui est déjà mort ?
Le pêcheur (609★★★)
Il sait projeter son esprit dans l'espace ; un jour il ramène une fraction d'entité extraterrestre.
Chaîne autour du soleil (814★★★)
La Terre est-elle unique ou n'y a-t-il pas une succession de terres autour du soleil ?
Au carrefour des étoiles (847★★)
Sur terre, une station secrète où transitent les voyageurs de l'espace.

Projet Vatican XVII (1367★★★★)
Curieuse entreprise pour des robots sans âme : créer un pape aussi électronique qu'infaillible. Inédit.
Au pays du Mal (1781★★★)
Là où rôdent des choses d'épouvante, gardée par des trolls et des licornes, l'âme d'un magicien est captive d'un diamant.

SPIELBERG Steven

Rencontres du troisième type (947★★)
Le premier contact avec des visiteurs venus des étoiles.
Gremlins (1741★★★)
Il ne faut ni les exposer à la lumière, ni les mouiller, ni surtout les nourrir après minuit. Sinon...

SPRAGUE de CAMP et CARTER

Conan le barbare (1449★★★)
L'épopée sauvage de Conan le Cimmérien face aux adorateurs du Serpent.

STEINER Kurt

Ortog et les ténèbres (1222★★)
La science permet-elle de défier la mort ?

STRIEBER Whitney

Wolfen (1315★★★★)
Des êtres mi-hommes mi-loups guettent leurs proies dans les rues de New York. Inédit, illustré.
Les prédateurs (1419★★★★)
Elle survit depuis des siècles mais ceux qu'elle aime meurent lentement sous ses yeux.

STURGEON Theodore

Les plus qu'humains (355★★★)
Ces enfants étranges ne seraient-ils pas les pionniers de l'humanité de demain ?

Cristal qui songe (369★★★)
Fuyant des parents indignes, Horty trouve refuge dans un cirque fantastique.

Killdozer – le viol cosmique (407★★★)
Des extra-terrestres à l'assaut des hommes et de leurs machines.

Les talents de Xanadu (829★★★)
Visitez le monde le plus parfait de la galaxie.

TEVIS Walter

L'oiseau d'Amérique (1246★★★★)
Un homme, une femme, un robot.

VANCE Jack

Cugel l'astucieux (707★★)
...et les enchantements du magicien rieur.

Cugel saga (1665★★★★)
De nouveaux tours du magicien rieur. Inédit.

Cycle de Tschaï :

1 - Le Chasch (721★★★)
2 - Le Wankh (722★★★)
3 - Le Dirdir (723★★★)
4 - Le Pnume (724★★★)
Exilé sur la planète Tschaï, Adam échappe à bien des dangers.

Un monde magique (836★★)
Sur la Terre moribonde la science abandonne.

Marune : Alastor 933 (1435★★)
On lui a tout volé, jusqu'à son identité.

Trullion : Alastor 2262 (1476★★)
Des intrigues se nouent dans l'amas stellaire.

Wyst : Alastor 1716 (1516★★★)
Une société vouée au plaisir et à la frivolité.

VAN VOGT A.E.

Le monde des Ā (362★★★)
Les joueurs du Ā (397★★★)
La fin du Ā (1601★★★)
Gosseyn n'existe plus : il lui faut reconquérir son identité, dans ce siècle lointain.

A la poursuite des Slans (381★★)
Les Slans sont beaux, intelligents, supérieurs aux hommes : c'est pourquoi ils doivent se dissimuler.

La faune de l'espace (392★★★)
Au cœur d'un désert d'étoiles, le vaisseau spatial rencontre des êtres fabuleux.

L'empire de l'atome (418★★★)
L'accession au pouvoir suprême du Seigneur Clane Linn, le mutant aux pouvoirs fabuleux.

Le sorcier de Linn (419★★★)
La Terre conquise, c'est l'univers hostile des extra-terrestres qui s'oppose désormais au Seigneur Clane, le mutant génial.

Les armureries d'Isher (439★★★)
Lorsque McAllister entra dans la boutique d'armes, il se trouva dans le futur.

Les fabricants d'armes (440★★★)
La Guilde a condamné à mort Robert Hedrock, mais il était immortel.

Le livre de Ptath (463★★)
Après sa mort, le capitaine Peter Holroid se réveille dans le corps du dieu Ptath.

La guerre contre le Rull (475★★★)
Seul Trevor pouvait sauver l'humanité du Rull.

Destination univers (496★★★)
De la Terre jusqu'aux confins de la Galaxie.

Ténèbres sur Diamondia (515★★★)
Il était le colonel Morton, mais aussi des milliers d'autres personnes, y compris 400 prostituées.

Créateur d'univers (529★★★)
La jeune femme qu'il avait tuée l'année précédente l'invita à prendre un verre.

Des lendemains qui scintillent (588★★)
Une invention extraordinaire pourra-t-elle vaincre un pouvoir totalitaire ?

L'homme multiplié (659★★)
Il pouvait échanger son esprit contre celui d'une infinité de créatures humaines.

Invasion galactique (813★★★)
Deux races galactiques s'affrontent sur la Terre.

Rencontre cosmique (975★★★)
Celle d'un vaisseau corsaire de 1704 et d'un astronef du futur.

L'été indien d'une paire de lunettes (1057★★)
Dans ce monde, les hommes sont soumis à la tyrannie des femmes. Mais pourquoi les obligent-elles à porter des lunettes ?

Les monstres (1082★★)
Des créatures venues d'outre-espace menacent l'homme. (juin 85)

Les opérateurs humains (1447★★★)
Un recueil des meilleures nouvelles.

A la conquête de Kiber (1813★★)
Contre sa volonté, il devait tenter de conquérir Kiber, la planète aquatique. (mai 85)

VARLEY John

Le Canal Ophite (1463★★★)
Peut-on tuer une femme si ses clones sont là pour la remplacer ?

VINGE Joan D.

La reine des neiges (1707★★★★★)
Même la mort ne l'empêchera pas de se survivre. Inédit.

WILSON Paul F.

La forteresse noire (1664★★★★)
Une section S.S. lutte contre un vampire surgi du passé.

WINTREBERT Joëlle

Les maîtres-feu (1408★★★).
L'odyssée d'une adolescente et d'un saurien intelligent. Inédit.

Chromoville (1576★★★)
Une féroce guerre de castes. Inédit.

XXX

Univers 1980 (1093★★★)
Univers 1981 (1208★★★★)
Univers 1982 (1340★★★★)
Univers 1983 (1491★★★)
Univers 1985 (1799★★★★)
La série d'anthologies présentant les aspects les plus fascinants de la S-F moderne.

ZELAZNY Roger

L'île des morts (509★★)
Qui avait bien pu ressusciter plusieurs ennemis de Francis Sandow ?

Une rose pour l'ecclésiaste (1126★★★)
Sur Mars, un Terrien accomplit l'ancienne prophétie.

L'Aventure Mystérieuse *Dos rouges*

BELLINE

La troisième oreille (A342★★)
Impressionnantes expériences de communication, par delà la mort, du voyant Belline avec son fils disparu tragiquement.

Un voyant à la recherche du temps futur (A356★★★)
La vie passionnante de Belline qui tente avec chacun de ses consultants de percer le voile du futur.

BERGIER Jacques

La guerre secrète de l'occulte (A361★★)
KGB et CIA contre les télépathes.

BERGIER et GALLET

Le livre du mystère (A374★★★)
Manifestations supra-normales, phénomènes inexpliqués, présence d'extra-terrestres : autant de mystères.

Le livre des anciens astronautes (A388★★★)
Les visites d'extra-terrestres sont aujourd'hui prouvées.

BERLITZ Charles

Le Triangle des Bermudes (A391★★★)
Enfin l'ouvrage fondamental sur la question.

BERLITZ et MOORE

Philadelphia Experiment (Opération Philadelphie) (1756★★)
L'armée américaine a réellement tenté des expériences d'invisibilité.

CARMI Gabrielle

Le temps hors du temps (A347★★)
Un guide révèle à l'auteur l'existence d'un Ordre secret.

CHARPENTIER Louis

Les Jacques et le mystère de Compostelle (A367★★)
Chemin initiatique, inscrit dans les étoiles... depuis la nuit des temps.

CHARROUX Robert

Histoire inconnue des hommes depuis cent mille ans (A372★★★★)
Une remise en cause de l'Histoire telle qu'on nous l'a enseignée.

Le livre des secrets trahis (A378★★★★)
Révélations initiatiques et vérités dangereuses à connaître.

Le livre des maîtres du monde (A382★★★★)
Il y a conjuration de la contre-vérité.

Le livre du passé mystérieux (A398★★★★)
Des ancêtres supérieurs jusqu'aux mystères célestes.

L'énigme des Andes (A399★★★★)
Des pierres gardent la marque d'une science prodigieuse.

DÄNIKEN Erich von

L'or des dieux (A365★★★)
Ces plaques d'or gravées prouvent l'existence d'une civilisation antérieure.

Le livre des apparitions (A377★★★)
Des hypothèses hardies qui ouvrent les portes d'un monde insoupçonné.

Mes preuves (A394★★★★)
Des « dieux » sont venus de l'espace. Däniken révèle ses preuves.

Achevé d'imprimer sur les presses de l'imprimerie Brodard et Taupin
58, rue Jean Bleuzen, Vanves. Usine de La Flèche,
le 15 février 1985
1750-5 Dépôt légal février 1985. ISBN : 2 - 277 - 11533 - 9
1er dépôt légal dans la collection : février 1985
Imprimé en France

533
★ ★ ★

Editions J'ai Lu
27, rue Cassette, 75006 Paris
diffusion France et étranger : Flammarion